El burlador de Sevilla
o
El convidado de piedra

Letras Hispánicas

Atribuida a Tirso de Molina

El burlador de Sevilla
o
El convidado de piedra

Edición de Alfredo Rodríguez López-Vázquez

UNDÉCIMA EDICIÓN

CÁTEDRA

LETRAS HISPÁNICAS

1.ª edición, 1989
11.ª edición, 2002

Ilustración de cubierta: J. Javier Díez Álvarez

© Ediciones Cátedra (Grupo Anaya, S. A.), 1989, 2002
Juan Ignacio Luca de Tena, 15. 28027 Madrid
Depósito legal: M. 24.008-2002
ISBN: 84-376-0094-4
Printed in Spain
Impreso en Lavel, S. A.
Pol. Ind. Los Llanos, C/ Gran Canaria, 12
Humanes de Madrid (Madrid)

Índice

Introducción

a Inés, Arturo y Gonzalo

EL ESTADO DE LA CUESTIÓN Y EL PROBLEMA DE LA AUTORÍA

En el último quinquenio (1994-1999) se han producido algunas aportaciones documentales y críticas sobre los problemas centrales de la obra generadora del mito de Don Juan. No se trata de novedades en cuanto a propuestas sobre el texto *(Tan largo me lo fiáis* o *El burlador de Sevilla)* o sobre la autoría (Tirso de Molina o Andrés de Claramonte), sino de estudios o investigaciones que convergen para apuntalar una hipótesis global coherente que, a la vista de los elementos de trabajo de que disponemos, permite elaborar con garantías documentales y críticas el siguiente marco:

a) El texto conocido como *Tan largo me lo fiáis,* editado en Sevilla hacia 1634 por Simón Faxardo, atribuyéndolo a Calderón, corresponde a la primera versión de la obra, aunque su edición en *suelta* de cuatro folios deja ver que ha habido omisiones editoriales a partir de la mitad del tercer acto. El autor más probable de este texto parece ser Andrés de Claramonte.

b) El texto conocido como *El burlador de Sevilla,* editado hacia 1630 también en Sevilla por Manuel de Sande y Francisco de Lyra en un volumen facticio de *Doze Comedias de Lope de Vega,* que se dice impreso en Zaragoza por Gerónimo Margarit atribuyéndolo a Tirso de Molina, corresponde a una versión tardía de la obra, transmitida por la Compañía de Roque de Figueroa a través de uno o varios miembros procedentes de otra compañía que la había representado anteriormente. Es probable que en esta remodelación textual hayan intervenido al menos los actores Juan Bezón y Pedro de Pernía, el

11

primero como transmisor del texto de Catalinón y el segundo como refundidor de un texto incompleto.

c) Entre 1625 y 1635, la obra, con el título de *El convidado de piedra*, es representada al menos por cuatro compañías: la de Pedro Ossorio en Nápoles, 1625; la de Francisco Hernández Galindo, también en Nápoles, en 1626; la de Roque de Figueroa en Sevilla, en 1629, y otra más (Prado o Avendaño) antes de 1635.

En 1636 tenemos documentada una representación del *Convidado* en Nápoles, por la compañía de Roque de Figueroa (Dolfi: 1995). Figueroa representa un texto que ya es famoso en Italia, no sólo en Nápoles, porque Giacinto Cicognini ha representado en 1632 esta historia en Pisa y en Florencia, adaptándola a los códigos de la Comedia del Arte. La representación de Figueroa en 1636 plantea un problema interesante, al ser uno o dos años posterior a la edición sevillana del *Tan largo* a nombre de Calderón y coincidir el hecho de que Goldoni crea que la obra es de Calderón. Tal vez Figueroa, después de vender el texto a Sande para la edición sevillana en 1929-30, lo retomó una vez editado en 1634-35 a nombre de Calderón. En todo caso la obra en Italia tuvo enorme popularidad, tanto atribuida a Calderón, como a Lope de Vega (Bartolomeo Bocchini, en 1641, se refiere a la «volgarissima tragedia del Vega»), lo que, por cierto, no contribuye a reforzar a Tirso como su presunto autor, y da que pensar sobre la solvencia de las atribuciones a Lope, Tirso y Calderón en el siglo xvii. En cuanto a la popularidad italiana de la historia del *Convidado*, entre la publicación en 1652 del *Convitato di pietra* de Giliberto, y el año 1787 existen al menos en Italia 27 obras impresas anteriores al libreto de Lorenzo Da Ponte para Mozart. Parece claro que la fortuna europea de Don Juan debe tanto al autor español original como al talento del magnífico Cicognini, a quien convendría rescatar de un inmerecido olvido.

d) El autor de la obra es también el responsable de la reelaboración que provoca el cambio de la loa a Sevilla en el segundo acto del *Tan largo* por la loa a Lisboa en el primer acto del *Burlador*. Este cambio conlleva un ajuste de forma métrica en los dos pasajes correspondientes. Sin embargo, este dramaturgo no es el responsable de las lagunas textuales que afectan al episodio inicial, situado en Nápoles. Estas lagunas han sido producidas en la transmisión textual que hace llegar la obra a manos de Roque de Figueroa probablemente en 1628.

e) No hay ninguna prueba documental que apoye la atribución a Tirso de Molina hecha por el editor sevillano de 1630; Tirso no incluyó esta obra en ninguna de sus cinco partes de comedias, y la evidencia de que no corresponde al mercedario ni por estilo ni por características temáticas está hoy argumentada de forma muy sólida, por lo que, como apunta Francisco Rico, podemos asumir que «lo único seguro es que Tirso no la escribió».

f) El único nombre alternativo a Claramonte para disputar la atribución de la fase textual *Tan largo me lo fiáis* es Luis Vélez, que presenta algunos rasgos comunes al teatro de Claramonte, coincidentes con *Tan largo/Burlador;* no hay pruebas documentales ni argumentación crítica respecto a una hipotética versión primitiva perdida que Claramonte habría utilizado para transformarla en el texto del *Tan largo*. Esta versión perdida atribuible a Tirso es una conjetura exigida para poder mantener dicha atribución. Es decir, una *conjetura ad hoc.*

g) El texto *Tan largo me lo fiáis* revela influencia directa de dos autores, Lope de Vega y Vélez de Guevara. De Lope de Vega se ha usado material procedente de *La fuerza lastimosa* y de la primera parte del *Príncipe perfecto;* de Vélez de Guevara, al menos una escena importante de *La serrana de la Vera.*

h) Hay tres obras de la época que guardan semejanza estructural, léxica y temática con *El burlador de Sevilla: Deste agua no beberé* de Andrés de Claramonte (representada por Antonio de Prado en 1617), *Dineros son calidad* (atribuida en edición facticia de una *Parte Extravagante* a Lope de Vega, pero probable obra de Claramonte) y *El Rey Don Pedro en Madrid o El Infanzón de Illescas*. De esta última obra existen dos manuscritos diferentes y coincidentes ambos en el nombre del autor: Andrés de Claramonte. La obra, en versión abreviada, fue editada a nombre de Lope de Vega hacia 1630 por el mismo editor sevillano que atribuye *Tan largo me lo fiáis* a Calderón, y ya en el decenio de los setenta fue incluida por Antonio de la Cavallería en la *Quinta Parte* de obras de Calderón de la

Barca. El propio Calderón de la Barca rechazó esta edición, y no incluyó la obra en la carta al Duque de Veragua. Finalmente en el siglo XIX Hartzenbusch la editó atribuyéndola a Tirso de Molina, en función de su parentesco de estilo con *El burlador de Sevilla*.

Como se ve, la historia y avatares editoriales de la obra que en el texto y en la documentación de época se llama *El convidado de piedra* contiene elementos suficientes para construir una novela de misterio. Lo que hasta hoy ha venido considerándose como *editio princeps* no fue editada donde dice el pie de imprenta, Barcelona, sino en Sevilla; el editor no es Margarit, sino Sande; la obra no se llama *El burlador de Sevilla*, como quiso su editor sevillano, sino *El convidado de piedra*, como el texto y los documentos confirman, y la atribución a Tirso de Molina tiene tanta fiabilidad como la atribución del *Tan largo me lo fiáis* a don Pedro Calderón. Ninguna. Bueno será repasar cómo se ha podido producir tamaño entuerto.

Empecemos por el punto más controvertido, que es el de la autoría.

Hasta el siglo pasado, en que la crítica literaria empezó a disponer de un fondo documental amplio y de unos conceptos claros acerca de los problemas generales de la historia literaria, esta cuestión no se había planteado. Hasta muy entrada la segunda mitad del siglo, las ediciones y traducciones de la obra seguían el texto de alguna de las ediciones *sueltas* del siglo XVII, incluidas en volúmenes de comedias, más o menos fraudulentas, entre 1653 y 1673. El texto de estas *sueltas* era muy similar, y todas ellas, copiadas o ligeramente modificadas durante el siglo XVIII, coincidían en el nombre del autor: Tirso de Molina. Resultaba extraño que *El burlador* no hubiera sido incluido por Tirso en ninguno de sus cinco volúmenes de Comedias.

En 1860 don Cayetano Alberto de la Barrera da noticia en su *Catálogo bibliográfico y biográfico* de la existencia de un volumen de *Doze Comedias nuevas* de Lope de Vega y otros autores, impreso en Barcelona, por Gerónimo Margarit, en 1630. El cotejo de esta impresión con las *sueltas* que hasta entonces se habían utilizado demuestra su prioridad cronológica y per-

TAN LARGO ME LO FIAYS.

COMEDIA

FAMOSA.

DE DON PEDRO CALDERON.

Hablan en ella las persouas siguientes.

El Rey de Castilla.	Vna pescadora.	Belisa.
Don Gonçalo de Viloa.	Batricio.	Doña Ana criada.
El Embaxador don Pedro	El Duque Otauio.	El Rey de Napoles.
Tenorio.	El Marques de la Mota.	Vna pastora.
Don Iuan Tenorio.	Isabela Duquesa,	Alfredo.
Catalinon.	Arminta.	Tirseo.

IORNADA PRIMERA.

Salen Isabela Duquesa, y don Iuan Tenorio
de noche.

Isab. Salid sin hazer ruydo,
　Duque Otauio. d.Iu. El viéto soy.
Isab. Aun assi temiendo estoy
　que aqui aueys de ser sentido.
　Que aueros dado en Palacio
　entrada de aquesta suerte,
　es crimen digno de muerte.
d.Iu. Señora, con mas espacio
　te agradecerè el fauor.
Isab. Mano de esposo me has dado
　Duque. d.Iu. Yo en ello é ganado.
Isab. El auenturar mi honor,
　Duque, desta suerte ha sido,
　segura con entenderê
　que mi marido has de ser.
d.Iu. Digo, que soy tu marido,
　y otra vez te doy la mano.
Isab. Aguardame, y sacaré
　vna luz, para que dè
　de la ventura que gano
　fé, Duque Otauio; ay de mi.

d.Iu. Mata la luz. Isab. Muerta soy;
　quien eres? d.Iu. Vn hombre soy,
　que aqui ha gozado de ti.
Isab. No eres el Duque? d.Iu. Yo no.
Isab. Pues di quien eres. d.Iu. Vn hôbre.
Isab. Tu nombre?
d.Iu. No tengo nombre.
Isab. Este traydor me engañó,
　gente, criados. d.Iu. Detente.
Isab. Mal vn agrauio conoces.
d.Iu. No dés vozes. Isab. Darè vozes;
　â del Rey, soldados, gente.
　　Sale el Rey de Napoles.
Rey. Que es esto? Isab. Fauor; ay triste,
　que es el Rey. Rey. Que es?
d.Iu. Que ha de ser?
　vn hombre, y vna muger.
Rey. Esto en prudencia consiste,
　quiero el daño remediar.
　　Sale el Embaxador de España, y criados.
Emb. En tu quarto, gran señor,
　vozes, quien causa el rumor?

A　　　　Rey

mite rescatar un centenar y medio de versos suprimidos hasta entonces de las ediciones y traducciones. Este cotejo se haría ya en el siglo XX, en la edición de don Armando Cotarelo. Hartzenbusch, por ejemplo, utilizó siempre el texto *breve* de las *sueltas*. Conviene recordar esto porque la *autoridad* de Hartzenbusch es un frecuente recurso de los defensores de la atribución del *Burlador* a Tirso.

En 1878 aparece una *suelta* que, respetando la mayor parte de los versos[1], ofrece lecciones alternativas superiores en casi todos los pasajes dudosos. Esta suelta, descubierta por don José Sancho Rayón y reeditada ese mismo año por el marqués de la Fuensanta del Valle, da como autor a Calderón y lleva por título *Tan largo me lo fiáis,* aunque, a diferencia de las variantes del *Burlador,* no lleva la indicación habitual de qué compañía la ha representado. La edición recibe inmediatamente una reseña crítica de don Manuel de la Revilla, en donde este erudito reivindica la prioridad textual del *Tan largo* frente al uso editorial hasta entonces seguido. Tenemos en este momento dos textos, dos títulos y dos autores, con lo que comienza un debate de importancia capital.

El primero del que tenemos constancia que desconfió de la autoría de Tirso es Menéndez y Pelayo, que apunta lo siguiente: «¿en qué se funda la atribución de *El burlador de Sevilla* a Tirso (de cuyo estilo bien puede decirse que apenas tiene un solo rasgo), sino en el testimonio de esas partes apócrifas y *extravagantes* de Barcelona y de Valencia? Si *El burlador* hubiera llegado a nosotros anónimo, todo el mundo, sin vacilar, hubiera dicho que era una comedia de Lope, de las escritas más de prisa; y no faltan críticos extranjeros, eruditísimos, por cierto, que así lo estimen»[2].

---

[1] Es difícil cuantificar aquí. Si excluimos del cómputo las dos loas, el resto del material textual se compone de un conjunto de versos idénticos, un conjunto de versos con variaciones y un conjunto de versos no relacionados. Asumiendo que los versos con variación deben corresponder a variantes de transmisión textual, el conjunto de versos específicos de una versión o de otra viene representando la cuarta parte del total.

[2] M. Menéndez y Pelayo, *Estudios sobre el teatro de Lope de Vega,* t. IV, Santander, Aldus S. A., MCMXLIX, pág. 329.

De los críticos extranjeros a los que alude MMP conviene detenerse, por distintos motivos, en Adolfo Federico, conde de Schack, y en Arturo Farinelli. El primero, un erudito muy detallista (es el primero en dar noticia del volumen de *Doze comedias* en donde aparece *El burlador),* dedica 76 páginas del tomo III de su *Historia de la Literatura y el Arte Dramático en España* a la obra de Tirso a quien califica como «gran poeta, autor de trabajos tan admirables» (pág. 389). Schack apunta algo en donde coincide con MMP: *«El burlador de Sevilla y Convidado de piedra,* que, por su plan y desarrollo, debe clasificarse entre sus obras menos importantes, aun cuando se noten en ella ciertos rasgos propios sólo de un poeta de primer orden»[3].

Schack no discute la atribución porque escribe antes de conocerse el texto del *Tan largo me lo fiáis,* que es el que permite fundamentar documentalmente la sospecha sobre la autoría. Pero, experto conocedor del teatro tirsiano, no duda en considerar *El burlador* como una obra poco acorde con las características que él ha analizado en las obras de fray Gabriel. Trabajando sobre las obras de autoría indisputada, las constantes de estilo de Tirso son muy ajenas a la dramaturgia del *Burlador.* Los rasgos que Schack detecta como típicos del mercedario (que resumo en extracto) no se encuentran, en efecto, en la obra que origina el mito de Don Juan. Señala Schack, a lo largo del capítulo XXVI, lo siguiente: «Hay ciertas creaciones suyas en las cuales parece recrearse de preferencia, por la repetición con que se muestran en sus obras: doncellas, por ejemplo, que se disfrazan con traje de hombre para vengarse de amantes infieles, y para indisponerlos con sus rivales, se reproducen en muchas (...) el mérito singular de los dramas de Tirso no se encuentra ni en el arte con que está trazado su plan, ni en el arreglo ni unidad del conjunto, sino en la variedad y en el interés de las situaciones, en el vigor y la vida de los caracteres, en el colorido seductor de sus imágenes, en la agudeza inimitable de su ingenio, y en el brillo de su dicción poética (...) Llama la atención, desde luego, su inimitable maestría, en cuanto se refiere a la dicción y versificación. Ningún otro

[3] Adolfo Federico, conde de Schack, *Historia de la Literatura y el arte dramático en España,* t. III, pág. 444, Madrid, M. Tello, 1887, trad. Eduardo Mier.

poeta ha conocido y manejado su lengua con tanto brío y desenvoltura... la aplica a expresar bellezas siempre nuevas e inesperadas, y se burla de una manera tan asombrosa de las dificultades de la rima, que parece ser el soberano despótico del magnífico idioma castellano... es siempre natural cuando escribe, y se mantiene siempre libre del culteranismo y de la afectación hinchada que invadía poco a poco la literatura (...) De lo expuesto se puede deducir naturalmente que los papeles de gracioso en Tirso se distinguen de todos los demás por su riqueza; y así es, en efecto, porque este tipo dramático aventaja en sus comedias a todas las demás de la misma clase del teatro español: su carácter, sus ocurrencias, las situaciones cómicas en que los presenta, descubren una gracia incomparable, y rara vez descienden de la región de la fina burla ática a la de groseras bufonadas (...) En el trazado de sus caracteres se observa en parte, la misma libertad... nos demuestra que es acabado maestro en esta materia, así como se encuentran también en todas sus comedias pruebas aisladas de la profundidad de sus observaciones psicológicas (...) Don Agustín Durán ha puesto de relieve, con su penetración acostumbrada, uno de los rasgos originales de este autor en el trazado de los caracteres: «Los hombres de Tirso —dice en el prólogo a sus comedias en la Biblioteca de Autores Españoles de Rivadeneyra— son siempre tímidos, débiles y juguetes del bello sexo, en tanto que caracteriza a las mujeres como resueltas, intrigantes y fogosas en todas las pasiones, que se fundan en el orgullo y en la vanidad.»

Todo esto es, en efecto, típico del estilo de Tirso en sus comedias de atribución segura. A la hora de juzgar *El burlador*, dado que nada de esto hay, Schack se limita a señalar que «El carácter de Don Juan es de superior mérito dramático; no así la exposición de sus delitos, defectuosa a nuestro juicio. Esta composición, según parece, fue más famosa en el extranjero que en España»[4]. Schack no dice nada sobre ningún otro punto de la obra. Detallar un análisis como los que dedica, por ejemplo, al *Don Gil*, le llevaría a constatar que el estilo es frecuentemente culterano, como sucede en las intervenciones

---

[4] Schack, *op. cit.*, págs. 444-445.

de Tisbea o en los parlamentos de Don Juan; que el carácter del gracioso, Catalinón, se aleja mucho de los finos e irónicos graciosos de Tirso; que de las tres mujeres seducidas, Isabela, Trisbea y Arminta (Ana de Ulloa es una mera mención), ninguna de ellas recurre al expediente clásico del disfraz varonil, que tanto juego le da a Téllez en sus comedias y que ninguna de ellas presenta un carácter desarrollado, ni el menor esmero en el apunte psicológico; otro tanto pasa con la elegancia de estilo, versificación y dicción. Tanto en *Burlador* como en *Tan largo*, la versificación no pasa de correcta, y el estilo, de llano. Y Don Juan está muy lejos, como carácter, de cualquier otro que haya pintado Tirso. El único tipo en la obra de Tirso que puede recordar a Don Juan es el Don Guillén de *La Dama del Olivar*.

La figura de A. Farinelli[5] en la historia crítica del *Burlador* es clave, no sólo por ser el primero que argumenta de forma clara en contra de la autoría de Tirso, sino también por ser el autor de una hipótesis que trata de salvar los problemas ecdóticos derivados de la existencia de dos versiones: la de un original perdido, anterior a ambas. La hipótesis está lejos de ser descabellada en cuanto a su fundamento (que ambas versiones no pueden derivar la una de la otra, sea cual sea la que consideremos cronológicamente anterior). Aunque un siglo después, una vez conocido el proceso de transmisión del *Burlador* y comprobadas las características de las ediciones *sueltas* en cuatro folios, como es el *Tan largo*, postular ese *eslabón perdido* resulte innecesario. Las anomalías del *Burlador* se explican por el proceso de transmisión a través de un grupo de actores que pasa a la compañía de Roque de Figueroa antes de 1630, donde se remodela el texto incompleto, y las omisiones del tercer acto del *Tan largo* son típicas de la práctica editorial de la época. La otra aportación de Farinelli es su propuesta de entronque de la historia de Don Giovanni con fuentes italianas, propuesta que ha herido muchas susceptibilidades en Carpetovetonia, pero que contiene varios elementos críticos de mucho peso. El primero de ellos, el que sitúa en un plano de igualdad la atribución de la obra a Tirso en *El burlador* y la atribución de la obra

---

[5] A. Farinelli, *Don Giovanni*, en *Giornale storico*, 1896, pág. 36, posteriormente ampliado en 1946, Milán, Fratelli Bocca.

a Calderón en el *Tan largo*, considerando a ambas inconsistentes, y proponiendo una fecha próxima para su redacción. Según esto, Farinelli propone una hipótesis de transmisión que cincuenta años después se ha demostrado correcta: «E immagino sempre che il *Burlador*, nato ad un parto col *Tan largo*, non sia il testo poetico ispano d'origine, che a noi sfugge, e che sembra non essersi conservato, come non si conservarono molte centinaie di *comedias* di questa fertile età, ma una variante, o raffazzonamento, o adattamento voluto da un regitore delle scene, o autore del dramma iniziale...»[6].

En cuanto a la posibilidad de que la historia de la estatua animada, clave en la articulación del *Convidado de piedra*, tenga una raíz italiana, es cosa que requiere ulterior comprobación; pero hacia ahí apunta la historia, completamente italiana, sobre la que se asienta la obra gemela del *Burlador, Dineros son calidad*. Parece claro, a la vista de la primera edición crítica donde se cotejan el manuscrito y el impreso de esta obra, que su autor es Claramonte, y no Lope. Cuando se descubra la fuente de esta historia que transcurre en Florencia, y se documente la relación de Claramonte con Nápoles, Florencia y Milán (en donde transcurren varias obras suyas como *De lo vivo a lo pintado, El Dote del Rosario, El secreto en la mujer*) sabremos si la historia de la estatua que habla procede de tierras italianas, y si ese fondo temático explica que sea Nápoles el lugar donde podemos documentar las primeras representaciones, e Italia la vía de penetración y popularización del mito en Europa.

Volvamos al problema de la doble versión. Cotarelo es el primero en editar un texto del *Burlador* completado en sus lagunas y corregido en sus evidentes errores métricos o léxicos utilizando los fragmentos alternativos del *Tan largo* como recurso enmendatorio[7]. La evidencia de que *Tan largo* y *El burlador* son la misma obra, transmitida de forma distinta, y la

---

[6] Arturo Farinelli, *Don Giovanni*, Milán, Fratelli Bocca, 1946, pág. 247.

[7] Es infundada la sospecha «ad hoc» de Xavier A. Fernández según la que Hartzenbusch habría tenido acceso al ejemplar del *Tan largo* para alguna de sus enmiendas. Los escasísimos lugares en que una enmienda de Hartzenbusch al texto del *Burlador* coincide con el texto del *Tan largo* corresponden a errores graves del original, en donde Hartzenbusch recuperó sin problema la rima o las sílabas faltantes.

comprobación de que el texto del *Tan largo* mejora todos los pasajes dudosos o erróneos del *Burlador,* hacen que primero Cotarelo y luego Américo Castro ofrezcan un texto muy superior a los que hasta entonces habían circulado. Según Castro, TL «es de gran valor como recurso enmendatorio de *El Burlador*», aunque, siguiendo a Cotarelo, supone que se trata de una versión tardía, escrita hacia 1660; se basa en que la *suelta* estaba impresa en tipos elzevirianos y en papel de mala calidad, «muy frecuentes en aquellos años». Un estudio de Cruickshank en los años 80 ha demostrado que *Tan largo me lo fiáis* está editada en 1634-35, lo que confirma la hipótesis de Farinelli; no obstante durante todo este siglo la autoridad de Cotarelo ha hecho que muchos tirsistas atribuyeran al texto del *Tan largo* una fecha tardía, y a partir de ahí extrajeran consecuencias sobre la posterioridad de la *suelta.*

En el primer cuarto de siglo aparece un análisis de S. G. Morley sobre las características métricas de las obras de Tirso. Aunque Morley no había afinado todavía el método que más tarde le haría consagrarse en el análisis de la obra de Lope de Vega, el trabajo sirve para replantearse las bases argumentales de las atribuciones dudosas. Señala cautamente Morley que «It was originally undertaken with the hope of casting some light upon certain plays of disputed authorship, notably *El condenado por desconfiado*. The results cannot be called conclusive in that respect, but they furnish an inference of some weight, and besides are not wholly barren of interest in themselves, inasmuch as they serve to illustrate the methods of composition of the dramatists of the *siglo de oro*»[8]. Morley establece su *corpus* a partir de 32 obras, de las que 31 son de autoría indisputada de Tirso[9], y compara los resultados de ese

---

[8] S. Griswold Morley, «The Use of Verse-Forms (Strophes) by Tirso de Molina», en *Bulletin Hispanique,* 1910, págs. 387-408.

[9] *La venganza de Tamar,* publicada en la *Tercera parte,* no es de atribución segura; en 1628 Juan Bautista Valenciano tiene una llamada *La fuerza de Tamar* entre las comedias de Andrés de Claramonte; el manuscrito copiado en 1632 no indica nombre de autor; hay una suelta sevillana donde se atribuye a Godínez, y la *Parte Tercera* de Tirso no tiene fiabilidad total, ya que su editor es el mismo que edita la *Parte segunda* en cuyo prólogo el propio Tirso avisa de que sólo 4 de las 12 son suyas. El problema es que la *Parte Tercera* se editó antes que la segunda.

corpus con otro formado por ocho comedias (entre ellas *La estrella de Sevilla* y *Del Rey abajo ninguno*, de autoría dudosa) y finalmente un grupo de cuatro comedias de atribución discutida: *El Burlador de Sevilla*, *El Condenado por desconfiado*, *La Firmeza en la hermosura* y *El Rey Don Pedro en Madrid*. En el caso de *El Rey Don Pedro en Madrid*, que Hartzenbusch había editado a nombre de Tirso, Morley es rotundo «the verse-analysis may add its weight, which is entirely against Tirso's authorship». En cuanto al *Burlador*, Morley interviene en la polémica apoyando las reticencias de Farinelli y Baist[10] y aportando, además de la cuestión estrófica, un nuevo argumento, que hasta entonces no se había manejado: Tirso acostumbra a hacer hablar en dialecto sayagués, tanto a los aldeanos de Castilla como de León, Galicia, Cataluña, Portugal o Andalucía. En *El Burlador* hay dos escenas típicas de aldeanos y en ninguna

---

[10] «*El Burlador de Sevilla*, the much discussed original Don Juan play, appears adscribed to Tirso in the early editions, not in any authorized by Tirso himself. Consequently, it is all legitimate to question the ascription... Arturo Farinelli *(Don Giovanni, in Giornale storico,* 1896, pág. 36 and fol.) opposes Tirso as the author, and Baist *(Gröbers Grundiss,* II Band, 2 Abtheilung, pág. 465, and note 4) inclines to same view (...) The reasons brought forward by Farinelli against Tirso's right to the play are such as these, Tirso's female characters are usually his protagonists, the men puppets; here the opposite is true; the name attached to a play in a unauthorized collection means very little; the style is unlike Tirso's. To these we might add that this play teaches a definite moral, most strange for Tirso, and that the country scenes introduced and the speeches of the *gracioso* lack the naturalness and wit characteristic of that author. Yet I share Menéndez Pelayo's hesitation to change a printed nome, which the inscribers had some reason unknown to us for placing here, on such a basis of inference. A reason which carries more weight to me is quite another. Tirso often introduces scenes in which peasants take part: they are among his best; and he invariably makes his peasants speak a dialect, characterized by such forms as *her*, for *hacer, nueso* for *nuestro, puebro, crergo, sigros,* etc., where *r* replaces *l;* and *ell alma, dell olmo,* etc., where the article seems to be palatalized before a vowel. This dialect is probably the *sayagués* (...) but however that may be, it is applied by Tirso as a brand to all his peasants, whether they be natives of Castile, León, Galicia, Portugal, or Catalonia *(La Villana de Vallecas, La Prudencia en la mujer, Mari-Hernández, El Vergonzoso en Palacio, El Amor y el Amistad).* The *Burlador* contains two sets of country scenes, one laid in Tarragona, the other in Dos Hermanas (Andalusia) where a rustic wedding is in progress. No dialect is used in either scene, which seems very strange, if Tirso wrote the play. Neither is the naturalness and life of Tirso's peasants to be noted here», págs. 404-406.

de ellas se usa el sayagués, habitual en estas escenas, muy características de Tirso, que obtiene con ellas notables efectos cómicos. Apunta además Morley que falta aquí toda la naturalidad y el ingenio habitual de este autor y cautamente indica que «The author of the play must remain dubious unless some piece of definite evidence comes to light» (pág. 406).

Todos estos estudios plantean un problema crítico central: la revisión de la atribución a Tirso, y dos cuestiones relacionadas con él: la prioridad ecdótica y cronológica del *Tan largo* frente al *Burlador* y las hipótesis sobre la transmisión de ambos textos. Todo ello sobre un fondo de mayor alcance, el problema general de las obras de atribución dudosa, que afecta a casi todos los autores de la época, salvo tal vez a Calderón.

Lo que era un problema crítico bien encauzado en su tratamiento metodológico y argumental, se convierte, con Saíd Armesto y Blanca de los Ríos, en una cruzada contra infieles[11]. El primero extrae de la propuesta de Farinelli el punto más débil, la conjetura sobre la posible relación entre la historia de Leontio de Ingolstadt y la tipología de Don Juan, y le opone un acopio de datos sobre leyendas populares relacionadas con el tema de la calavera en España y Portugal, sin plantearse el problema de la autoría, sino de la españolidad del autor[12]. El meollo de las observaciones críticas de Farinelli apunta al texto, a su autoría y a su transmisión, más que al mito, y a sus fuentes. Blanca de los Ríos, apoyada en Saíd Ar-

---

[11] Valgan como ejemplo estas líneas, «todo género de hipótesis, algunas tan insólitas y audaces, que hasta hay quien, no contento con poner en tela de juicio lo del españolismo de *Don Juan*, casi se alarga a disputar, no sólo a Tirso, sino a España, la paternidad de la comedia. (...) Porque gloria y motivo de orgullo es para España que haya aquí nacido tan original figura. Nada importan las frívolas monsergas de ciertos críticos ignaros y gazmoños, rijosos detractores del gran libertino...» V. Saíd Armesto, *La leyenda de Don Juan*, Madrid, Espasa-Calpe, col. Austral, 1946, pág. 14.

[12] El capítulo VIII, titulado «Don Juan, español» resume: «Cierto que los romances del convite no contienen por sí solos todo el barro de que se ha servido Tirso para modelar su drama», y más adelante «No es pues, el *Burlador* un tipo que Tirso haya necesitado demandar en calidad de préstamo a nación alguna» (pág. 204). Said Armesto parte de la base, si es español, es de Tirso, pero una cosa es la autoría del texto y otra las posibles fuentes del mito.

mesto[13], continúa la empresa contra el hereje[14] y en su edición de obras de Tirso propone un método, la compulsa, para probar la autoría de Tirso. El método, de cuya base crítica ya había desconfiado Morley[15], consiste en extraer fragmentos del *Burlador* y compararlos con fragmentos de obras de Tirso, incluyendo tanto obras de atribución segura como obras de atribución a otros autores, como Lope, Claramonte o Vélez de Guevara *(El Rey Don Pedro en Madrid, La Ninfa del Cielo)* y *El condenado por desconfiado,* sobre cuya paternidad tirsiana pesan sólidas dudas. A partir de este *corpus,* selecciona una veintena de coincidencias, que según la autora «nos darán la certidumbre del derecho de Téllez a la creación del gran mito, con la infalible exactitud de una demostración matemática»[16]. El optimismo de la ilustre tirsista, como se ha demostrado ulteriormente, no se justifica: el cotejo de citas revela, tal y como sospechaba Morley, que se trata de citas comunes a la mayor parte de autores de la época. Con el agravante de que si se amplía el *corpus* usado, y se coteja con la obra de Claramonte, aparecen más coincidencias en menos *corpus*[17].

La cuestión de la prioridad del *Tan largo* y los asuntos relacionados con la *princeps* siguieron siendo tema de debate, a partir de los artículos de A. Sloman y de María Rosa Lida de Malkiel, a lo que siguió una polémica entre los profesores Wade y Mayberry, por un lado, y Xavier A. Fernández, por

---

[13] Que a su vez habla así de doña Blanca, «una esclarecida y doctísima mujer, Blanca de los Ríos, cuyo estudio sobre *Tirso de Molina,* premiado por la R. A. E., servirá sin duda para adoctrinar a los maestros», *ibíd.* (pág. 24).

[14] Dice doña Blanca sobre Farinelli, «y hasta su propia *herejía donjuanesca* que removiendo las muertas aguas de nuestro interior estético produjo calor de vida y tumulto de lucha en torno al gigante de Tirso», Tirso de Molina, *Obras Dramáticas Completas,* t. I, pág. 738.

[15] Es un ejemplo de la diferencia de rigor metodológico entre unos trabajos y otros. Morley observa que hay «one or two expressions in the *Burlador,* which seem to parallel similar ones in authentic plays of Tirso», pero añade que «However, these were probably stock expressions of the time», *op. cit.,* página 406.

[16] *Ibíd.,* t. I, pág. 752.

[17] He llevado a cabo este cotejo en mi obra *Andrés de Claramonte y El burlador de Sevilla,* Kassel, Reichenberger, 1987, y en varios artículos incluidos en la recopilación *Lope, Tirso, Claramonte,* Kassel, Reichenberger, 1999.

otro. G. E. Wade relaciona la prioridad del *Tan largo* con su hipótesis sobre el texto de la *princeps:* «Hemos visto que *B* es una refundición, casi seguramente hecha (en parte por lo menos) por Andrés de Claramonte, de una versión anterior de *TL*... pero es probable que Claramonte, y no Tirso, escribiera el trozo de *B* sobre Lisboa»[18]. Por una parte parece claro que varios pasajes de *TL* no han podido proceder del *Burlador*, problema que salvaría el recurso a una *versión previa* «más cercana al original perdido de Tirso»; por otra, parece claro que el texto del *Tan largo*, además de la loa a Sevilla, presenta cortes editoriales en tres pasajes del acto tercero, a partir del final del folio 14 *verso*. Con los datos de que Wade dispone, la única posibilidad de mantener la atribución a Tirso y hacerla compatible con la evidencia de que distintos aspectos del texto apuntan a Claramonte es proponer la siguiente conjetura: «Se sugiere el año 1616 porque Tirso estuvo en Sevilla, en ese año, camino del Nuevo Mundo, y posiblemente compuso la comedia en esa ciudad con su larga descripción de ella. Fue Blanca de los Ríos, especialmente, quien prefirió 1616 como fecha probable. Así no es posible fechar con exactitud la composición de *TL*. Si Tirso vendió *TL* a Claramonte, esto sería en la primavera de 1616. Claramonte (Rennert, *Spanish Stage*, pág. 45) estuvo en Sevilla en 1617 y es posible que estuviera allí el año anterior. Tirso estuvo ausente de España por dos años, y durante este período probablemente no escribió para el teatro. Más abajo podremos indicar que la versión *B* fue escrita entre 1617 y 1620, y resulta una vez más que *TL*, compuesta antes de *B*, habría estado en la posesión de Claramonte no más tarde que la primavera de 1616»[19]. Wade desconoce el dato de que la obra de Claramonte *Deste agua no beberé*, cuyas coincidencias con *El burlador* son muchas y muy llamativas, fue representada por la compañía de Antonio de Prado en 1617, dato compatible con su hipótesis; también desconoce el dato, descubierto por Mercedes de los Reyes y Piedad Bolaños, de que Claramonte estuvo representando en Lisboa

---

[18] G. E. Wade, «Hacia una comprensión del tema de *Don Juan* y *El burlador*», en *RABM*, Madrid, 1974, págs. 665-708.

[19] Wade, *ibíd.*, págs. 704-5.

en enero de 1612, dato también compatible con su hipótesis. Pero esto es lo que, en cuanto al debate sobre la autoría, debemos asumir como hipótesis *mínima* de la intervención de Claramonte; los datos son también compatibles con la *hipótesis máxima*, que propugna a Claramonte como autor del texto original, próximo al *Tan largo*. Si el hecho de introducir una loa de unos 200 versos elogiando a una ciudad tiene algún tipo de relevancia para considerarla como rasgo de estilo, el único autor que presenta esta característica es Claramonte, cuya obra *La católica princesa Leopolda* (manuscrito fechado en 1612) tiene una loa de 192 versos, esta vez a Valencia. Está documentado que Claramonte representó en Valencia, Lisboa y Sevilla en 1612. Así, la observación de Wade sobre el hecho de que «el trozo sobre Lisboa fue incluido obviamente para otro propósito que el de avanzar la acción del drama»[20] encaja perfectamente con el previsible propósito de un dramaturgo director de compañía que representa en tres ciudades muy importantes y que introduce en algunas de sus obras una loa de elogio a cada ciudad. Vélez inserta también algunas loas, pero la de Málaga en *El verdugo de Málaga* es mucho más breve, y la de Sevilla en *El diablo está en Cantillana* parece muy tardía.

Los estudios tipográficos efectuados por D. W. Cruickshank han aclarado un punto esencial en las ediciones del *Burlador* y del *Tan largo*: el volumen del que procede *El burlador* era una edición de comedias *desglosables*, algunos de cuyos ejemplares se utilizaron para recomponer el volumen de *Doze comedias*. El primero no estaba impreso en Barcelona, por G. Margarit, sino en Sevilla, por Manuel de Sande/Francisco de Lyra, seguramente hacia 1627-29. En cuanto al *Tan largo*, procede del período 1632-35, también en Sevilla, y en las prensas de Simón Faxardo, que por esos años edita, de modo más o menos fraudulento, distintos volúmenes de comedias *sueltas*, *desglosadas* o facticias.

Así pues, la principal base de la idea de «refundición» para el texto conocido como *Tan largo me lo fiáis* (la supuesta distancia temporal de treinta años dictaminada por Cotarelo) cae

---

[20] Wade, *ibíd.*, pág. 706.

por tierra. Si ambos textos han sido impresos en el margen de un quinquenio, es claro que se trata de variantes de una misma obra transmitidas por vías diferentes. En el caso de *El burlador*, que indica en portada «representóla Roque de Figueroa», la vía es fácil de detectar. Figueroa representó en Sevilla en junio y diciembre de 1629. En estos meses debió de vender el manuscrito de la comedia al impresor o editor. Dado que en 1625 consta una representación de *El convidado de piedra* en Nápoles por la compañía de Pedro Ossorio, y el año 1626, en octubre, otra con la compañía de Francisco Hernández Galindo, y dado que sabemos que Figueroa no tenía en octubre de 1624 *El burlador* entre las obras de su repertorio, es muy probable que adquiriera la comedia después de octubre de 1626, fecha de la muerte de Andrés de Claramonte a través de alguna compañía que la hubiera representado. Sobre este punto, un reciente trabajo de J. Ruano de la Haza, que ha comprobado la transmisión del texto del *Burlador* a través, al menos, del actor que había hecho el papel de Catalinón, y seguramente también de la actriz que hacía de Arminta[21], ayuda a precisar los límites temporales. Juan Bezón, que estaba en 1629 en la compañía de Figueroa, había llegado en 1628, y de acuerdo con el elenco de la compañía, es el que hace papel de gracioso. Su mujer, Ana María «la Bezona», que hacía segundas o terceras damas, debía de ser Arminta. No hay que descartar que algún otro actor (un «barba» o un figurante) de la misma compañía (tal vez la de Avendaño o la de Juan Jerónimo) pasara también a la de Figueroa en 1628. Y esto nos da una característica esencial de la transmisión del texto: todo el episodio de Nápoles, que es el más divergente entre *TL* y *BS*, y el que contiene más errores técnicos, e incoherencias internas, ha debido de ser reconstruido de forma precaria y aproximada por la compañía de Roque de Figueroa. El resto de la obra permite plantear distintos problemas críticos sobre si hay o no hay una remodelación, de la que Claramonte sería el autor, y si el texto del *Tan largo me lo fiáis* es o no la versión original, o una remodelación, de la que también Claramonte sería el autor a partir de ese hi-

---

[21] A lo que hay que añadir a la actriz figurante que desempeñaba el papel de Belisa, criada de Arminta, cuyo texto es casi idéntico en ambas versiones.

potético original perdido. Este texto hipotético y conjetural es el que se propone para atribuirlo a Tirso. La atribución a Claramonte se hace en función de los textos *TL* o *BS* descartando los problemas de transmisión textual en donde intervienen impresores y actores de Roque de Figueroa.

En el último decenio 1989-99, este debate se ha reavivado a consecuencia de los estudios que han apoyado la atribución a Claramonte de ésta y otras obras del teatro del Siglo de Oro, en la línea propuesta por S. E. Leavitt para *La estrella de Sevilla;* un buen resumen de la cuestión lo proporciona la reciente edición de H. Brioso para Alianza Editorial (1999): «Como no vamos a terciar sin nuevos indicios en el debate de *claramontistas* y *tirsistas,* nos ceñiremos a la fuerte sospecha de que la autoría material del *Burlador* es oscura, y de que, si bien el nombre de Téllez pudo ser interesadamente vinculado por los manejos editoriales del último siglo XVII a la obra para vender la tirada de libros con el prestigio de su marca registrada, la pieza contiene algunos rasgos estilísticos de Tirso y una redondilla —primera del acto III— coincidente con un pasaje de otra comedia de Claramonte. El estado de los textos conservados veda casi cualquier otra posibilidad, pues ¿hasta dónde llega la posible refundición o la reelaboración? ¿El refundidor no habría dejado un sello indeleble, al punto de borrar muchas huellas del supuesto autor original? ¿Será en realidad la misma persona? ¿Serán los cómicos de la compañía los que remiendan su único manuscrito, muy maltratado tras haberse montado una y mil veces durante varios años? Por ahora anotaremos unas palabras de Maurice Molho que resumen la cuestión: "Por costumbre —o por comodidad— se sigue inscribiendo junto al título de *Burlador* un nombre que sólo garantiza una impresión desconocida, anónima y sin fecha" (pág. 2). Empero, quizás hayamos avanzado por lo menos dos pasos en la dirección de la salida del laberinto del *Burlador:* poseemos ahora ediciones solventes de varias piezas de Claramonte y estudios comparativos, en ocasiones casi verso a verso, de las obras encartadas»[22].

---

[22] Tirso de Molina, *El burlador de Sevilla*, Madrid, Alianza Editorial, 1999, pág. 56.

Sabemos, pues, que el texto de la *princeps* procede de un reajuste hecho por la compañía de Roque de Figueroa hacia 1628-29 a partir de un estado textual anterior en el que seguramente ha intervenido más de una compañía. Sobre el estado textual que refleja la edición *Tan largo* parece razonable pensar, de acuerdo con la teoría general sobre el teatro del Siglo de Oro, y con la teoría particular sobre la transmisión del *Don Juan,* que ese texto es anterior al de la *princeps*. La cronología es tajante: Claramonte muere en 1626 y Figueroa adquiere su texto no antes de 1628, fecha en la que llega Juan Bezón a su compañía. Como nadie ha probado la existencia de un texto previo al *Tan largo,* podemos asumir que *TL* representa la fase inicial, que *BS* representa una fase tardía en donde hay intervención de mano ajena al autor, y que ésta puede haber afectado al aspecto externo del texto en los casos de errores métricos (de rima o de medida) y, como suele ser habitual, en posibles supresiones o añadidos parciales. En cambio, es poco probable que esa fase tardía haya implicado modificación de formas estróficas, o añadido de pasajes largos. Llamaríamos *B* entonces a la versión de la obra a cargo de la compañía que la representó antes de la de Figueroa. Dado que, en agosto de 1626, Claramonte muere *sin hacer testamento,* seguramente *B* está muy cercana a la versión final, igual que la copia de diciembre de 1626 de *El Rey Don Pedro en Madrid/El infanzón de Illescas* es una versión más amplia del original breve que conocemos en manuscrito, en la edición atribuida a Lope de Vega. Se trata, pues, de proponer qué cambios se han debido establecer para el paso de *B* a *BP,* y qué cambios se producen desde *TL* hasta *B*. El primer cambio importante es la sustitución de la loa a Sevilla por la loa a Lisboa, que conlleva dos cosas: la modificación del *corpus* textual de Don Juan (que dice en *TL* la loa a Sevilla) y de Don Gonzalo (que dice en *B* la loa a Lisboa), y un ajuste métrico en las escenas correspondientes. Sustituir una loa por otra implica una modificación que afecta a los papeles de la obra, y otra que afecta a la existencia de una remodelación. Hacia 1615 Claramonte es *autor*, lo que implica que es el actor principal de la compañía, o primer galán. Diez años más tarde ya no es director de compañía y seguramente no hace papeles de galán. Ahora bien, lo que sí está claro en la obra es que el primer barba, en el texto de *B* es Don Gonzalo, gracias a que dispone de los 156 versos de su parlamento de Lisboa. Como contraparte, el papel de Don Pedro Tenorio ha descendido notablemente de *TL* a *BS*. En ambas obras, Don Pedro Tenorio es el papel central del episodio de Nápoles, interlocutor de Don Juan, del Rey y del Duque Octavio; pero mientras en *TL* reaparece en el tercer acto acompañando a Isabela en su viaje a Sevilla (33 versos), en *BP* ha sido sustituido por Fabio. Tenemos aquí una primera cuestión interesante: la relación entre papeles y actores. En *TL/B* tenemos cinco papeles de *barba*: Don Pedro Tenorio, el Rey de Nápoles, Don Gonzalo, Tenorio el Viejo y el Rey de Castilla. Pero no hay ninguna compañía que disponga de cinco actores para papel de *barba*. Lo normal son dos o tres. En realidad, *TL/B* es una obra estructurada de modo que los cinco papeles de barba pueden ser representados por sólo tres actores de un modo muy sencillo: el barba que hace el papel de Rey de Nápoles, simplemente con cambiar la caracterización, asume luego el papel de Alfonso XI. Desde su salida de escena como Rey de Nápoles hasta su entrada como Alfonso XI tiene un margen superior a 500 versos para cambiar su atuendo. El *barba* protagonista es Don Gonzalo de Ulloa; el actor que haga este papel, con presencia en los tres actos, no puede desempeñar ningún otro. Faltan entonces los dos Tenorio mayores. Un análisis detallado nos hace ver que no tienen ninguna escena común, ni tampoco contigua, por lo que ambos papeles pueden ser desempeñados por un solo actor que cambia su atuendo de Embajador en el primer acto por el de Privado del rey en el segundo. La sustitución de Don Pedro Tenorio por Fabio en el tercer acto tiene una función interna importante dentro de una compañía de teatro: facilitar el que un solo *barba* pueda hacer los dos papeles sin el problema que suponía en *TL* que el tío y el padre de Don Juan Tenorio aparezcan con poco margen de

30

tiempo hacia la mitad del tercer acto. En *TL* Don Pedro aparece primero en la escena de Tarragona, y luego hablando con el Rey, y desaparece de escena en el verso 2552; el padre de Don Juan aparece en el verso 2561, lo que hace difícil[23] que un *barba* pueda hacer esos dos papeles cambiándose de atuendo. Si la compañía dispone sólo de tres barbas, como es frecuente, sustituir a Don Pedro por Fabio en el tercer acto permite solventar la representación con garantías. Esta sustitución de papel y el ajuste consiguiente ha sido hecho, manifiestamente, por un hombre de teatro que piensa en adaptar la obra para un elenco concreto. Una prueba más de que el texto de la *princeps* es el resultado de adaptar la obra original, *Tan largo*, a las necesidades de la representación.

Esto nos obliga a fijarnos mucho en las escenas con dos *barbas*, porque dan una pista esencial para entender el paso de *TL* a *B*, pero también el paso de *B* a *BS*, y la fiabilidad ecdótica de las variantes textuales. Si en la compañía que tiene el texto antes de Figueroa hay tres *barbas* es muy poco probable que los tres se trasladen a la misma. Es necesario, sin duda, que el *barba* que hace el papel de Don Gonzalo sí haya acompañado a Juan Bezón, porque si no no se habría podido transmitir la loa a Lisboa; pero es casi seguro que el *barba* que hace los papeles de Rey no le ha acompañado, y eso explica la desaparición de textos como el soneto del Rey de Nápoles en *TL,* y la sorprendente diferencia entre el texto del Rey de Castilla en *TL* y el homólogo de *BS:* en *TL* Don Alfonso XI se expresa en impecables octavas reales, con un total de 9 réplicas y unos 27 versos. En *BS,* las octavas reales se sustituyen por endecasílabos sueltos. Y una vez terminada la loa de Lisboa, un fragmento en romance. En total, 6 réplicas, con sólo 9 versos, uno de ellos con error métrico. Lo curioso es que la réplica inicial del Rey, de verso y medio, coincide exactamente, y el comienzo de la primera réplica de Don Gonzalo, tam-

---

[23] Como ya hemos dicho, es seguro que en la *suelta* de *TL* ha habido omisiones en las dos últimas hojas. Esta escena corresponde al folio 15 *verso,* lo que apunta a que la brevísima escena de ocho versos (una sola octava real) de Octavio ha sido radicalmente amputada. La escena original de *T* debía tener lógicamente varias octavas.

bién. Coinciden pues los dos versos y medio iniciales de ambas versiones, y cambian a partir de ahí, cuando hay que poner en funcionamiento el sistema de rimas de la octava real. Esto concuerda muy bien con la hipótesis de que el *barba* que hace el papel de Don Gonzalo recuerda la réplica inicial de la escena, pero sólo aproximadamente las demás réplicas. Hay un punto que refuerza la intervención de la compañía de Figueroa para «remediar» este problema. El pasaje posterior a la *loa*, que no tiene homólogo en *TL*, consta de veinte versos en romance con 4 réplicas del Rey y 3 de Don Gonzalo. Pese a la sencillez de la estructura, hay un detalle que apunta a elaboración de compañía: en la primera réplica el Rey se dirige a su interlocutor como «Don Gonzalo», y en la última como «Gonzalo». La inclusión por segunda vez del nombre del interlocutor con distinto tratamiento tiene un sabor muy claro a ripio[24] y a reconstrucción de taller. En este interesante pasaje resulta compatible la idea de remodelación desde *TL* para introducir la *loa*, con la hipótesis de los avatares de la transmisión. O bien, al remodelar se sustituyó la octava real por el endecasílabo suelto, o bien ese pasaje previo a la loa seguía estando en octava real, pero, al no disponer la compañía de Figueroa del texto de Alfonso XI, no les fue posible reconstruir la secuencia de octavas reales, y sólo pudieron hacer una reconstrucción en endecasílabos sueltos, sustituyendo réplicas como «¿Es buen lugar Lisboa?», de *TL* por «¿Es buena tierra Lisboa?», de *BS*, o «Para los mares de la ardiente Goa» *(TL)*, por «Para Goa me dijo, mas yo entiendo» *(BS)*. Este análisis de detalle apunta a ampliar la propuesta mínima de J. M. Ruano sobre la transmisión a partir de los actores que desempeñaban los papeles de Catalinón y Arminta, para incluir al menos al actor que hacía el papel de Gonzalo de Ulloa. *Mutatis mutandis* es la hipótesis Farinelli, recogida por Rogers, de que la obra se reconstruyó a partir de *varios* miembros de una

---

[24] Recordaré que un ripio, etimológicamente, es una piedrecilla que se introduce entre sillares para ajustar su juntura. No tiene que ser necesariamente una palabra en posición de rima; la función de relleno de dos o tres sílabas alternando «Don Gonzalo» y «Gonzalo» con «Gran señor» y «Señor» me parece evidente.

compañía que pasan a otra. Más fácil es demostrar que en el paso de *B* a *BS* no se han podido transmitir directamente los papeles de Don Juan y de la Duquesa Isabela, métricamente impecables en *TL* y muy deteriorados en todo el episodio de Nápoles en *BS*. Otro punto clave concierne al pasaje del comienzo del segundo acto en donde tenemos en escena a dos *barbas*, el Tenorio padre y el Rey Alfonso, hasta la llegada del Duque Octavio. De nuevo volvemos a encontrar la discrepancia métrica entre las octavas reales de *TL* y el pasaje homólogo de *BS*, que está en endecasílabos sueltos justo hasta la llegada del Duque Octavio, en que pasa a octavas reales. De acuerdo con la hipótesis que hemos trazado, la coincidencia de octavas reales en ambas variantes se explica porque con la llegada del Duque Octavio tenemos dos personajes, el segundo galán y el *barba* Tenorio, que disponen de su texto, y un tercero, el *barba* Rey, cuyo texto falta. Vale la pena detallar esto, porque la hipótesis implica que el actor que representa al duque Octavio ha intervenido también en este trasvase.

Ahora bien, el cotejo de ese fragmento común en octavas reales entre *TL* y *BS* nos ilustra mucho sobre dos cuestiones: la reelaboración y la transmisión. Veamos:

TEXTO DE «EL BURLADOR»

OCTAVIO

A essos pies, gran señor, un peregrino,
misero y desterrado ofrece el labio,
juzgando por mas facil el camino,
en vuestra gran presencia.

REY.

Duque Octavio.

OCTAVIO.

Huyendo vengo el fiero desatino
de una muger, el no pensado agravio
de un Cavallero, que la causa a sido,
de que assi a vuestros pies aya venido.

Ya, Duque Octavio, se vuestra inocencia.
Yo al Rey escrivire que os restituya
en vuestro estado, puesto que el ausencia
que hizisteys, algun daño os atribuya.
yo os casaré en Sevilla, con licencia,
y con perdon y gracia suya,
que puesto que Isabela un Ángel sea,
mirando la que os doy, á de ser fea.
Comendador mayor de Calatrava
es Gonçalo de Vlloa, un Cavallero,
a quien el Moro por temor alaba,
que siempre es el cobarde lisonjero;
Éste tiene una hija, en quien bastaua
en dote la virtud que considero,
despues de la verdad, que es marauilla,
y el sol de ella es estrella de Castilla:
esta quiero que sea vuestra esposa.

Octavio

Quando este viaje le enprendiera
a solo esso, mi suerte era dichosa,
sabiendo yo que vuestro gusto fuera.

Rey

Hospedareys al Duque, sin que cosa
en su regalo falte.

Octavio

Quien espera
en vos, señor, saldrà de premios lleno,
primero Alfonso soys siendo el onzeno.

Como se ve, tenemos aquí un fragmento de cuatro octavas reales con estas rimas: 1.ª: *-ino, -abio, -ido*. 2.ª: *-encia, -uya, -ea*. 3.ª: *-aba, -ero, -illa*, y 4.ª: *-osa, -era, -eno*. En dos versos se ha omitido alguna sílaba, cosa que puede achacarse al impresor de *BS* y no al texto *B*. El Rey dice 19 versos en tres réplicas y Octavio, 13 en 4.

El pasaje correspondiente de *TL* es así:

OCTAVIO

A essos pies, grâ señor, vn peregrino
misero, y derrotado ofrece el labio,
juzgando por feliz este camino,
en vra Real presencia el Duq Otauio
huyendo vengo el fiero desatino
de vna muger, y el no pêsado agrauio
de un Rey; aunq mal dixe, q los Reyes
cristal son al espejo de las leyes.
Vna muger, al viêto deuil caña (do,
pues lo fue en la mudâça q ha mostra
a su Alteza, señor, sin causa engaña,
diziendo, que en palacio la he burlado;
mas el tiêpo, que al cabo desengaña,
dará a entender al Rey quiê à causado
esta inquietud en el, pues cô engaño
por la cara q viò me haze este daño.

REY

Ya, Duque Otauio, sè vra inocêcia,
y al rey escriuirê, porque os reciba
en su gracia, mostrando su clemêcia,
quando el enojo de su vista os priua,
y oy os pienso casar con su licencia,
con vna dama, en cuya gracia estriua
de la beldad la octaua marauilla,
y el Sol de las estrellas de Seuilla.
Don Gôçalo de Vlloa, vn cauallero,
a quien le ciñe la cruz roxa el pecho,
q orror del Moro fue, pues côsu azero
su tierra siêpre à puesto en grâde estre
tiene vna hija, i oy cô ella quiero [cho
casaros en Seuilla que sospecho
que cô aquesto vuestro bien ordeno.

OCTAVIO

Primero Alfôso sois, siêdo el Onzeno.

Hay también cuatro octavas reales, pero, como se ve, repartidas de modo equivalente: una réplica de 16 versos para Octavio, otra de 15 para el Rey y una última final de Octavio, idéntica en ambas versiones. En la primera octava, a cargo de Octavio, aparte de las leves variantes léxicas, se ha modificado el dístico final, impecable en ambos casos. La segunda octava y la tercera octava de *BS* corresponden, muy aproximadamente a las octavas tercera y cuarta de *TL,* pero hay cambio en algunas rimas. Es decir, la intervención en el texto es de equivalencia estética, en tanto que se mantiene la estrofa de octava real y parte de las rimas, pero se modifican las rimas interiores, respetando el dístico final. Alguien con capacidad para hacer esto en una estrofa técnicamente difícil (endecasílabos y rima consonante) conoce la obra con la misma profundidad que su autor. No es un remendón de oficio. ¿Dónde está la diferencia más acusada? En la segunda octava del *Tan largo,* donde Octavio resume la historia del Palacio, que ha desaparecido de *BP;* a cambio se amplía la intervención del Rey aludiendo a que Don Gonzalo es Comendador Mayor de Calatrava, y se establece un diálogo final algo menos brusco que la escueta réplica de un verso en *TL.* Aunque no esté recogida con exactitud en el texto impreso de *BP,* la idea de la reelaboración de mano del autor de la obra es bastante sólida.

Si nos atenemos a esa semiescena marcada por la entrada de Octavio, la modificación del texto inicial revela la mano de un autor que ha reajustado su propio texto. Pero ¿habrá reajustado la situación anterior a la llegada de Octavio, modificando las octavas reales en endecasílabos? Parece muy poco probable, porque las octavas reales marcan precisamente personajes nobles en situaciones escénicas de relieve. Si asumimos la hipótesis de que el actor que hacía el papel de Duque Octavio en *B*, transmitió la obra a la compañía de Figueroa, nos queda por resolver el problema de si la escena inicial entre los dos *barbas* fue rehecha por completo por la compañía de Roque de Figueroa, o fue rehecha a partir del papel del segundo *barba,* que representa aquí a Tenorio el Viejo. Creo que hay muchos datos que apuntan a que la escena entera en endecasílabos sueltos está construida sin ningún apoyo textual.

Es decir, es producto de la refundición de la compañía de Roque de Figueroa. Frente a la primera octava real impecable de *TL,* en *BS* tenemos estos ocho primeros versos:

REY

Que me dizes?

DON DIEGO

Señor, la verdad digo,
por esta carta estoy del caso cierto,
que es de tu Embaxador, y de mi hermano,
hallaronle en la quadra del rey mismo,
con vna hermosa dama de palacio.

REY

Que calidad?

DON DIEGO

Señor, la Duquesa Isabela.

REY

Isabela?

DON DIEGO

Por lo menos.

REY

Atreuimiento temerario,
y donde aora està?

DON DIEGO

Señor a vuestra Alteza
no he de encubrille la verdad, anoche
a Seuilla llegó con un criado.

Más o menos aquí hay unos once versos. Las réplicas de Don Diego son endecasílabos, pero del fragmento de diálogo tan sólo se podría rescatar un endecasílabo formado por «Atrevimiento temerario, y dónde». Las cuatro réplicas intermedias requieren enmiendas, tanto de medida como de sentido. La opción general es introducir un *[es]* en la réplica de Don Diego: «Señor, la Duquesa Isabela», y sustituir, en la réplica del rey, «Isabela», por «Duquesa». Pero con esas dos enmiendas nos encontramos con un fragmento de once versos en donde no hay, no ya un verso, ni siquiera un sintagma en común. Más adelante topamos con varios versos de medida errónea, a cargo de Don Diego («gran señor, que mandas que yo haga») o del criado que anuncia a Octavio («y dize señor, que es el Duque Octavio»). Al primero le falta una sílaba y el segundo, teniendo once, infringe la estructura acentual introduciendo un acento en quinta. El responsable de esta sarta de endecasílabos no puede ser el mismo que modifica una octava real correctamente con la dificultad añadida del cambio de rimas en la réplica de Octavio. El cotejo es revelador: en el paso de *T* a *BS* hay dos fases perfectamente diferenciadas. Se pasa de *T* a *B* por un reajuste dramatúrgico hecho por el propio autor, que mantiene la forma de octavas reales, modificando puntos de contenido, y luego se pasa de *B* a *BS* reescribiendo la escena a partir del texto del Duque Octavio y de las informaciones que otros actores pudieron facilitar sobre la situación previa. El refundidor (probablemente Pedro de Pernía) usa el endecasílabo suelto y comete algunos yerros menores, pero cumple su cometido de «remendar» la escena faltante. En cuanto al proceso de transmisión global, el corolario es que el episodio de Nápoles ha debido de ser transmitido a través del actor que ha desempeñado el papel de Duque Octavio, lo que explica los frecuentes errores del texto en el comienzo de ese episodio. Octavio no aparece hasta el verso 191 en *BS* o 254 en *TL*. En todo caso el Duque Octavio es papel de segundo galán y es el único, fuera de Don Juan y de Catalinón, con presencia escénica en toda la obra. El análisis muestra que los actores que llevan la obra a Figueroa corresponden a los papeles de Catalinón y Arminta, como precisó Ruano de la Haza, del Duque Octavio, como ya habíamos apuntado en 1989 en nuestra primera edición, el primer *barba*, que hace de Don Gonzalo, y seguramente algún actor secundario como la que hace de Belisa, criada de Arminta, o tal vez el segundo gracioso, Ripio. Pero el problema de los actores tiene que ver con el de los papeles y también con ciertas peculiaridades escénicas y ecdóticas de ambos textos.

Esta escena inicial de la segunda jornada nos introduce en otro punto de la polémica sobre las dos versiones: ¿cómo se llamaba el padre de Don Juan? En el *dramatis personae* de *TL* no aparece, pero es mencionado en esa segunda jornada como *don Juan Tenorio el Viejo*, mientras en *BS* aparece con el nombre de *Don Diego Tenorio*, coincidiendo con el que Claramonte pone en escena como padre de Juana Tenorio en *Deste agua no beberé*. El texto de *TL* repite el nombre en la acotación inicial de la segunda jornada y más tarde en el episodio de las bodas de Arminta:

BATRICIO

Quiê viene? *Past.* Dô Iuâ Tenorio

GAZENO

El viejo? *Past.* No esse don Iuâ,
sino su hijo el galan;

En el texto de *BS* hay un pasaje que corrobora esto, aun por encima de los cambios de personajes: en vez de Batricio y un pastor, los interlocutores de Gazeno son ahora Catalinón y Belisa:

GAZENO

Quien viene?

CATALINÓN

Don Iuan Tenorio.

GAZENO

El viejo?

No es esse don Iuan.

BELISA

Será su hijo galan.

Como es habitual en *BP*, hay un error métrico, pero en este caso no afecta a la situación. Gaseno o Gazeno, según la grafía, tiene claro que el privado del Rey Alfonso XI se llama Juan Tenorio el Viejo. El cotejo de variantes nos confirma que el verso correcto octosilábico lo da *TL*, por lo que la única enmienda posible es ajustar *BS* según *TL*, suprimiendo el verbo *es* de la réplica de Catalinón. ¿Por qué razón en el *dramatis* de la *princeps* se le da el nombre de Diego Tenorio, que no está mencionado luego en el texto? La explicación lógica está en que *TL* corresponde al texto primitivo, en el que el actor que hacía de Pedro Tenorio podía hacer también el papel de padre de Don Juan. El autor de la obra no puso el personaje en el *dramatis* porque tenía muy clara la estructura de la representación, según la cual no se necesitaba un nuevo actor para este papel.

Pero este detalle no está aislado: en la acotación inicial de la versión *B*, por encima de los problemas de transmisión, consta el nombre y la función: *don Diego Tenorio, de barba.* El haber mantenido el verso *El viejo*— *No ese Don Juan,* revela que en el texto de origen se llamaba así. Pero ¿cómo y por qué pasa a ser Don Diego? Respecto al nombre, no hay problema: en *Deste agua no beberé* Claramonte utiliza ese nombre dentro del mismo linaje, siglo y ciudad. Simplemente, la acción se traslada del reinado de Alfonso XI al de su hijo Pedro I. Parece lógico pensar que es Claramonte quien introduce este cambio onomástico. Pero ¿por qué lo hace? Hay una buena hipótesis que relaciona este cambio con la sustitución del papel de Pedro Tenorio por Fabio en el tercer acto y con los problemas de transmisión del episodio de Nápoles. Veamos.

En el texto *T* un mismo actor puede hacer los papeles de Pedro y de Diego Tenorio. En la primera jornada sólo está Pedro, en la segunda sólo está Diego y en la tercera hay margen para que el actor que hace de Pedro al salir de escena se ponga barbilla o barba, cambie de sombrero y tal vez de capa y espada. De esta forma un actor puede hacer dos papeles. Pero hay otra alternativa interesante si evitamos que Pedro Tenorio aparezca en el tercer acto: en ese caso, el actor que hace de Pedro Tenorio puede escoger entre reemplearse en los dos actos restantes como el Tenorio Viejo o como Gonzalo de Ulloa. El papel de Gonzalo de Ulloa es el de primer *barba*. El actor que empieza la obra como Don Pedro Tenorio, Embajador del rey en Nápoles, dispone del tiempo de escena dado por los 320 versos del episodio de Tarragona para caracterizarse como Embajador del Rey en Lisboa. Sin duda la caracterización para una función homóloga debía de ser muy sencilla: añadir barba, y tal vez perilla y quitar o poner mostachos, variando la banda cruzada y la capa. En la estructura de *B* el primer barba hace los dos embajadores, el segundo barba los dos reyes, y el tercer barba es un actor que sólo hace el papel de Diego Tenorio, tras la remodelación del texto. Aparentemente este cambio no aporta una gran renovación escénica, pero explica la posibilidad del rescate del episodio de Nápoles a partir de dos papeles, el de Octavio y el de Pedro, y explica también las dificultades de la transmisión del texto de Diego Tenorio en *BS*. El primer *barba* rescata dos papeles, los de Embajador, y es sin duda el único que pasa a la compañía de Figueroa. Esto explica la peculiar factura técnica de la escena en donde están el Rey Alfonso y Don Diego y el cambio que se produce al llegar Octavio, que sí se sabe su papel y reconstruye con bastante solvencia el de su interlocutor. De acuerdo con la asignación de papeles de loa que representa Roque de Figueroa al entrar en Madrid, el papel de Octavio, segundo galán, parece claro que corresponde a Lorenzo Hurtado de la Cámara.

En cuanto a los papeles femeninos, Ana de Ulloa no existe en escena: es una voz que habla desde dentro, nombrada como *Una Dama* en *TL* y *Una muger* en *BS*. La Duquesa Isabela, que es la segunda dama, tiene papel en dos actos, pero el cotejo entre *TL* y *BS* muestra que en la transmisión el papel se ha deteriorado tanto en el texto como en la claridad escénica. Arminta, la tercera dama, mantiene una concordancia muy alta entre ambas versiones. Sin embargo, el personaje de Trisbea, primera dama, tiene bastante cambio, resumible en que su papel se amplía. En cuanto a la transmisión del texto Figueroa y a la hipótesis de la remodelación, hay algunos detalles interesantes: está, por un lado, el cotejo entre el monólogo de Trisbea en *TL* y el de Tisbea en *BS* y, por otro, la célebre escena del desembarco de Isabela en Tarragona y su encuentro con Trisbea/Tisbea. Respecto al nombre, la discusión apunta en ambos casos a Claramonte. Tisbea, como Diego Tenorio, es también personaje de *Deste agua no beberé*. Pero *Trisbea*, según *TL*, parece anagrama de Beatriz, como Belisa (la criada de Arminta) lo es de Isabel. La pronunciación con seseo es típica de Claramonte y hay rima seseante en el texto común del *Burlador* y el *Tan largo*, y Beatriz es el nombre de la esposa de Claramonte, Beatriz de Castro y Virués, con quien casó en 1604 en Valladolid. Lo que conocemos sobre costumbres de la época nos induce a pensar que en el decenio siguiente a esa boda, Beatriz de Castro haría primeras damas en las obras de su marido. Esto justifica muy bien el que el papel creciera en la remodelación: del monólogo de *TL* (62 versos), al de *BS* (142) el lucimiento del papel de primera dama se ha reforzado mucho. Esto no implica que en la última fase de la transmisión (1628-29) este papel lo haya mantenido Beatriz de Castro, tras la muerte de Claramonte. Tal vez lo haya hecho una actriz relacionada con el actor que hace de Octavio, en el paso a la compañía de Figueroa.

En todo caso es necesario que la actriz que hace Tisbea forme parte de ese grupo de actores, porque si no no se podría haber rescatado el texto de Isabela en la escena entre ambas.

El Marqués de la Mota, tercer galán, es un personaje deteriorado en la transmisión textual. Por un lado tenemos la desaparición de la escena que tiene en el tercer acto de *TL* y no tiene homóloga en *BS*. Por otro la evidencia del cotejo en el segundo acto. Según el *Tan largo* el personaje tiene aquí cuatro escenas bien definidas: a) el encuentro con Don Juan y Catalinón, b) el reencuentro con ambos, en la escena de los músicos, c) el breve monólogo anterior a su prisión, y d) la escena del prendimiento. En su primera escena, que comienza con «Todo hoy os ando buscando», tiene como interlocutores a Catalinón y a don Juan, y la escena, de cien versos en redondilla, le da al Marqués un total de 48 versos. Como todos esos versos son de réplicas cruzadas con Don Juan y Catalinón, y el esquema es de redondillas, el texto se ha rescatado casi íntegro en *El burlador,* al intervenir Catalinón en esta escena. Falta un verso que completa redondilla («por un río de sudores»), que no está en *BP* y ha de ser rescatado de *TL*. Resulta sintomático que el verso esté en un pasaje en que la redondilla pertenece en su integridad al texto del Marqués y no puede completarse con el texto de Catalinón. En el reencuentro, en la escena con los músicos, vuelve a haber problemas en el pasaje en que, salvo la breve réplica («¿Dónde viven?»), los ocho versos son dos redondillas del Marqués: hay siete variantes, errores de rima, versos mal medidos y defectos métricos. Para completar, al desaparecer Catalinón de escena, el texto del *Burlador* corta una secuencia de trece versos entre el Marqués y los Músicos, dejando evidencia del corte en las redondillas truncadas. En la escena del monólogo, ya en romance, no disponemos de la rima para detectar errores. Sin embargo, el cotejo es concluyente: en *TL* el Marqués dice trece versos, todos impecables en construcción y en rima. En la *princeps,* ocho de los trece versos varían y el texto es bastante discutible. Lo mismo podemos decir de la escena del prendimiento, que en *TL* llevan a cabo el Duque Octavio, el Tenorio padre y criados, mientras en *BP* está a cargo sólo de Diego Tenorio. Más tarde aparecerá el Rey. Pues bien, *antes* de la llegada del Rey (réplica «señor, aquí está el Marqués») *TL* tiene nueve versos y *BS,* trece. El Marqués tiene, en esta segunda versión, dos réplicas nuevas, y la que se mantiene común, y sólo mantiene íntegro el medio verso inicial.

Como colofón creo que podemos asumir que el texto original ha sido escrito probablemente por Claramonte en el período 1612-16, que llevaba el título inicial de *Tan largo me lo fíáis,* editado como *suelta* en Sevilla hacia 1634-35, poco después de la muerte de Cristóbal de Avendaño, en cuya compañía sabemos que estuvieron Juan Bezón y su esposa Ana María. La remodelación de *T* en *B*, con el título *El convidado de piedra,* es anterior a 1625 y llega hacia 1629 a la compañía de

Roque de Figueroa a través de Juan Bezón. Hacia fines de 1629 o primeros de 1630 se publica en Sevilla atribuyéndola a Tirso de Molina y dándole el título de *El burlador de Sevilla*.

La diferencia de análisis entre los papeles de Octavio y del Marqués de la Mota muestra cuál es el problema de esta transmisión textual: por un lado, el original ha sido remodelado por su propio autor, pero más tarde ha sido transmitido con variaciones ajenas a su mano, alterando réplicas de personajes, introduciendo otra nuevas, y en ocasiones suprimiendo alguna escena. La tarea del editor es espinosa, ya que el *Tan largo (TL)* presenta la versión original transmitida con cortes editoriales en el tercer acto, y el *Burlador (BS)*, la versión remodelada, definitiva, pero transmitida con añadidos ajenos, errores de texto y omisiones de fragmentos o escenas. La consideración de todo ello y la resolución de los problemas derivados de este estado de cosas va a condicionar el texto elegido como canon. Es decir, si el objetivo ecdótico consiste en rescatar *B*, con lo que priorizamos la fase final de una evolución escénica que sabemos exitosa, o en rescatar *T*, con lo que priorizamos el texto inicial que es producto de una escritura y que revela un estilo de autor. En ambos casos la intervención de Andrés de Claramonte está probada; en el caso de *B* (el texto antes del arreglo de la compañía de Roque de Figueroa), no podemos descartar que haya habido intervenciones de alguna o algunas compañías, desde Ossorio o Galindo hasta Avendaño, entre los años 1625 y 1628. La conjetura de un original perdido previo a *TL* y a *BS* está hecha *ad hoc* para mantener la atribución a Tirso, pero es innecesaria para explicar los problemas textuales e interpretativos tanto de la obra *El convidado de piedra* como del mito al que da origen.

MITO Y LEYENDA DE DON JUAN

La reciente publicación del *Dictionnaire de Don Juan*[25] completa y desarrolla el estudio clásico de Jean Rousset, con lo que disponemos hoy de un exhaustivo trabajo documental

---

[25] Pierre Brunel (ed.), *Dictionnaire de Don Juan*, París, Albin Michel, 1999.

sobre la transformación de la historia de *Don Juan* y *El Convidado de piedra* desde la obra de teatro del Siglo de Oro hasta modernas y recientes aportaciones como *La sombra del Tenorio* de J. L. Alonso de Santos[26]. En el origen hay un texto con el que un dramaturgo crea una obra partiendo de un drama histórico situado en un siglo concreto, el XIV, y con unos personajes verdaderos, la familia Tenorio en Sevilla y en la Corte de Alfonso XI, y lo articula a partir de un eje central reiterativo, la frase *¿Tan largo me lo fiáis?* Más adelante la obra vive en los escenarios, y de esa historia se independiza una máscara: *el convidado de piedra,* que se populariza en un país, España, con tierras allende el mar, Nápoles. Medio siglo después la misma historia y los mismos personajes acaban por desgajar al personaje y extraer de él el mito: es Don Juan, y a Molière le cabe el honor de haber sido el primero en relegar *Le festin de Pierre* y anteponer el nombre de *Don Juan.* Haya o no, como apuntaba Farinelli, un trasfondo italiano en donde pueden mezclarse historias de estatuas animadas o fanfarrones de Comedia del Arte como Il Capitano, es el teatro español el que ha creado el mito universal. Sin duda Lope, Vélez o Calderón han trazado personajes mejor acabados que el de don Juan Tenorio. Es el caso de Segismundo, de Pedro Crespo, de Gila, la serrana de la vera, o de Alonso Manrique, el caballero de Olmedo. A cambio, Don Juan, gracias tal vez a ese inacabamiento técnico, ha permitido la constante reencarnación del personaje hasta los albores del siglo XXI. ¿Cómo ha sido el paso de la obra al mito y de la historia a la leyenda? En España, a mediados del XVII encontramos ya una obra interesante, no suficientemente explorada por la crítica[27], *La venganza en el sepulcro,* de Alonso de Córdova y Maldonado, en donde casi me-

---

[26] Curiosamente, pese a partir del texto de Zorrilla, el planteamiento estético tiene mucho que ver con las condiciones teatrales que llevan a la creación del *Burlador* en el siglo XVII, tanto en la escritura inicial de Alonso de Santos como en la sucesiva evolución de esa escritura hacia un espectáculo. No es de extrañar esta coincidencia entre dos siglos y dos autores unidos por la realidad de la escena y el contacto con los actores y el mundo de la representación.

[27] Con la excepción del italiano Piero Menarini, experto en el tema de Don Juan/Don Giovanni, que ha editado y estudiado esta obra con esmero e inteligencia crítica.

dio siglo más tarde de la creación del primer texto, Córdova alude a que Don Gonzalo ha de salir «como se representaba en *El convidado de piedra*». La gran aportación de esta obra, como observó Jean Rousset, es que traslada el antagonismo del Burlador desde el grupo de burladas, a la auténtica oponente estructural de todas ellas, Doña Ana de Ulloa, inexistente en la obra original; hay una segunda aportación, poco atendida por la crítica, y que me parece harto importante: el Don Juan de *La venganza en el sepulcro* es un contemporáneo de los espectadores: la obra ya no es un drama histórico, sino una historia cuyo contenido está vigente con el paso de los siglos; tampoco son desdeñables otros aspectos como la racionalización de la anécdota y la perspectiva judicial que se propone para comprender la desmesura de Don Juan, o la modificación estética que se produce en el nuevo gracioso, Colchón (con clara connotación sexual) construido sobre códigos más modernos que Catalinón, más en la onda del Sganarelle de Molière, coetáneo de Alonso de Córdova. A fines del XVII o primeros del XVIII[28] el dramaturgo postcalderoniano Antonio de Zamora escribe su obra *No hay plazo que no se cumpla ni deuda que no se pague,* que pervive en los escenarios hispánicos hasta el *Don Juan Tenorio* de José Zorrilla. A fines del XIX, Echegaray aborda el tema en una obra que obtuvo resonancia europea y provocó una polémica en la que intervino Bernard Shaw: *El hijo de Don Juan* (1892), en donde proyecta una visión naturalista con toques ibsenianos (la cita final de la obra procede de *Espectros).* En la península, otro autor finisecular, Abilio de Guerra Junqueiro, aborda un complejo fresco en su drama poético *A Morte de don João,* una visión que entremezcla naturalismo ideológico y postromanticismo estético.

Ya en el siglo XX, el teatro y el cine terminan de popularizar la figura donjuanesca con obras de diverso talante y talen-

---

[28] Siempre se ha sostenido que la obra es del XVIII, por su representación en 1714, pero es poco probable que sea así. Entre 1700 y 1713 en este país hubo una guerra de Sucesión entre Austrias y Borbones, por lo que no hubo actividad teatral. Parece más razonable pensar en que Zamora la escribiría en el último decenio del XVII, cuando contaba entre veinticuatro y treinta y cuatro años, y que con la reapertura de los teatros se reestrenó.

to. Los Quintero se ocupan de hurgar en lo cotidiano de esa conducta en *Don Juan, buena persona;* los Machado prolongan la línea abierta por Alejandro Dumas con su obra *Don Juan de Mañara,* y Jacinto Grau revisa el tema en dos obras de diferente planteamiento: *Don Juan de Carillana* y *El burlador que no se burla;* en la primera hay un motivo mozartiano que se cruza con otro antropológico: la atracción de lo incestuoso; en la segunda se ahonda un tema muy europeo: la relación entre Don Juan y el Diablo. Otras perspectivas, más ideológicas y ensayísticas ofrecen los estudios de Marañón, Azorín *(Don Juan y Doña Inés)* o Madariaga *(Don Juan y la donjuanía),* en donde los personajes son todos autores de «Don Juanes»: Tirso, Molière, Byron, Mozart, Zorrilla, Pushkin... y que enlaza con algunos aspectos de la obra maestra de Max Frisch, *Don Juan o el amor a la geometría.* Variaciones sobre los temas y motivos donjuanescos tenemos en autores como Valle-Inclán, Jardiel Poncela, Torrente Ballester, o más recientemente José Luis Alonso de Santos, cuya obra *La Sombra del Tenorio* (1996) continúa una vertiente interesante ya explorada por otro hombre de teatro: Federico Oliver, que en 1929 pone en escena *Han matado a don Juan.* Ambas obras exploran con inteligencia el hecho de la representación y de la necesidad del público para construir la realidad teatral, de tal forma que en ambas viene a reaparecer el tema calderoniano del Gran Teatro del Mundo.

En Europa el personaje ha tenido, si cabe, aún mayor vigencia y vitalidad que en la península, empezando por su popularidad en tierras italianas, con las múltiples versiones de Andreini, Cicognini y otros, hasta llegar a su primera plasmación musical: *L'empio punito,* de Alessandro Melani, con libreto de F. Acciaiuoli, estrenada el 17 de febrero de 1699. La obra también se conoce con el título clásico de *Il Convitato di Pietra.* Luego vendrá el texto de Goldoni en 1736, *Don Giovanni Tenorio, o sia Il Dissoluto.* El hecho de que Goldoni atribuya la obra a Calderón parece apuntar como observa Menarini, a que la conoció a través del texto del *Tan largo,* que es la que tiene esa atribución. Trabajó, pues, sobre el texto primitivo, acusando a la obra de «estar llena de impropiedades e inconveniencias, aunque reconocía que jamás se había visto sobre la escena un aplauso tan continuado, lo cual tampoco era un mérito, ya que el éxito se debía a la condición de las multitudes: criados, niños, gente baja e ignorante en general, que acudía a divertirse con necedades y extravagancias»[29]. Sobre la obra de Goldoni escribe Nuziato Porta el libreto de *Il Convitato di Pietra o sia Il Dissoluto,* con música de Righini, estrenada en Praga en 1776. La obra tuvo un éxito considerable y el libreto de Porta tuvo una segunda versión con música de Albertini hecha para un teatro de Varsovia en 1783. Nos llevaría demasiado espacio continuar precisando la popularidad del tema del *Convitato di Pietra* hasta llegar a la música de Mozart y el libreto de Lorenzo da Ponte, aunque no podemos pasar por alto su fuente, el *Don Giovanni o sia Il convitato di Pietra* de Gazzaniga y Bertati. Queda claro que la popularidad del tema en Centroeuropa viene por vía musical y a través de la doble vía que opone la leyenda popular sobre el *Convidado* a la visión racionalista y moralista de Goldoni. Esta vía italiana de penetración en Europa se explica sin duda por la inmediata mixtura entre los elementos de la obra original y las aportaciones de máscaras de Comedia del Arte, visibles en las adaptaciones hechas desde Andreini y Cicognini. Llama la atención en este sentido el argumento de Arlequín, escrito por Biancolelli en 1658 (antes de Dorimon, Villiers y Molière), que reproduce Rousset: «*Visto por Arlequín:* La pescadora dice en esta escena a Don Juan que cuenta con que él cumplirá la palabra que le dio, de desposarse con ella. Él le responde que no puede y que ya le dirá la razón. Se va; esta mujer se desespera, entonces yo le digo que ella es la centésima a la que él prometió casarse. "Mirad —le digo— ésta es la lista de todas las que están en el mismo caso que vos, y voy a añadir vuestro nombre." Arrojo entonces esta lista, hecha un rollo, por tierra, conservando un extremo, y digo: "Mirad, señores, si no encontráis alguna de vuestras parientas"»[30]. Se habrá reconocido aquí el germen del célebre «Catálogo» de Leporello. Pero lo

[29] W. A. Mozart, *Don Juan,* Cátedra/Expo 92, Sevilla/Madrid, edición de J. Cortines del libreto de la ópera y su traducción a cargo de Rosalía Gómez y José María Delgado, con revisión de Jacobo Cortines, pág. 16.
[30] J. Rousset, *El mito de Don Juan,* México, FCE, 1985, pág. 209.

más notable es que este Arlequín no está aquí de modo casual. Desde la popularidad de Botarga y Ganassa en la España de fines del XVI, las máscaras de Arlequín y Pantalón son conocidas y están documentadas en tiempos de Lope de Vega. Ya en 1617 se edita un *Baile de la Mesonerica* en donde vemos a Arlequín como criado de un caballero que va a entablar una evidente aventura sexual con la moza de mesón. Tanto el argumento del Arlequín Biancolelli como la escena molieresca de las campesinas están en el mismo espíritu que la boda de Dos Hermanas, en donde Gazeno es un trasunto de la máscara de Pantalone, el viejo avaro dispuesto a vender a su hija al mejor postor, y donde Catalinón hace de Arlecchino ante la situación creada. La aportación de la Estatua animada a un tipo de historia popular enraizada con usos y costumbres hispano-italianos es el rasgo definidor de *El convidado de piedra*. Todavía en el siglo XIX y en el ámbito cultural eslavo, Puschkin volverá a utilizar el mismo título *El convidado de piedra* (1836) para abordar la historia. A. Tolstoy (no confundir con León Tolstoy) escribe también un *Don Juan* (San Petersburgo, 1866); la huella del personaje en el teatro eslavo se mantiene a través del polaco O. W. de Milosz *(Escenas de don Juan*, 1906), el ucraniano L. Ukrainka *(El Anfitrión de piedra*, 1912) o el checo Vaclav Hável *(La extraordinaria dificultad de la concentración*, Praha, 1986).

En tierras de expresión francesa el mito se importa de Italia a través de las compañías de cómicos italianos que actúan a mediados del XVII, y tiene, antes de Molière, las versiones de Dorimon *(Le Festin de Pierre ou le Fils criminel*, Lyon, 1959) y Villiers *(Le Festin de Pierre*, París, 1660). La obra de Molière (1665), en prosa, desaparece de escena enseguida para ser sustituida por la adaptación en verso de Thomas Corneille (1677), que es la que predomina en la *Comédie française* hasta que el gran Louis Jouvet rescata el texto de Molière y representa, con sesenta años, a don Juan en una caracterización sorprendente, que no deja de recordar a la de Bela Lugosi para el Conde Drácula. El tema, ya en tiempos postmozartianos y románticos, revive con Alfred de Musset *(Une Matinée de Don Juan*, 1833), Alexandre Dumas *(Don Juan de Marana ou la Chute d'un Ange*, París, 1836) y Gobineau *(Les adieux de Don*

Juan, París, 1844). El siglo XX nos da un conjunto de obras importantes entre las que cabe destacar *La vieillesse de Don Juan* de J. Mounet-Sully (París, 1906), *La dernière nuit de don Juan* de Edmond Rostand (París, 1921) y *L'Homme et ses fantômes* de Lenormand (París, 1924) a comienzos de siglo, y *L'Homme de cendres* de A. Obey (París, 1949), *Orniphle ou le Courant d'Air*, de J. Anouilh (París, 1955) y *Don Juan* de H. Montherlant (París, 1958) a mediados. En el ámbito belga son importantes *Don Juan ou les Amants Chimériques* de Ghelderode (1928), y *Burlador, ou L'Ange du Démon* de Suzanne Lilar (París, 1947).

La transmisión centroeuropea después de la popularidad del texto Mozart-Da Ponte lleva a una densa red de relaciones, de entre las que cabe entresacar la aproximación al otro gran mito del teatro moderno: Fausto. El *Don Juan y Fausto* de Christian Grabbe (1829) precede al del austrohúngaro Lenau, y coexiste con las piezas de E. T. A. Hoffmann. Todo un siglo de variaciones de Don Juan en la escena centroeuropea culminarán en la obra de Max Frisch *Don Juan o el amor a la geometría* (1952), replanteamiento del mito a partir de consideraciones más modernas y problemáticas del personaje y su relación con el medio teatral. El mito, como se ve, es consistente y proteico: reaparece según las épocas y los lugares; se alía a otros mitos o se reconstruye para explorar el territorio de los sueños colectivos.

El problema está en dilucidar el trasfondo mítico en que se sustenta: las estructuras antropológicas que permiten su reconocimiento como mito, pero también las preocupaciones personales que hacen que un autor concreto, en una época concreta, articule las bases del mito. En el primer caso estamos en el terreno de la mitografía comparada; en el segundo, en el de la crítica literaria. Difícilmente se conseguirá dar una idea clara del problema si no se contemplan ambos niveles.

En lo primero, la exploración sociológica y antropológica nos ofrece algunos asideros para entender la obra: hay dos tipos de estructuras míticas sólidas, conservadas por la tradición occidental, en las que el mito de Don Juan parece entenderse bien: la historia de un *trickster* o *burlador* que practica engaños y burlas de diversa índole, y que al fin es burlado por alguien que está por encima de él. Los engaños se suelen circunscribir a comida o bienes, pero no faltan variantes de carácter sexual de las que el Medioevo ofrece abundantes muestras.

La segunda estructura[31] en donde encaja la historia del *Convidado de piedra* es la de la *doble invitación*, que tiene que ver con las leyes de la hospitalidad. Cuando la doble invitación se produce de forma que uno de los personajes es un ser relacionado con las potencias ctónicas, la idea de la muerte es consustancial al episodio. Creo que el tipo mitológico más próximo al modelo del *Convidado* es la historia del rey Diomedes de Tracia, dentro del ciclo mitológico de los doce trabajos de Hércules: Diomedes invita a sus huéspedes a un banquete en palacio y una vez allí los hace devorar por sus yeguas; como castigo al impío, los dioses envían a Hércules, y éste hace que sus propias yeguas lo devoren. En su forma esquemática se trata de una estructura básica en donde alguien que viola una ley por medio de un engaño es castigado por la intervención inesperada de un ser sobrenatural que le obliga a asumir el papel del ofendido. No estamos señalando una influencia del tipo de fuente de composición, sino de existencia de una articulación moral en donde pueden encajarse historias que tengan determinados elementos. Un ejemplo claro de este tipo de soporte nos lo da la historia que Lope de Vega desarrolla en *El villano en su rincón*, que responde al mismo principio. En términos generales es la articulación mítica que apoya la base moral, el *enxiemplo* de las «historias de Infanzones», cuyo modelo más atractivo es seguramente *El Infanzón de Illescas*, con la particularidad de que es el Rey Don Pedro I el que la protagoniza. Es decir, el rey histórico cuyo privado era precisamente Don Juan Tenorio; el mismo rey que protagoniza como individuo donjuanesco la historia que Claramonte desarrolla en *Deste agua no beberé*.

Los Tenorio, tanto en *El convidado de piedra* como en *Deste agua no beberé* se comportan con la misma arrogancia y el mis-

---

[31] Como el término de *estructura* es multívoco, precisaré en qué sentido lo uso: «un concepto de conjuntos que nos dan los datos articulados en conexiones, constituidas según una lógica de la interpretación» (J. A. Maravall).

mo desprecio hacia los demás que muestra el Rey Don Pedro I de Castilla. Juan Tenorio en *El burlador* no es mejor ni peor que Juana Tenorio en *Deste agua no beberé;* ambos engañan a miembros de su propia familia (Pedro o Diego) para inducirlos a obrar mal en su provecho; ambos implican a su rey (Alfonso XI o Pedro I) en las consecuencias de sus actos delictivos. Los otros Tenorio (Diego o Pedro) son incapaces de actuar contra sus parientes; al contrario, los respaldan ocultando sus villanías. No son, pues, individuos aislados: son individuos miembros de una familia, de un clan. Y de un clan que, por su proximidad al monarca, pone en peligro la rectitud de la justicia. En ambos casos la conducta de Juan y Juana Tenorio implica a la familia (padre-hijo-hermano-tío) en una cuestión grave que afecta a la *philia* (las traiciones de Don Juan contra Octavio y el Marqués, o de Doña Juana contra Gutierre Alfonso) y la subsiguiente ofensa a las casas reales de Nápoles y Castilla. La ruptura del *nomos,* del orden de la sociedad, por parte de Don Juan y Doña Juana tiene una forma jurídica que se proyecta en dos niveles diferentes: la *traición* (acusación que les hacen varios personajes de su propio entorno social), y la *burla del juramento,* que culmina, en el caso de Arminta, cuando Don Juan jura que si no *cumple la palabra,* acepta que le dé muerte *un hombre muerto,* creyendo que así se libra del castigo. El muerto, efectivamente, vuelve del Más Allá como Embajador de las potencias ultraterrenas para restablecer el orden alterado por Don Juan. En el caso de Doña Juana Tenorio, no es un *hombre muerto,* sino una *mujer muerta* la que resucita para castigar al infractor. Sucede que no está realmente muerta, ya que, como en el cuento de Blancanieves, el encargado de ejecutarla se apiada y la perdona a cambio de que viva oculta en el bosque. Para toda la Corte, el rey y su propio marido, Mencía está muerta; por lo tanto, la estructura de base es la misma.

Esto en cuanto a lo que atañe al sedimento mitológico, al linaje de los infractores, al fondo mitográfico que enlaza con un mito concreto, surgido en los albores del siglo XVII, con otros mitos que expresan motivos similares. En cuanto a la propia sociedad del Barroco, a la España de los Austrias, o a la Europa moderna, que actúa como amplificadora del esquema mítico, no parece difícil hallar el *fondo social* que hace posible la emergencia del Tenorio. Entre 1600 y 1617 podemos seleccionar una buena docena de obras que desarrollan temas y motivos próximos al de Don Juan. Aludiré tan sólo a seis obras conocidas y a dos menos conocidas, pero importantes.

En *Los embustes de Celauro* (Lope de Vega, manuscrito en 1600), el protagonista, Celauro, se vale de todo tipo de mentiras, traiciones y embustes para arruinar el matrimonio de Lupercio y Fulgencia. Algunas escenas concretas (el final del acto I, la confusión de los billetes en el acto II), y algunos fragmentos textuales presentan bastante paralelismo con escenas o fragmentos del *Burlador*. La obra se imprimió en la *Cuarta Parte* de Lope (1614). Del mismo Lope tenemos *La fuerza lastimosa*, representada varias veces en 1604 por la compañía de Baltasar de Pinedo, en donde actúa cierto Andrés de Claramonte. *La fuerza* (entiéndase: la violación, como *La fuerza de Tamar*, que indica la violación hecha a Tamar) coincide con *El burlador* en varios nombres de personajes (Duque Octavio, Isabela, Don Juan, Fabio), tiene algunas escenas semejantes y explota a conciencia la suplantación de identidad. Del mismo año de 1604 es *El nuevo Rey Gallinato* de Andrés de Claramonte, representada también por Pinedo, y que se articula a partir del tema de un capitán que engaña, seduce y abandona a la novia de su mejor amigo; éste lo perseguirá hasta Chile, en donde, nombrado rey de Cambox, volverá a encontrar al amigo infiel y hará justicia. La obra contiene también una escena de aparición fantástica de una *Sombra*. La siguiente obra que tiene que ver con un tema del *Burlador* es *El villano en su rincón*, impresa en 1617, pero escrita seguramente por Lope hacia 1611-12: junto al posible paralelismo entre Otón y Don Juan, y el motivo de las labradoras que buscan marido noble, está el hecho esencial de la articulación de la obra sobre el motivo de la *doble invitación*, utilizando además el efecto de escena de la lápida grabada en una estatua, y la idea de que el personaje de la estatua aparece luego en el banquete. Como se ve, la doble invitación, el personaje burlador, engañoso y traicionero, y la idea de la *estatua animada*, están en el aire en esos primeros años del siglo XVII. *El convidado de piedra* es la expresión más conseguida de todo ello en cuanto a su capacidad para enredar al espectador en la trama y a los efectos escénicos del final. El motivo *seducción, promesa incumplida, huida* y castigo final del seductor está expresado de manera drástica en *La serrana de la Vera* de Luis Vélez (manuscrito fechado en 1603, aunque se admite que puede ser un error, por 1613), obra que coincide con *El burlador* en la explotación de algunos momentos escénicos especialmente intensos (el parlamento de Gila después de haber sido seducida es homólogo del de Trisbea, como ya hizo notar C. Bruerton[32]. *La ninfa del cielo*, conocida también como *La condesa bandolera* y *Las obligaciones del honor,* representada con este último título por la compañía de Juan de Salazar en las fiestas de Quintanar de la Orden en 1613, junto a una obra de Claramonte, *La católica princesa Leopolda;* Juan de Salazar había entrado en la compañía de Claramonte en 1609 y la única atribución del siglo XVII es un manuscrito que da como autor a Vélez; se puede considerar como una variante de *La serrana de la Vera,* con mayor aproximación al *Burlador* en el léxico. En cuanto a *Deste agua no beberé,* de la que ya hemos hablado, hay que añadir el motivo de la suplantación nocturna del marido para intentar seducir a una mujer casada: en la escena, Don Pedro I es homólogo de Don Juan Tenorio y Mencía homóloga de Arminta. También coincide temáticamente la escena de la lucha de Don Pedro con la Sombra del Clérigo Muerto y la escena homóloga de Don Juan Tenorio tratando de atacar a la Estatua. *Deste agua no beberé* es una obra gemela del *Burlador* no sólo en la coincidencia de nombres, o en la coincidencia de una redondilla completa: el tratamiento de determinadas escenas y la dramaturgia derivada de ellas es semejante en ambas obras. En cuanto a su identidad léxica, ya ha sido señalada suficientemente por G. E. Wade. La última obra relacionada con este grupo es *La fianza satisfecha,* atribuida a Lope en una *suelta* del siglo XVIII y a Calderón en una copia manuscrita, que por métrica podría ser del período 1612-15. El texto, según Morley, es «muy defectuoso» y contiene, como observó J. H. Arjona, «varias rimas andaluzas»; es decir, con seseo, como en *El bur-*

---

[32] C. Bruerton, «*La ninfa del cielo, La serrana de la Vera,* and related plays», en *Homenaje a A. M. Huntington,* Wellesley, 1952.

lador y casi todas las obras de Claramonte. La estructura métrica es bastante próxima a *Deste agua no beberé* y a la métrica de *Tan largo me lo fiáis*. El parentesco entre Don Juan y el protagonista Leonido, ha sido puesto de manifiesto por la crítica en varias ocasiones. En total, en los diecisiete años iniciales del siglo XVII hay tres autores, Lope, Vélez y Claramonte, que escriben, representan o editan obras con bastantes o muchos puntos de contacto con los motivos que articulan el mito del *Burlador*.

Hay otras tres obras que guardan una fuerte relación con este grupo, pero hasta ahora han sido desatendidas o ignoradas por la crítica, salvo las excepciones de S. E. Leavitt y de Alva V. Ebersole: *El secreto en la mujer, El ataúd para el vivo y el tálamo para el muerto* y *El valiente negro en Flandes.* No tenemos una fecha concreta para ninguna, aunque el cronista Fuentes y Ponte afirma que *El valiente negro en Flandes* inauguró en 1612 el teatro del Corral del Toro en Murcia. Parece razonable que Claramonte inaugurara el Corral del Toro, ya que en 1612 representa en Valencia y antes había estado en Sevilla, pero no creo que fuera con esa obra, cuya estructura métrica parece muy moderna, más propia del decenio posterior. Si se pudiera demostrar esta fecha sería un argumento definitivo para la atribución del *¿Tan largo me lo fiáis?* a Claramonte, debido a la cantidad de identidades en versos, léxico, escenas, personajes y situaciones. En primer lugar, el capitán Agustín de Estrada, que, como Don Juan, seduce a una mujer noble bajo promesa de matrimonio, y huye por la noche desde Mérida a Flandes, pretendiendo más tarde casarse con una prima de la seducida. En segundo lugar, el motivo *no hay plazo que no llegue ni deuda que no se cumpla* que es el que articula *El valiente negro en Flandes* hasta el punto de que en los últimos versos se dice expresamente como prueba de que el plazo de la venganza siempre llega, aunque el seductor crea que quedará impune. En tercer lugar, la homología entre Leonor e Isabela: ambas deciden perseguir por mar a su seductor para exigirle que cumpla la promesa. En cuarto lugar, el constante cambio de escenario: Nápoles, Tarragona, Sevilla, Dos Hermanas, Sevilla en *El convidado,* y Mérida, Flandes, Madrid, Mérida en *El valiente negro.* En quinto lugar, las coincidencias léxicas que son muy abundantes, y por último, en el orden de la capacidad para llegar al público, también *El valiente negro en Flandes* conoció gran fortuna editorial: en menos de un siglo se hicieron ocho ediciones en seis ciudades diferentes (Madrid, Valencia, Barcelona, Sevilla, Valladolid y Salamanca), hubo una segunda parte escrita en el siglo siguiente; la obra traspasó las fronteras: sabemos que se conoció en Portugal en el siglo XVIII y que fue representada en América en los siglos XVIII y XIX, y tuvo además una adaptación a pliego romanceado a primeros del XVIII editada al menos en Mérida, Málaga y Barcelona. Es decir, la capacidad de Claramonte para conectar con los gustos del público está atestiguada con esta obra; y es de suponer que ese rasgo debe de ser uno de los que se espera que tenga el autor de *El convidado de piedra*. Las otras dos obras, que métricamente parecen típicas del período 1610-1615 desarrollan, una de ellas el motivo del burlador que suplanta de noche a su rival para seducir a la novia (Lelio en *El secreto en la mujer)* y el del falso muerto que vuelve para vengarse del amigo traidor que lo suplantó *(El ataúd para el vivo...),* en este caso en Portalegre, cerca de Lisboa, y en la Corte del Rey. Este personaje falso y seductor es también un alto miembro de la Corte, el privado del Rey Juan de Portugal.

En cualquier caso queda claro que hacia el período 1612-1616 el teatro español está mostrando en la escena los personajes y temas que vemos articulados como un mito universal en *El burlador de Sevilla.* Los problemas morales, sociales e ideológicos parecen configurar una constante escénica: la muerte como castigo del transgresor, los desmanes propios de comendadores, infanzones y privados, y la integración de lo sobrenatural, con valor simbólico y ejemplar, en el mundo cotidiano. Sobre el carácter de *crítica social* que tiene *El burlador de Sevilla* ha apuntado J. E. Varey que «la obra ataca con cierta dureza la condición moral de España, ejemplificada por una de sus ciudades más importantes, Sevilla, contrastando al mismo tiempo la vida de la ciudad con la de la aldea. La obra ataca también todas las clases sociales, incluyendo al rey y al labriego, aunque el blanco principal de su crítica sea la nobleza»[33].

---

[33] Véase J. E. Varey, *Cosmosvisión y escenografía*, NBEC, Madrid, Castalia, 1987.

Creo que esto es bastante fiel y refleja lo que subyace en la obra. Si el mito es capaz de encarnar en un momento histórico dado toda una serie de pulsiones sociológicas, es porque procede precisamente de ese entorno histórico concreto y lo asume como ejemplo moral. El sedimento mítico proyecta ese mito concreto en un espacio antropológico más amplio, en el imaginario colectivo.

ESTRUCTURA E INTERPRETACIÓN DE LA OBRA

El dramaturgo elige su escena, su espacio y elige también su tiempo. Pero a través de ese espacio imaginario y ese tiempo, más o menos histórico, más o menos fabuloso, proyecta sus preocupaciones estéticas e ideológicas, y se hace cargo, más o menos conscientemente, de las pulsiones de la sociedad en que vive. Así, los hechos que se cuentan en la historia transcurren en el siglo XIV, pero las conductas y los tipos que están detrás de esos hechos y personajes son contemporáneos del autor. Aluden al siglo XVII. De ahí que, contando con la complicidad del público, Don Gonzalo de Ulloa aluda a «las naves de la conquista», surtas en el puerto de Lisboa. Y que la misma Lisboa sea, como efectivamente lo era en 1615, «la mayor ciudad de España», ya que Felipe III había heredado de su padre el gobierno de Portugal. De la proliferación de *burladores* en aquella sociedad dan fe los «Avisos» de Pellicer, las habladurías, reales o inventadas o las maledicencias de Góngora y Quevedo. Por no hablar de las múltiples crónicas y relatos de Sevilla, fabulosa y mágica, puerto y puerta hacia las Indias.

En su indagación de la historia, el dramaturgo se permite alguna alteración de la verdad. Afecto a la familia Ulloa[34] (Don Gonzalo es el único que se eleva desde la muerte, para rescatar su honor; Doña Ana es la única que no llega a ser burlada «pues vio sus engaños *antes*»), sitúa la historia en la época de Alfonso XI, en la que efectivamente los Tenorio

---

[34] He aquí otro rasgo que nos lleva a Claramonte, quien en 1613 había dedicado su obra *Letanía Moral* a su protector don Fernando de Ulloa «de quien recibí mil mercedes».

eran grandes señores, de familia añeja, «antiguos ganadores de Sevilla». Alfonso Onceno tenía en su entorno a un Alonso Jufré Tenorio, gran Almirante de su Armada; al sucederle Don Pedro I hay un Don Juan Tenorio que, con varios hermanos más, tiene la privanza en los primeros años del reinado, de 1350 a 1355. De todas estas historias nos dan cumplida noticia los cronistas sevillanos de finales del XVI. Sin embargo, los Ulloa no aparecen en la relación dada por Argote de Molina sobre la nobleza de esa época. Los Ulloa, tal y como confirma la crónica de Zurita, son señores de Toro (donde tienen el panteón, como efectivamente señala el texto del *Tan largo*) y en esta época apoyan al Infante Don Enrique. Llegan a Sevilla tras la muerte de Don Pedro I y allí se instalan según las consabidas mercedes de Don Enrique de Trastamara. El dramaturgo altera o falsifica la historia, seguramente con el fin de igualar la nobleza de los Ulloa a la de los Tenorio. Otro tanto hace el dramaturgo que escribe *La estrella de Sevilla*, que sitúa a Gonzalo de Ulloa en la Corte de Sancho IV el Bravo, en compañía de Nieblas y Taveras. Debe de ser otra mera coincidencia que en *La estrella de Sevilla*, tanto en la versión breve como en la larga, se mantenga el personaje de Clarindo, que es el nombre poético de Andrés de Claramonte, y será también otra mera coincidencia más que en *Dineros son calidad*, única obra de la época, junto al *Burlador*, en la que vemos una estatua que anda y habla, aparezca de nuevo el personaje de Clarindo, y que también tengamos dos versiones, una larga y una breve; como sin duda vuelve a ser una casualidad que junto al Rey Don Pedro aparezca otra vez el mismo Clarindo en *El Infanzón de Illescas*, también con versión larga y breve, aunque ambos manuscritos coincidan en dar como autor de la obra a Andrés de Claramonte. Si el crítico desconfía del exceso de casualidades puede tomarlos simplemente como datos documentales coincidentes, que presentan todos el rasgo común de que con su nombre o con su seudónimo aparece siempre Andrés de Claramonte. Pero sin duda sería abusivo proponer que Claramonte sea el autor de la obra. La prudencia exige aludir a él como «el dramaturgo», para poder contrapesar el rigor crítico de los tirsistas que apoyados en la atribución de una edición fraudulenta transmitida textualmente de forma peculiar, y sin ningún soporte documental de Tirso, prefieren eludir tan engorrosa precaución metodológica, y aluden a la obra dando por hecho que su autor es Tirso.

El dramaturgo, pues, engarza, sobre este fondo histórico, temas, motivos, figuras, conductas y sucesos en una historia de fuerte contenido dramático. A grandes rasgos el argumento sería éste:

Un joven noble español, desterrado en Nápoles, donde su tío es el embajador, seduce a una Duquesa, suplantando la identidad de su novio. Es descubierto en la acción, pero consigue escapar, sin ser conocido, con la complicidad de su tío. Más tarde el barco en el que viajaba hacia España naufraga, y en las costas de Tarragona Don Juan vuelve a seducir a una doncella, en este caso a una humilde pescadora, bajo promesa de matrimonio. Una vez que ha gozado de ella, la abandona y vuelve a Sevilla, en donde el rey se ha enterado de su delito en Nápoles, y pretende aplacar los ánimos de las víctimas casando a la Duquesa con Don Juan, y al Duque Octavio, el novio engañado, con Doña Ana de Ulloa, hija del Comendador de Calatrava.

Sucede que Doña Ana ama a su primo, el Marqués de la Mota, y le hace llegar un papel, por intermedio de Don Juan, para que la rapte y despose; Don Juan, amigo del Marqués, le traiciona y repite el engaño de Nápoles, pero esta vez es descubierto por el Comendador. Don Juan lo mata y consigue hacer aparecer al Marqués como culpable. Acto seguido huye hacia Dos Hermanas, donde tiene lugar una boda de aldeanos, Arminta y Batricio. Con otro engaño, don Juan convence a Batricio de que Arminta es amante del propio Don Juan desde hace tiempo, y bajo promesa de matrimonio y con la connivencia del padre de Arminta, la seduce y abandona. Entre tanto la Duquesa Isabela y la pescadora han llegado a Sevilla tras haber descubierto la argucia de don Juan, mientras el Duque Octavio y el Marqués claman venganza. El Rey ya ha decidido una solución incruenta, pero Don Juan, en Sevilla, sigue haciendo de las suyas: entra en una iglesia, se burla de la estatua del comendador ante su sepulcro y la invita a cenar. La Estatua acepta la invitación y se presenta en la posada, donde requiere a Don Juan que a su vez vaya a cenar a la iglesia. Don Juan acepta el reto y al día siguiente, en vez de asistir a las bodas preparadas por el rey, cumple su palabra y devuelve la visita al Comendador. Allí la estatua le toma la mano y se lo lleva a los infiernos.

Esto en cuanto a la historia, o argumento. Los romances que circularon en la España moderna recogen especialmente la parte final, la de la confrontación entre Don Juan y el Comendador, con el motivo del ultraje. La referencia a la iglesia de San Francisco parece corroborar la sospecha de que los romances sobre la Estatua del Comendador son fruto de la popularidad de la comedia, y no a la inversa. Otra cosa son el tipo de romances estudiados por Saíd Armesto y otros folcloristas, en donde se alude al motivo de la calavera, que tienen más o menos parentesco con el esquema dramático que culmina en el desenlace de la doble invitación. Sin embargo, este argumento que hemos resumido, por interesante que sea, no es aún una obra de teatro. Para entender la pervivencia del mito hay que abordar la idea teatral en que el argumento se encarna: las secuencias dramáticas, la tipología de las escenas, el trazado de los personajes, el ritmo escénico y la organización de gestos, réplicas y efectos o apariencias teatrales: el encarnamiento dramático de ese esqueleto argumental.

La dramaturgia del «Convidado de piedra»

a) *Secuencias y lugares dramáticos*

Nada más lejos del teatro vivo que la teorización aristotélica. Ni Lope, ni Shakespeare, ni el autor del *Convidado de piedra* han respetado la regla (tan discutida y discutible) de las tres unidades. Muy al contrario, lo que caracteriza a las obras maestras de la escena europea es que los elementos teatrales de espacio, tiempo y acción, son *formas* que la historia dramática utiliza para realizarse. Una historia como la de Don Juan, en la que el vértigo, la inestabilidad y la ruptura son esenciales, no necesita para nada la unidad de espacio. En cuanto a la unidad de tiempo, el propio itinerario del protagonista la impide: no hay forma de pasar de Nápoles a Tarragona, luego a Sevilla, a Dos Hermanas, y regresar a la capital del Betis, todo ello «en solo un giro de la luz Febea». La unidad de acción, como se sabe, es término harto discutible: *El convidado* trabaja sobre una doble tensión dramática, la de quien huye y la de quienes persiguen. El espectador asiste a una huida sistemática, la de Don Juan, que opera según el principio «Transgresión/Huida» para evitar la aplicación del Orden que impone la lógica moral de la sociedad: «Transgresión/Castigo.» El castigo o la venganza[35] es reclamado por los/las damnificados/as por el sistema de transgresiones del *burlador*. Al final, el Castigo, que ha estado siendo diferido por el encadenamiento de las huidas, reaparece a través del mayor damnificado de todos: el Muerto regresa para vengarse de quien lo mató[36]. Hay por lo tanto una relación dialéctica entre los motivos Huida y Persecución y los temas Transgresión-Castigo. La unidad de acción existe en tanto se admita que dentro de la unidad subyace la complejidad. Pero en ese caso ¿tiene sentido hablar de unidad de acción?

La primera secuencia transcurre en Nápoles y abarca 375 versos en *BS* y 439 en *TL*. Una edición que aceptara el texto de *T* como base, y el de *B* desde la entrada en escena del Duque Octavio, en coherencia con los problemas de la transmisión textual, tendría 438 versos. La escena inicial tiene 32 versos en *TL* y sólo 20 en *BS;* los dos parlamentos de Don Pedro Tenorio también son más breves en *El burlador;* a cambio el subepisodio que trascurre en casa de Octavio es más largo. Probablemente se trata de una remodelación hecha para resaltar el papel del segundo gracioso, que carecía de nombre en *T* y en *B* se llama Ripio. La obra comienza con un hombre, o más bien una sombra, que se despide de una mujer en un palacio de Nápoles. Ella es la Duquesa Isabela que descubre la burla de que ha sido objeto: ha creído entregarse a su novio, el Duque Octavio, y al acercar una luz para verle, la sombra

---

[35] Me parece sintomático que Alonso de Córdova, que da un giro jurídico a la historia, la llame precisamente *La venganza en el sepulcro*.

[36] Sobre la capacidad popular de este motivo en la comunicación de masas vale la pena recordar el éxito mundial del espléndido filme de Clint Eastwood, *El Jinete Pálido*, que desarrolla ese mismo tema, constante en su obra. Eastwood, actor y director, aprende su oficio trabajando con Logan, Leone o Siegel, como Claramonte lo aprende con Lope, Vélez o Mira de Amescua.

se la apaga. Alboroto y llegada del Rey, que llama a Don Pedro Tenorio, embajador de Castilla, para que se haga justicia. En una sala apartada, el espectador descubre el engaño: el hombre oculto y el Embajador son tío y sobrino. Don Pedro facilita la huida a su pariente y urde una patraña para engañar al rey, incriminando al Duque Octavio. Isabela, ante la evidencia de su deshonra, acepta, como mal menor, inculpar a su novio. El Rey ordena a Don Pedro que haga traer al supuesto culpable, y el espectador pasa a ver una escena con las reflexiones del novio de Isabela, que confía sus dudas a su criado. Octavio no puede conciliar el sueño debido al «fuego que enciende en su alma Amor». Irrumpe entonces Don Pedro con la noticia del suceso de Palacio y la orden de prender al Duque. De pronto el espectador comprende los presagios que alteraban a Octavio. Brutalmente afectado por una orden que sabe injusta, éste se descubre víctima indirecta de la deshonra de Isabela. Hasta ese preciso momento la obra ha alternado redondillas para las escenas «en directo» y romances para las relaciones (con una reflexión grave del rey en un soneto en *TL,* desaparecido en la transmisión de *B).* Los momentos finales de esta primera secuencia, de evidente dramatismo, se van a desarrollar acudiendo a las décimas («buenas para quexas», según el dictamen lopiano). Don Pedro, consejero falaz, sugiere a Octavio la fuga. El Duque, enloquecido ante la situación, decide seguir el consejo, y se va a España, no sin antes dolerse y quejarse de Isabela. Este episodio consta de 4 décimas en *TL* y de 6 en *BS.* Resulta sorprendente que en un texto como el de *BS,* donde encontramos errores hasta en fragmentos en romance, tengamos aquí un pasaje en décimas, dividido en nueve réplicas, que está transmitido casi de forma impecable, pese a mostrar mucha variación con el mismo pasaje de *TL,* también en décimas impecables. Esto sólo se explica en función de dos principios: *B* es remodelación de mano del autor original y ha sido transmitido o bien a través del texto de los dos interlocutores, o del texto del Duque Octavio, capaz de recordar la escena íntegra; aunque es más probable lo primero, no hay que olvidar que de los sesenta versos de la escena, 45 son de Octavio. La única décima completa en el texto de Don Pedro es impecable en rima y técnicamente compleja (zeugmas y encabalgamientos). Esto apunta a la subhipótesis que hemos propuesto antes: el actor que hace de Don Pedro en el episodio de Nápoles, y luego puede hacer de Gonzalo de Ulloa en el resto de la obra, es uno de los que la transmiten en su fase final. El ambiente de palacio deja paso a un escenario distinto: una joven pescadora (en *TL* todavía se denomina como *Pescadora (La* o *Una)* en el *dramatis personae* y en la asignación de réplicas del texto. Sabemos que su nombre es Trisbea por la réplica de Anfriso en el verso 619, confirmada luego por Catalinón, Don Juan y una pastora). Si de Isabela hemos sabido muy poco, aparte de su facilidad para amoldarse a los vaivenes de Fortuna y sus pocos escrúpulos en materia de justicia, de la pescadora vamos a saber bastante más, ya que en un espléndido monólogo de 142 versos (62 en *TL),* en romancillo, nos da noticia del lugar donde nos encontramos (las costas de Tarragona, según *BS;* en *T* no se precisa nunca), de su vida cotidiana, de sus amores, y de su carácter, cruel para sus enamorados. Trisbea asiste a un naufragio y ve llegar a dos hombres que alcanzan la ribera casi sin aliento. Uno de ellos es Don Juan, a quien ya conocemos; el otro es Catalinón, el criado que se lamenta de la muerte de su señor. La pescadora se acerca, nota que el náufrago aún respira, y envía a Catalinón a buscar a los demás pescadores. Coge a Don Juan en el regazo, éste despierta y asistimos a la primera escena de seducción del burlador: *hielo, fuego, tormento, cielo* y *mar,* configuran un espacio lírico y metafórico para desarrollar el arte de la seducción. Apenas quince redondillas para que Don Juan enamore a Trisbea. La vuelta de los pescadores nos lo muestra ya en un momento de flaqueza, y nos permite conocer, gracias a un aparte entre Don Juan y su criado, la auténtica naturaleza del protagonista: «Si te pregunta quién soy, di que no sabes», y para deshacer posibles dudas: «Esta noche he de gozalla.» La ocultación de identidad y la intención de gozar a la joven parecen anunciar un desenlace similar al de Nápoles. Sin embargo, el dramaturgo utiliza aquí el arma del cambio de escenario para suspender la resolución del enigma. Estamos en Sevilla, y Don Gonzalo de Ulloa, Comendador Mayor (es lo primero que sabemos sobre él) informa al Rey Alfonso Onceno de su embajada al Rey de

Portugal, Don Juan. En *BS,* Don Gonzalo hace una pormenorizada descripción (136 versos) en romance de Lisboa. Como las cosas han ido bien, el Rey, en premio, promete casar a la hija del Comendador, doña Ana de Ulloa, con un caballero importante: «Aunque no esté en esta tierra es de Sevilla, y se llama Don Juan Tenorio.» Ya sólo nos falta asistir al desenlace de la historia demorada antes: Don Juan, como sospechábamos, está preparando la huida para culminar su próxima seducción. Su criado le avisa: «Los que fingís y engañáis las mujeres de esa suerte, lo pagaréis en la muerte.» Escéptico, irónico y burlón, Don Juan replica: «¡Qué largo me lo fiáis!» Marcha Catalinón, y Don Juan jura desposar a Trisbea a cambio de gozar de sus favores. Ella insiste en que «hay Dios, y que hay muerte». «¡Qué largo me lo fiáis!», vuelve a replicar Don Juan. Tisbea insiste en la obligación de cumplir la palabra «y si no, Dios te castigue»; a lo que el Burlador continúa arguyendo «¡Qué largo me lo fiáis!». Los últimos versos de la obra introducen el tema cantado: *A pescar sale la niña / tendiendo redes / y en lugar de pececillos / las almas prende.* Como se ve, los presagios sobre la muerte, el alma y la fianza o la obligación, son insistentes. Después del cantarcillo vemos a Trisbea, víctima del engaño, que llora la burla del caballero, pide venganza y articula su discurso en torno al *fuego:* «¡Fuego, fuego, que me quemo, / que mi cabaña se abrasa!» Don Juan ya ha desaparecido, consumada su fechoría.

En este primer acto aparecen en filigrana todos los temas, motivos y tipos de la obra: un Rey (el de Nápoles), incapaz de asumir por su propia mano la justicia; otro, el de Castilla, que no duda en casar a sus súbditos sin indagar su verdadera calidad (Don Juan), o su aquiescencia al proyecto (Doña Ana). Una Duquesa que acepta implicar a su propio amante en una falsa acusación de traición; una muchacha que desdeña a sus enamorados, pero que se entrega a un noble asegurando su futura boda por medio de un falso juramento; un noble que ya ha sido desterrado de España por sus excesos, y que repite sus burlas a base de suplantar la personalidad de sus amigos o de prometer en falso una boda que no piensa cumplir. Y dos figuras de distinto talante: un digno y grave Comendador y un criado afín a Baco y no poco pusilánime, que advierte a su amo sobre los castigos que han de llegar. La escena se ha desarrollado con un cambio continuo de escenario (Nápoles, Tarragona, Sevilla), la intriga se articula a través de prolepsis textuales evidentes, y por medio de suspensiones escénicas, y los motivos populares como consejos, refranes o canciones, cobran significación dentro de la historia. Todas estas escenas, tipos y motivos se ven reforzados en el plano de lo imaginario por un sistema de articulaciones semióticas especialmente denso, en donde el *fuego* aparece como eje simbólico, y el *agua* como elemento de contraste. No es cosa de detallar aquí todo el entramado simbólico que sustenta la comedia, pero sí al menos, conviene apuntar la evidencia de su funcionamiento desde el primer acto.

En el segundo el espectador amplía su conocimiento de los personajes y de sus motivaciones, y asiste a la preparación del primer esquema ritual trágico: la próxima traición de Don Juan lleva consigo la *muerte del padre* de su víctima. Los datos de la obra se han alterado y sabremos ya que es imposible el tono de comedia: una muerte exige una expiación.

La escena que abre el segundo acto nos muestra al Rey Alfonso y al padre de Don Juan Tenorio: están informados de la traición del Burlador y del problema de la falsa acusación que pesa sobre Octavio. A la vista de las informaciones el Rey decide cambiar su primera idea y pasa a emparejar a Ana de Ulloa con Octavio, y a Isabela con Don Juan. Decidido esto aparece el Duque, a quien se le comunica su próxima boda y el arreglo de sus problemas en Nápoles. Octavio le comunica la buena noticia a su criado y al punto llegan Don Juan y Catalinón. Las dos breves escenas[37] cumplen una función dramática doble: nos ilustran sobre el carácter de los personajes y preparan la llegada del próximo, del que aún no sabemos nada. En cuanto a Octavio, queda cruelmente retratado con su rápida y alegre aceptación de la boda con una noble sevillana a la que no conoce de nada. Se trata del mismo Octavio que se angustiaba por el amor o la infidelidad de Isabela. De

---

[37] En *Tan largo* esta escena incluye la larga descripción de Sevilla (258 versos) que hace Don Juan, homóloga de la *loa* a Lisboa a cargo de Don Gonzalo en la versión *B*.

Don Juan sabemos ahora algo más: su falta de escrúpulos para urdir mentiras en la cara de su propia víctima. Ya está todo a punto para que el espectador conozca a un nuevo personaje: el Marqués de la Mota. Pronto sabremos, por el diálogo que sigue, que se trata de un amigo y compinche de Don Juan: su primera indagación es un repaso a los barrios de moralidad dudosa y a sus habituales mujeres, no precisamente doncellas. El Marqués es un *alter ego* de Don Juan y compartía sus hazañas amatorias. Pero algo los diferencia: el Marqués acaba de enamorarse de un imposible (es decir: una mujer diferente en calidad y costumbre de las que ambos acaban de citar), su prima Ana de Ulloa. En este punto el espectador se percata del enredo: el Rey acaba de casar a Octavio con Doña Ana, y a don Juan con la novia deshonrada de Octavio, Isabela. Hay alguien que está de más en los designios reales: el Marqués. Sin embargo, él mismo certifica que él y su prima se aman. Ambos se escriben, y el Marqués está esperando «la postrer resolución de ella», ya que «el rey la tiene casada / y no se sabe con quién». El Marqués se va y queda citado con Don Juan para más tarde. Mientras tanto una voz le hace llegar un billete a Don Juan; en él Doña Ana cita al Marqués para que pueda gozar de ella a las once de la noche, y presentar consumado el matrimonio. Lo que el espectador está viendo es lo que presumiblemente había sucedido en Nápoles antes del momento en que empieza la obra. Don Juan nos lo confirma: «Gozaréla, vive Dios, con el engaño y cautela que en Nápoles a Isabela.» Vuelve el Marqués, y Don Juan le transmite el mensaje, algo alterado: la cita con el Marqués es para las doce. Don Juan y el Marqués se despiden, y el espectador aguarda a ver cómo acaba la nueva aventura. Sin embargo, el programa dramático del autor nos va a hacer esperar un poco más: primero ha de aparecer el padre del burlador, avisando de que el rey está al tanto de su traición en Nápoles y ha decidido desterrarle.

El padre, dolido por la conducta de su hijo, le advierte: «castigo ha de haber para los que profanáis su nombre, y que es juez fuerte Dios en la muerte»[38]. El frívolo joven responde

---

[38] La escena entre Don Juan y su padre interesa para el análisis de la transmisión textual. En *TL* tiene 48 versos impecables, tres de ellos un aparte de

con su cantinela: «¿En la muerte? ¿Tan largo me lo fiáis?»
Don Juan acepta cumplir su destierro en Lebrija, pero antes se
prepara para consumar el nuevo engaño. Aparece el Marqués,
al son de la música, y Don Juan le pide prestada su capa para
«dar un perro». El ingenuo amigo accede a ello, y Don Juan
se despide, preparado para suplantar de nuevo a un amante
en el lecho de su amada. La capa, objeto escénico de especial
relieve en este episodio, no servirá para consumar el engaño,
pero sí para inculpar al Marqués de la muerte del Comendador. Al mismo tiempo, en una cruel metáfora, simboliza el
«toreo» que Don Juan está llevando a cabo. La elección dramática de la secuencia en torno a la muerte del Comendador
acentúa el sentido del ritual, y lo proyecta sobre un esquema
burlesco (capa, toro) y sobre un esquema trágico en donde al
prendimiento del Marqués le precede la procesión de hachas
y luces (el fuego premonitorio). La secuencia es homológica
de la secuencia del engaño de Isabela en Nápoles: el programa dramático del personaje «Don Juan» incluye engaño y
huida, pero se ve entorpecido por la aparición del verdadero
antagonista del *burlador:* el *Comendador.* Al delito de traición
hay que añadir el de homicidio, y a la aparición de Don Pedro Tenorio, el tío, en Nápoles, le corresponde en Sevilla la
del propio padre de Don Juan. En ambos casos habrá un in-
culpado inocente, y en ambos casos el Rey decide una ejecución que nunca tendrá lugar. El desenlace del episodio de Nápoles implicaba soluciones de tono menor: deshonra y destierro. El desenlace de Sevilla acarreará modelos trágicos:
homicidio y castigo brutal de un inocente. En el plano simbólico, y en la construcción escénica, estamos ante una pre-
monición del final del Burlador: el muerto hará cumplir la
justicia inculpando al verdadero transgresor. La función de *alter ego* de Don Juan que tiene el Marqués de la Mota, reforza-
da por el signo escénico de la capa, actúa aquí como una pro-

---

Catalinón. En *BS,* también 48, siendo los tres de Catalinón idénticos. Don
Juan tiene 7 versos con una variación que implica verso mal medido, y el padre tiene 9 variaciones, tres de ellas de usos pronominales. Concuerda con la
hipótesis de Ruano de que las escenas en donde está presente Catalinón se res-
catan a partir del actor que lo representa.

lepsis trágica, y al mismo tiempo sirve para agravar el discurso dramático con temas premonitorios.

Los resultados de las acciones de Don Juan están perturbando el orden de las cosas, pero su capacidad para subvertir este orden todavía no ha terminado. De camino en su destierro a Lebrija aún tendrá ocasión para intentar un nuevo engaño: otra vez la música nos introduce en un tema ambiguo [Sol de Abril *(Tauro)* = fuego + luz; canción de bodas *(Toro)*; luna menguante: cuernos] y otra vez se repiten los mismos motivos: «temo muerte vil de estos villanos», dice Catalinón, previendo lo que va a pasar. Y Don Juan repite uno de los motivos prolépticos: «buenos ojos, blancas manos, en ellos *me abraso y quemo*». El desenlace de esta aventura queda para el tercer acto, pero, a la vista del episodio de Tarragona, el espectador se hace ya una idea sobre lo que va a pasar.

La primera escena del tercer acto nos muestra a Batricio, el desposado, presa de unos celos crueles: las burlas de Don Juan con la comida presagian su prolongación nocturna. La trampa preparada por el burlador incluye vencer la resistencia del padre de la novia, que accede a facilitar los deseos de Don Juan, fiado en promesa de matrimonio ulterior. Vencida su resistencia, todavía Catalinón advierte: «Mira lo que has hecho, y mira que hasta la muerte, señor, es corta la mayor vida; y que hay tras la muerte imperio.» Don Juan no se arredra tras estas amenazas: «Si tan largo me lo fías, vengan engaños.» Arminta, por su lado, presiente alguna desgracia: «¡Mal hubiese el caballero que mis contentos me quita!» La escena ha cambiado de la redondilla al romance en tono dramático, y en esta forma métrica se va a desarrollar la escena de la seducción de Arminta. Don Juan alude a la no consumación del matrimonio, promete cumplir su palabra, y termina su discurso seductor con una promesa temeraria: «Si acaso la palabra y la fe mía te faltaren, ruego a Dios que a traición y a alevosía me dé muerte un hombre (muerto, que vivo Dios no permita).»

Sucede que ese muerto ya existe, y que el garante del cumplimiento, la divinidad, ha sido invocada en la promesa. El mecanismo del castigo de don Juan está ya en marcha y es imparable. Mientras unos y otros damnificados se van reuniendo en dirección a Palacio, Don Juan comienza el último acto de su carrera: la burla final a la Estatua, en la que el dramaturgo no nos ha ahorrado referencias constantes, en boca de Don Juan, a la inminencia del castigo. «La iglesia es tierra sagrada», avisa Catalinón. Y Don Juan responde, en un espléndido ejemplo de ironía sofóclea: «Di que de día me den en ella la muerte.» Y más adelante, al leer la inscripción en la lápida del sepulcro, se jacta así: «que si a la muerte aguardáis la venganza, la esperanza agora es bien que perdáis, pues vuestro enojo y fianza tan largo me lo fiáis». La explicación de este motivo dramático, y su función trágica, la sabremos en la primera invitación de la posada. Los músicos cantan un tema repetido e inequívoco: «Si de mi amor aguardáis, señora, de aquesta suerte el galardón en la muerte *¡qué largo me lo fiáis!*» Don Juan acepta devolver la visita yendo a cenar a la iglesia, ajeno a la imprudencia que él mismo había señalado inadvertidamente al aludir a su muerte, y hasta que no devuelva esa visita, el dramaturgo nos hace ver la acumulación de hechos que preparan en Palacio el desvelamiento de las fechorías del Burlador: la liberación del Marqués, la llegada de Arminta y su encuentro con Octavio, la reunión del Rey con el padre de Don Juan. En realidad todo esto es inútil, porque al aceptar la invitación Don Juan ha sellado su destino: «Ésta es justicia de Dios, quien tal hace, que tal pague.»

Tipología de las escenas

La teoría poética expuesta por Lope en su *Arte nuevo* tiene en cuenta al menos tres aspectos esenciales del análisis escénico: el *tipo estrófico* utilizado (uno o varios), el *carácter* de la escena (relación, queja, conflicto o debate amoroso, etc.) y los *participantes* (monólogo, diálogo o polílogo). Está claro que una comedia se compone de tres jornadas y que el análisis de cómo estas tres jornadas desarrollan la historia responde a la concreción teatral de las peripecias. Ahora bien, la manera de sustentar cada jornada se fundamenta en la idea que el dramaturgo tenga de lo que es una escena, y del ritmo que debe dar a las secuencias de escenas. En este sentido, el ritmo escénico del *Burlador* corresponde admirablemente a la idea teatral que expresa. Globalmente considerada, la obra utiliza dos tipos métricos preferentes, el romance y la redondilla. El conjunto de romance y romancillo más la redondilla alcanza el 80 por 100 de la obra. Está claro que las variaciones sobre estos dos metros de base responden a funciones dramáticas de interés, y que el autor ha explotado por medio del verso. A partir de estas constataciones previas vamos a tratar de exponer el sistema de construcción escénica de *El convidado de piedra*.

En primer lugar, las formas romanceadas se usan de muy distinta manera: en el primer acto sirven para relaciones, como apunta Lope. Don Pedro *cuenta* al Rey de Nápoles y al Duque Octavio los sucesos nocturnos por medio del romance; Don Gonzalo *cuenta* cómo es Lisboa a través de un largo romance (en la versión inicial, el *Tan largo* la loa a Sevilla en boca de Don Juan también era romance) y la pescadora *cuenta* su vida y carácter en un romance heptasílabo. A partir de aquí el uso del romance no va a tener carácter narrativo, sino preferentemente dramático: usa Trisbea el romance para llorar su engaño y abandono; se usa también el romance para la escena del prendimiento del Marqués en el segundo acto, y se vuelve a usar para la seducción nocturna de Arminta, en el tercero. El dramatismo que cobra el uso del romance se desvela en todo el proceso final del duelo entre Don Juan y la Estatua. A partir de la cena del Comendador en la posada, en el momento mismo en que ha terminado la canción con el último verso premonitorio, *¡qué largo me lo fiáis!*, comienza el romance, que es la forma de base de la segunda mitad del tercer acto: romance en agudo —*ó*, para la escena de la promesa de Don Juan a la Estatua, con el primer apretón de manos, escena de enorme densidad trágica; romance en *a-a* para la querella de Octavio con el rey y el padre del *Burlador*, y finalmente romance en *a-e* con el refuerzo del tema cantado *(ni deuda que no se pague)*, y del refrán *(quien tal hace, que tal pague)*, abarcando desde el reencuentro con la Estatua hasta los últimos versos de la obra. Parece claro que el romance sirve para enlazar, en su vertiente dramática, las escenas de seducción con las de castigo, y que el uso de la música está muy estrechamente asociado a este valor dramático. A cambio, el desarrollo de la historia en sus episodios generales está tratado en redondilla. Las variaciones sobre estos modelos centrales son muy interesantes: los tres pasajes en que hay décimas corresponden a pasajes de quejas de los novios burlados: Octavio en el primer acto, Batricio en el segundo y el Marqués de la Mota en el tercero. Aunque los participantes en cada escena varían (el interlocutor de Octavio es Don Pedro; Batricio está en polílogo con Don Juan, Arminta, Catalinón y Gaseno y el Marqués se queja al padre de Don Juan) la insistencia es reveladora: la décima se usa para quejas de las víctimas del engaño.

Los endecasílabos, sea sueltos, en soneto[39] o en octavas reales[40] corresponden a escenas donde está el Rey de Nápoles o el de Castilla. El endecasílabo combinado con heptasílabos en sextetos-lira se usa para la escena del encuentro entre Isabela y Trisbea, de intenso dramatismo. Dado que la pescadora tenía un monólogo inicial en romance heptasílabo, se diría que el autor de la obra usa el heptasílabo para voz femenina y expresa el dramatismo por medio del contraste heptasílabo/endecasílabo. Las letrillas con estribillo de vuelta de canción sirven para la escena alegre de las bodas (el cambio a la décima anuncia la llegada de Don Juan, y las quejas premonitorias de Batricio), y los dos pasajes en quintilla del tercer acto tienen en común que hacen intervenir a personajes de dos tipos, amo y criado (Don Juan y Catalinón) o nobles y rústicos (Octavio y Gaseno). Esta idea de la quintilla para contraste social parece confirmarse en el hecho de que la escena entre Octavio y su criado en *TL* era también en quintillas.

---

[39] El pasaje de soneto sólo existe en *TL*, pero todo apunta a que su desaparición de *BS* se debe a los avatares de la transmisión. Así pues en *B*, el texto previo a Figueroa, sí debía de estar.

[40] Desde el punto de vista de la estructura del *Convidado* no hay endecasílabos sueltos. Sólo aparecen en el texto *BS* en pasajes que en *TL* tienen octavas reales. A cambio las octavas reales sí están en el texto común, cuando hay octavas reales en *BS* también las hay en *TL*. Corresponde al texto de Octavio en la segunda jornada, y al texto del Rey Don Diego en la tercera, inmediato a la llegada de Octavio, que dice el último pareado de la última octava. En el texto homólogo de *TL* el Rey está con Don Pedro Tenorio y el Duque Octavio aparece ya en la segunda octava. En *TL* el texto tiene cuatro octavas y en *BS* ocho. Probablemente faltan de *TL* un par de octavas por corte editorial a finales de la *suelta*.

Veamos ahora el análisis en función de participantes: en el primer acto hay un monólogo, el de Trisbea, resuelto en romancillo, al que se podría calificar como monólogo lírico-narrativo, y un parlamento (casi monólogo) dramático de la propia Trisbea al final del acto, en romance octosílabo. En el segundo acto tenemos el primer monólogo de Don Juan después de recibir el papel: 44 versos en redondillas, con una parte central, que es la lectura de la carta. Un breve monólogo dramático del Marqués, tras la muerte del Comendador, que deriva en su prendimiento. En este caso la escena entera, definida por la presencia del Marqués, consta de monólogo y diálogo, y está enteramente en romance.

El tercer acto comienza con el monólogo de Batricio (64 versos en redondillas), continúa con el diálogo dramático Batricio-Don Juan y termina con un breve monólogo de Don Juan (20 versos en *BS*, 16 en *TL*). La escena total son 128 versos (en *TL*, 132), íntegramente en redondillas, y anuncia ya el cambio de tono en ese verso final temático *tan largo me lo guardáis* (en *TL*, conforme al plan de la obra, *tan largo me lo fiáis*). La escena siguiente consta de cinco secuencias, y el cambio de tono lo da la primera, un breve diálogo entre Arminta y Belisa. El tema *¿qué caballero es éste que de mi esposo me priva?* va a ser desarrollado manteniendo como nexo de unión el romance. Las secuencias de *BS* son: a) Arminta, Belisa, b) Don Juan Gaseno, Catalinón, c) Don Juan, Catalinón, d) Don Juan, y e) Don Juan-Arminta. A esta escena le sigue la escena Isabela-Trisbea, con dos secuencias [Fabio (Don Pedro en *TL*)-Isabela, Isabela-Trisbea] y en sexteto-lira, y la escena en quintillas, también con dos secuencias, entre Don Juan-Catalinón y la Estatua. La métrica cambia a redondillas con el cambio de *lugar escénico* (de la iglesia a la posada) y, como ya se ha dicho, cambia a romance en *-ó* al terminar la canción premonitoria, sin que haya cambio de lugar ni protagonistas. Si el primer enfrentamiento entre Don Juan y la Estatua constituye una macroescena, entonces la métrica nos permite diferenciar tres momentos escénicos: un tono jocoso inicial (quintillas), un tono dramático-épico (redondillas) y un tono grave, trágico, final (romance) que enlaza con la escena del segundo enfrentamiento, también en romance.

Todo ello nos lleva a plantearnos cuál es realmente la teoría dramática del autor de esta obra: no parece que esta teoría quede explicitada por la mera aplicación de las fórmulas lopescas del *Arte Nuevo*. Parece más bien que actúa en dos niveles perfectamente diferenciados: el uso del par *estrofa/escena* y el ajuste de ese uso a la disposición de la historia en *episodios, lugares* y *subsistemas escénicos*. En estos subsistemas entran aspectos como *momentos, gestos, canciones, refranes, tipología textual* (monólogos, parlamentos, réplicas), y efectos escénicos como la *prolepsis, dilación* y *homologías*. Antes de pasar al análisis de todo este componente teatral conviene insistir en este hecho: esta teoría teatral, manifestada en la práctica de ese texto admirable que es *El convidado de piedra*, es la manera técnica que evidencia a un autor. El análisis y cotejo de esta obra con las de Tirso y Claramonte no deja lugar a dudas: tanto por la dramaturgia interna como por el estilo literario la obra corresponde a Claramonte. De hecho, está tan alejada de los cánones de composición de Tirso, tanto los de *La prudencia en la mujer, El vergonzoso en palacio* o *Don Gil* como los de la *Santa Juana* o *La Dama del Olivar*, que es precisamente el último autor al que se podría proponer para atribuirle la obra. Se ha venido defendiendo en función de que también en Tirso aparecen los rasgos comunes a todos los autores de la época, y se han magnificado, como ya observó Rogers, algunos rasgos (el supuesto donjuanismo de Don Guillén en *La Dama del Olivar)* que podrían aproximar personajes tirsianos a Don Juan Tenorio. A cambio en tan sólo media docena de obras de Claramonte encontramos todos los rasgos de dramaturgia y de estilo que debería presentar el autor de *El convidado de piedra.* No aparecen casualmente, como pretende A. Prieto, los nombres de Diego Tenorio, Juana Tenorio y Tisbea, coincidiendo con los de *Deste agua no beberé.* Se trata de los personajes, los temas y la época que más interesan a Claramonte, probablemente por el hecho de haber vivido gran parte de su vida en Sevilla y haber estado protegido por la familia Ulloa. El dramaturgo que escribió la historia de *El convidado de piedra* no modificó de pronto su estilo, temática preferida y características para adoptar otro con el fin de crear un mito (como habría que sostener para atribuir la obra a Tirso)[41]; en esta obra repite los mismos temas, los mismos tipos, incluso los mismos apellidos de familia y nombres de actores de reparto, que venía utilizando desde antes y que seguirá utilizando después.

LOS PERSONAJES

El convidado de piedra ha dado origen a un mito asentado sobre dos personajes y una figura. La figura es la del Comendador, cuya estatua es inseparable del mito de Don Juan. Los dos personajes son la pareja Burlador/Criado. Llámese Catalinón, Colchón, Sganarelle o Leporello, el criado es inseparable del amo libertino y descreído. El amo transgresor y el criado gracioso y amedrentado constituyen las dos partes indisolubles de una unidad simbólica similar a la que forman Don Quijote y Sancho. La importancia del criado gracioso se revela[42] en su entidad escénica: aparece en todas las escenas previas a las seducciones, y en las dos escenas con la Estatua. De ahí la importancia de la pregunta de Don Juan al aceptar la invitación de ir a la iglesia: «¿Iré solo?», y la respuesta coherente del Comendador: «No, id los dos.» Lógica consecuencia de ello, Catalinón se encargará de exponer a las gentes de Palacio el fin terrible de Don Juan.

Más que un personaje, Catalinón es una función mítica (como confirma su pervivencia en las versiones posteriores). Por un lado asume la función teatral del gracioso (su repertorio de chistes y bromas enlaza con figuras de la Comedia del Arte como Arlequín y Polichinela) y por otro la sujeción y obediencia que debe a su amo, que representa una serie de valores que Catalinón desaprueba. Frente a las transgresiones,

---

[41] Si hay algo bien probado es que Tirso, como Cronista de la Orden de la Merced que era, siempre fue muy cuidadoso en el marco histórico de sus obras. Parece difícil que fuera a escribir una con el grosero error histórico de hacer coetáneos a Juan II de Portugal y a Pedro I de Castilla, separados por más de un siglo.

[42] Aunque inferior a la de los graciosos del teatro de Tirso, como Caramanchel, Camacho o Galindo, mucho más complejos, activos e ingeniosos que Catalinón.

delitos y traiciones del Burlador, encarna la conducta social admisible. Simplemente su *status* de criado no le permite ir más allá de la reconvención o desaprobación. Como personaje no le es factible oponerse sin infringir el decoro del criado frente al amo. Ante la evidencia de la actitud de don Juan, Catalinón actúa como un contrapunto cómico que expresa sus miedos y temores y recurre a la broma o al chiste para ahuyentarlos. Como heredero de la tradición cómica teatral europea incorpora a su repertorio textual los chistes sobre el vino y el agua, los apuntes ecatológicos o la burla de oficios como sastres y sacristanes.

El Comendador no es propiamente personaje, sino *figura*. Su largo parlamento sobre Lisboa le permite estar en escena el tiempo suficiente para hacerse ver por el espectador. Esto es uno de los aciertos evidentes de la remodelación textual, ya que en *Tan largo* disponía en el primer acto tan sólo de nueve réplicas con un total de 22 versos. Nada nos dice sobre sí mismo, si no es indirectamente, su función de conector entre dos mundos: el del poder político y el del poder religioso, a través de la minuciosa descripción de conventos lisboetas. En el momento brevísimo de su muerte alude al cargo grave que pesa sobre Don Juan: traición y homicidio del honor. La acotación escénica de sus entradas en el tercer acto nos identifica al enviado del *Más Allá: en la forma que estaba en el sepulcro... con pasos menudos... paso como cosa del otro mundo... vase muy poco a poco mirando a Don Juan*. La lentitud y la solemnidad, la fijación de la mirada y la asistencia en el gesto final de la mano son las huellas de alguien que trae una embajada a través de su presencia de piedra. Como observa atinadamente Varey, «el que la estatua de Don Gonzalo arrastre a Don Juan, su asesino, al infierno, es también poéticamente justo»[43].

Y llegamos a nuestro personaje principal, sobre el que han corrido ríos de tinta. La atribución secular a Tirso ha llevado a crear un paradigma de interpretación según el cual el personaje ilustra algún tipo de pecado fustigable por un teólogo. Antes de aplicar categorías críticas teológicas conviene saber cómo se nos presenta dentro de la obra. Además de ello, y

---

[43] J. E. Varey, *op. cit.*, pág. 149.

confiando en que el autor no podía ser otro que Tirso, se ha proyectado una línea de análisis sorprendente respecto a la *inspiración* para crear el personaje. Según esta ingenua hermenéutica, Tirso habría decidido crear un mito y se habría inspirado para ello en un personaje coetáneo; a partir de aquí los investigadores (?) proponen que ese personaje pudo haber sido el Conde de Villamediana, o bien Mateo Vázquez de Lecca, o bien cualquier otro *donjuán* de la época. Todavía no tenemos escrita la obra, y mucho menos la posibilidad de que genere un mito, y ya hay un fraile dispuesto a seleccionar a un coetáneo suyo para transformarlo en mito de siglos futuros. Para encontrar seductores de varias doncellas en la época bastaba con seguir la trayectoria de Lope de Vega, entre tantas otras. El texto, llámese *Tan largo*, *El burlador de Sevilla*, o *El convidado de piedra*, es un texto histórico que pone en escena personajes históricos en una época histórica. Es el medio cultural el que crea el mito seleccionando esta historia frente a otras del mismo autor o de otros. El autor no puede ser consciente de estar creando ningún mito, como no es consciente, muchos años después, Alonso de Córdova, de estar introduciendo el personaje necesario, Ana de Ulloa, para articular esta historia como mito. Por ello es mejor detenernos en el personaje teatral, y no en el futuro mito, para explicar cómo aparece en esta obra.

Un personaje está ante el público de dos formas distintas: o bien él solo (monólogo) o bien en compañía de otros personajes. Cuando está solo en escena expresa ante el espectador lo que es personal e interior suyo; cuando comparte escena con otros manifiesta las relaciones o contrastes que tiene con ellos dentro de la trama. En este sentido el personaje puede «advertir» al espectador por medio de *apartes* sobre sus reales intenciones al hablar o actuar de una u otra manera. Un *aparte* viene siendo un fugaz monólogo en dirección al espectador, dentro de una escena de diálogo. En este sentido la más fiable aproximación sobre Don Juan como personaje la tenemos en los monólogos y en los apartes[44]. El primer monólo-

---

[44] Otro argumento decisivo contra la autoría de Tirso, que acostumbra a dar a sus protagonistas monólogos suficientemente complejos y detallados para revelar ante el espectador su personalidad.

go, y el más explícito, es el que sigue a la recepción del billete amoroso de doña Ana: «El mayor gusto que en mí puede haber es burlar una mujer y dejarla sin honor.» Don Juan todavía no ha leído el mensaje, pero ya se imagina la posibilidad de traicionar a su amigo burlando a su enamorada. Es él mismo quien habla de *engaño* y de *burla*. Más adelante, al acecho de Arminta, insiste: «yo quiero poner mi engaño por obra, el amor me guía a mi inclinación, de quien no hay hombre que se resista». Su *inclinación* le fuerza a burlar y engañar, y él es consciente de que esta conducta es delictiva. Conviene no olvidar aquí en qué consiste la *inclinación*, que no es un término inocente. En *El secreto en la mujer,* donde asistimos también a un caso de burla nocturna con suplantación de personalidad, Claramonte pone en boca de su personaje: «Mira, Tisbeo, el amor / es una influsión de estrellas, / ésta inclina a lo peor, / que ésta inclina a lo mejor, que en ellas / hay piedad como hay rigor. /Inclinación fue un dios fuerte / a quien un tiempo adoraron / las gentes...»[45]. Don Juan es un ejemplo de la influencia o influsión astrológica que determina la condición de cada uno. El último monólogo nos lo muestra solo en la posada, después de la visita de la Estatua: reconoce la presencia de lo infernal, que a un tiempo abrasa y hiela, pero se engaña a sí mismo sobre su vivencia física («todo el cuerpo se ha bañado de un sudor helado») creyendo o queriendo creer que «todo son ideas que da a la imaginación el temor». Y el colmo del temor es temer a los muertos. Don Juan, frente a sus propias vivencias opone la necesidad de ajustarse a su imagen, la imagen que de él tiene Sevilla. En este punto enlazan dos fragmentos de monólogo: el comienzo del primero y el final del último: «Sevilla a voces me llama el Burlador», y «porque se admire y espante Sevilla de mi valor». La imagen que Don Juan se hace de sí mismo es la que corre por Sevilla: un profesional de la burla y un hombre temerario. Vale la pensa insistir sobre este aspecto del personaje, porque es el que le asienta en un plano creíble teatralmente: la *fama* de don Juan le ata y le obliga a atenerse a lo que de

---

[45] A. Claramonte, *El secreto en la mujer,* Londres, Tamesis Books, 1991, ed. Alfredo Rodríguez López-Vázquez.

él se espera. Se espera que burle más y mejor que sus posibles rivales (los tipos como el Marqués de la Mota, compinche de aventuras de baja estofa), y en ello entra el burlar a sus propios rivales (rasgo que con olfato teatral desarrollará Zorrilla en su escena inicial del *Tenorio);* y se espera también que no retroceda ante el miedo, ni siquiera ante el Miedo corporeizado en una figura de ultratumba. Este Don Juan preso de su leyenda de *garañón (TL)* y de *burlador* arrogante se ve confirmado en sus diálogos con Catalinón: «Si el burlar es hábito antiguo mío, ¿qué me preguntas, sabiendo mi condición?» Nótese el fondo: *hábito* y *condición.* Y más adelante, a la réplica de Catalinón de que «la razón hace al valiente», responde: «Y al cobarde hace el temor.» La divisa de don Juan parece ser «Burlar y no temer nada ni a nadie.» Y la justificación dramática de esta conducta está en una réplica que precede al encuentro con el Marqués, cuando se prepara la burla de Doña Ana: «Ha de ser burla *de fama.*» Burlar al que parece ser su gran amigo es el no va más de la burla: burla de *fama.* Al oírse llamar por Catalinón «burlador de España», la respuesta es nítida: «Tú me has dado gentil nombre.»

Esa *fama* de Don Juan es precisamente lo primero que le achaca su padre, al encontrarlo en Sevilla: «Verte más cuerdo quería, más bueno y con *mejor fama.*» El valor al que se atiene Don Juan en su conducta es esa cotización de la fama, y para ello no duda en traicionar. «Soy su amigo y caballero», asegura para hacerse con el billete de Ana de Ulloa. «Ved que caballero soy», avisa al ser descubierto en Nápoles, y con Arminta insiste en lo mismo: «Yo soy noble caballero, cabeza de la familia de los Tenorios.» Por último, frente a la Estatua, insiste en su linaje: «Soy Tenorio.»

Sin embargo, de este tipo de caballeros como Don Juan los labradores y pescadores no se fían: «¿qué caballero es éste, que de mi esposo me priva?», dice Arminta, y Batricio corrobora. «¿En mis bodas caballero? Mal agüero.» De hecho, como Tisbea clamaba después de su engaño, se trata de un «vil caballero». Para aludir a su conducta, su propio padre no duda en hablar de *maldad, traición, y con un amigo, y delito.* Términos todos ellos repetidos en el diálogo de don Juan y su padre. Traición, maldad y delito están también en boca de las

78

víctimas de su conducta y son la evidencia objetiva de esa conducta. Don Juan se nos presenta como seductor y valiente, pero de hecho es un personaje que no duda en practicar la mentira, el engaño, el delito y la traición como medios para mantener su *fama*, para certificar que su puesto de número uno de la burla y de la arrogancia está conseguido y mantenido por méritos propios. ¿No hay aquí además un esquema que permite al público italiano identificar parte de los componentes del personaje Il Capitano de la Comedia del Arte, y además, corroborado por su condición de español y familiar del embajador de Nápoles? Esto es lo que el análisis del texto nos dice sobre el personaje, y a partir de esto, y de la disposición dramática de la obra, podemos juzgar los *momentos teatrales* que configuran su personalidad dramática. Es decir: en qué medida es realmente un seductor y en qué medida es realmente valiente. En cuanto a Isabela y a Doña Ana no hay seducción de ningún tipo: hay mera suplantación de personalidad. Isabela y Doña Ana no se entregan a Don Juan, sino a un falso Duque Octavio, y a un falso Marqués. En un caso, el delito de suplantación y traición consigue sus objetivos amatorios; en el otro, la muerte del Comendador impide consumar la burla. El análisis de «estilo» de Don Juan como seductor nos lo dan, pues, sus escenas con Trisbea y Arminta. La situación es diferente en ambas, ya que la pescadora ha expresado ante el espectador su situación de orgullosa soltería, mientras Arminta acaba de desposarse. En cuanto a la seducción de Trisbea, no se ha hecho suficiente hincapié hasta ahora en un elemento, a mi juicio, esencial. Antes de que don Juan despierte en brazos de Trisbea y se adentre en su especialidad, Catalinón ya ha informado a la pescadora sobre la identidad nobiliaria del náufrago. Sabe que «es hijo aqueste señor del Camarero Mayor del Rey». Esto provoca realmente un engaño inadvertido: Don Juan cree estar seduciendo a Trisbea por medio de la palabra, ya que en un aparte se preocupa de exigirle a Catalinón que no revele su identidad. Catalinón, que ya ha cometido esa imprudencia, lo calla y desvía la respuesta. La situación, cara al espectador, es muy interesante: ¿se enamora Tisbea del discurso amatorio de Don Juan, sin más, sin alicientes especiales, o bien está ya predispuesta desde el momento en que sabe que tiene en sus brazos a un noble? Esto afecta al entendimiento del papel de la pescadora, pero también a un problema esencial de interpretación: el de establecer el alcance de la crítica social de la comedia. Según Varey, Tisbea «no es objeto de crítica social». Sin embargo, el texto deja claro que su situación es similar a la de Arminta: la una y la otra saben, desde el comienzo de la aventura, que tienen enfrente a un alto personaje de la Corte.

Antes de entrar en las implicaciones de este apartado conviene detenerse en un punto que la dramaturgia de la obra hace resaltar: el primer diálogo amoroso entre Tisbea y Don Juan contiene dos motivos sociales explícitos. Tisbea se dirige a un náufrago con la mención de su condición de *noble* y *caballero,* lo que modifica su propio mensaje inicial, en que veía a «un *hombre*»; en segundo lugar, antes de ningún tipo de efusión amatoria por parte de Tisbea, su motivo dramático es un *deseo: plega a Dios que no mintáis,* verso que se repite tres veces, y que está enlazado con un verso inequívoco: «mucho *al parecer* sentís». Tisbea no se fía. Su estrategia consiste en llevarle a la cabaña (al final de la siguiente escena insiste en el tema *plega a Dios que no mintáis* por cuarta vez, y finalmente, en una auténtica puja amorosa, se cerciora de que va a ser retribuida adecuadamente: «Yo a ti me allano bajo la palabra y mano *de esposo.*» Conviene no idealizar demasiado a la pescadora: desde el comienzo está escondiendo una carta en la manga, la identidad de su burlador. Don Juan no sabe esto, pero el espectador sí. Tisbea se ha cerciorado bien de sus derechos a través de una promesa, y una vez cumplido el ritual amatorio sus palabras de protesta están perfectamente enmarcadas: «engañóme *el caballero* debajo de fe y palabra de marido, y profanó mi honestidad y mi cama... en la presencia del Rey tengo de pedir venganza». Por supuesto, en Tisbea, un personaje muy bien trazado teatralmente, hay más que esto. Pero también hay esto. Tisbea participa en la burla al ocultarle a Don Juan el hecho de que conoce su identidad. Dramáticamente, el fondo de este episodio está prefigurando ya el esquema de construcción del mito: quien burla primero, más tarde será burlado. Desde esta perspectiva se entiende bien cuál es el alcance de Don Juan como seductor: a sus iguales, no puede seducirlas y se limita a suplantar alevosamente al verdadero novio. A sus inferiores les hace objeto, pura y llanamente, de una estafa: cambia el favor sexual por una perspectiva de ascenso social, pero sin intención de cumplir el trato. El sistema de burlas de Don Juan es en realidad una concatenación de traiciones y estafas. Y en ello el *burlador* no tiene atenuantes: el texto confirma que está aprovechándose de esa misma posición social para conseguir la impunidad (cuando no el premio, en forma de Condado de Lebrija). Don Pedro Tenorio le hace huir a Nápoles por medio de una treta, y el propio Don Juan no teme a las consecuencias de sus actos, convencido como está de que *en la tierra* no se le va a castigar: «Si es mi padre el dueño de la justicia, y es la privanza del Rey, ¿qué temes?» Don Juan es reo de traición y alevosía, y el alcance jurídico de estas dos palabras se manifiesta de forma clara en el castigo que él mismo desencadena al prometer en falso a Arminta: «... a traición y a alevosía me dé muerte un hombre (muerto, que vivo Dios no permita)».

Don Juan, como personaje, es el exponente de una clase entera de hidalgos, de jóvenes de buena familia que, protegidos por sus relaciones políticas y su posición social, afrontan el ordenamiento legal del reino y hacen caso omiso de las reglas morales de la sociedad. Antes de que toda la potencia mítica de la obra se manifieste, a través de las variaciones de Don Juan en la historia de la cultura, este primer *burlador,* prototipo que abre la llave del símbolo imaginario y antropológico, ha sido el exponente de una clase social y de una conducta moral asociada a esa clase. El castigo que la obra prepara no tiene contenido teológico alguno: se trata de la manifestación de una justicia poética necesaria, que se ejerce sobre un individuo, un Juan Tenorio concreto, que personifica el grado más elevado de corrupción social y moral de todo un plantel de *burladores,* cuya nónima él encabeza. Si contemplamos la figura de Don Juan en el sistema dramático de *burladores* que aparecen en la obra de Claramonte, podremos identificar con claridad qué *tipo teatral* se está criticando y cómo funciona la justicia poética: en *El ataúd para el vivo,* don Nuño Ferreyra, privado del Rey de Portugal, se vale de su situación para conseguir la caída en desgracia de Jorge de Ataíde, con la intención expresa de desposar a su viuda. Como colofón, ordena alevosamente que un par de sicarios asesinen a Don Juan. Al final de la obra el supuesto muerto reaparece e interrumpe la boda que ya se estaba celebrando en Palacio para dar muerte al traidor. Es decir, una variación sobre el final del *Convidado de piedra:* la venganza del muerto que regresa para vengarse de quien lo mató. Otra variación es la de *El valiente negro en Flandes,* en donde Agustín de Estrada, que ya prepara su boda con Doña Juana, prima de Leonor, *burlada* por el procedimiento donjuanesco de seducción y promesa de matrimonio, seguidas de huida, se ve sorprendido por la aparición de alguien que es también Comendador, como Gonzalo de Ulloa, y que ordena la reparación de la falta, pues «no hay plazo que no llegue ni deuda que no se pague». El Negro Comendador, Juan de Alba, obliga al capitán Estrada a reparar el honor de Leonor, ante la alternativa de que, si se niega, será ajusticiado. Otro burlador que recibe su castigo después de haber suplantado la identidad del novio para gozar a su dama es Lelio, de *El secreto en la mujer,* que también está a punto de ser ajusticiado en público, aunque en este caso la llegada *in extremis* del criado gracioso, Pánfilo, permite enderezar las cosas.

El Marqués de la Mota pertenece también a este linaje de «nobles calaveras», pero, a diferencia de Don Juan, él sí se enamora de manera real. El Marqués no pretende «burlar» a Doña Ana, aunque sí gozar de ella con su consentimiento y despreciando la autoridad paterna. El cínico consejo de Don Juan es muy especial: «Sacadla, solicitadla, escribidla y *engañadla,* y el mundo se abrase y queme.» No sabemos cuál sería realmente la actitud del Marqués una vez consumada la cita nocturna. El *burlador* con su intervención, ha variado los datos. El prendimiento, la condena a muerte y la estancia en la prisión de Triana actúan poéticamente, dramáticamente, con una doble función: por un lado exhiben en escena el castigo que corresponde al delito. El Marqués *suplanta* a Don Juan en el ritual del castigo: cumple su condena. Por otro lado, sin duda, desde el punto de vista de la construcción de la obra, esta expiación es necesaria para poder justificar el desenlace feliz de los amores entre él y Doña Ana. La expiación de un delito que él no ha cometido le sirve de catarsis para entrar en el premio: está expiando la parte de burlador que hay en él y que no había sido castigada hasta entonces. En cuanto a su amor por su prima, el rescate del episodio de la torre resulta esencial para entender la función dramática del personaje: «Y aunque siento que matase a mi tío, más sentido estoy, y más ofendido, de que a mi prima gozase.» El Marqués *siente* la burla de su falso amigo en la deshonra de su prima. No es propiamente la situación de reo de homicidio lo que más le afecta: es el hecho de haber sido castigado en la única mujer a la que él no hubiera burlado.

Menor densidad dramática tiene Octavio, aunque sea, por el número de sus escenas y su intervención textual, el auténtico antagonista de Don Juan. Sabemos que es el gran estafado: desde el comienzo lo vemos como enamorado de Isabela (la escena del diálogo con Ripio tiene esa función dramática), y al mismo tiempo, como hombre poco firme (sus dudas y angustias sobre la conducta de ella) y bastante voluble: acepta la boda con Ana de Ulloa y pasa a olvidarse al instante de Isabela. Octavio representa un grado menos que el Marqués de la Mota en cuanto a su estima por las mujeres, aunque, como contrapartida, es también un grado menos en su catadura moral. No hay conciencia de que se trate del mismo tipo de alegre crápula que son Don Juan y el Marqués. Precisamente Ripio le sirve de contraste para demostrar su inocencia en este aspecto. La escena en quintillas del tercer·acto, su trampa para pillar a don Juan utilizando a Arminta y Gaseno no avala sus escrúpulos a la hora de tratar a la gente llana.

El último de los burlados es Batricio. A través de él descubrimos uno de los ejes de oposición entre Corte y Aldea. Don Juan le vence acudiendo al *honor;* el honor, como apunta el dramaturgo por boca de don Juan «se fue al aldea, huyendo de las ciudades». Don Juan está explicándose a sí mismo, y al mismo tiempo al espectador, qué estrategia ha utilizado para batir a Batricio. Don Juan, personaje negativo, se ha aprovechado precisamente de una virtud de su oponente que él entiende como debilidad. Batricio es el último de los burlados, y al mismo tiempo la antifigura del *burlador.* A diferencia de Octavio, del Marqués, o del casi invisible Anfriso, Batricio (el futuro Masetto de da Ponte-Mozart) es un personaje muy cuidadosamente presentado. Escénicamente aparece como «segunda víctima», después de la injusta prisión del Marqués. Dramáticamente es, sin duda, la víctima culminante de un proceso. Me explico: Octavio e Isabela nunca aparecen *juntos* en escena, nunca llegan a presentarse ante el espectador como *pareja;* Anfriso, antes, nunca llegó a ser el objeto de amor de la pescadora; Doña Ana, que es en escena un sueño, «un imposible» en definición del Marqués, tampoco se deja ver. Se la oye desde dentro. Hasta la boda de Dos Hermanas, la relación entre los miembros de las parejas burladas nunca ha sido ni *sacramental,* ni *escénica.* Batricio es el primer burlado contra quien Don Juan actúa de manera brutal: la unión ya era un hecho, y ese hecho se visualiza en la escena. La llegada de «un caballero» en sus bodas se presenta como un presagio, un mal agüero. Internamente, Batricio actúa como un elemento de prolepsis: está anunciando el desenlace que él intuye para su episodio. Externamente, en cuanto a su propia identidad teatral, Batricio es alejado físicamente de su esposa en la primera fase del ritual, la *comida,* con el fuerte valor simbólico que M. Molho ha apuntado en su análisis, en relación con el futuro *convite* de la estatua. Antes de la llegada del perturbador, los versos que tiene a su cargo Batricio en la letrilla glosada, nos lo pintan como a un verdadero enamorado: «con deseos la he ganado, con obras la he merecido», completado con un lenguaje de encendidos requiebros, articulados sobre las ideas «sol, flores, luz, tálamo». Ante la llegada de Don Juan, ante su mero anuncio, Batricio reflexiona con desengañado escepticismo: «Téngolo por mal agüero, que galán y caballero, quitan gusto y celos dan.»; y en su siguiente réplica acierta de plano: «Imagino que el demonio le envió.» La escena del banquete confirma sus sospechas y prepara su primera variación psicológica: «Celos, muerte no me deis.» Tras esto termina la segunda jornada de la comedia, y unas horas después, ya por la noche, tiene a su cargo el célebre parlamento en redondillas (56 versos en *BS,* 64 en *TL).* Conviene detenerse en él porque este Batricio *celoso* tiene parientes en la obra de Claramonte, y esos parientes se expresan de la misma forma. La crítica tirsiana ha insistido en que la coincidencia entre la redondilla inicial de *BS* y la redondilla de *Deste agua no beberé* se explicaría como un préstamo tomado por Claramonte al hipotético original perdido escrito por Tirso. Es un sistema para no afrontar ciertos problemas críticos de primer orden. En *Deste agua no beberé* hay, en efecto, una redondilla a cargo de Juana Tenorio, corroída por los celos, que coincide con el arranque del parlamento de Batricio (y mejora el texto mal transmitido por *BS*). Pero ese tipo de personaje es constante en la obra de Claramonte. Así, Clavela, en *El secreto en la mujer*, dice antes de la llegada de Tisbeo (vv.1607-26): «Celos, si sois ilusión, y si os engendráis de nada, si sois quimera fundada sólo en la imaginación (...) No hay quien os pueda entender, celos, en vuestro rigor, que en amor sois lo mejor y os levantan testimonios, pero yo os llamo demonios de las glorias del amor.»

Otro ejemplo manifiesto de esta situación y este carácter lo tenemos en la Lisbella de *De lo vivo a lo pintado* donde la identidad léxica es aún mayor. La única diferencia importante entre estos personajes y Batricio es que Batricio es un rústico, con lo que introduce como eje de composición el tema de la comida. La burla de la comida, metáfora de la burla sexual, tiene un aspecto dúplice: es cómica y trágica. Está, por un lado, su indefensión ante el cortesano («pues llegándome a quejar, algunos me respondían, y con risa me decían: «No tenéis de qué os quejar»); por otro lado, su conciencia de clase («todo lo que tenéis de ricos, tenéis de necios»[46] y la fragilidad de su situación le llevan a una vivencia del tormento («dejadme de atormentar... que cuando Amor me da vida, la muerte me queréis dar»). El conflicto trágico entre su sentimiento hacia Arminta (Amor con deseos, con obras) y la evidencia del mal agüero (galán y caballero, Muerte) se inscribe en una situación trágica. Situación que inmediatamente se verifica: la mentira de Don Juan funciona porque se asienta sobre

---

[46] La metáfora «celos, ricos, necios» aparece ya en una obra de Claramonte fechada en 1620, *La infelice Dorotea*, representada por los Valencianos en Sevilla en 1620. En esta obra hay también la ofensa a la estatua de un muerto, que algo tiene que ver con el motivo central del *Convidado*, como ya observó su editor Charles F. Ganelin. En el elenco de esta compañía está Cristóbal de Avendaño, en cuya compañía más tarde representará Juan Bezón (véase el entremés cantado al final de nuestra edición).

una virtud de Batricio, su conciencia del honor. Las réplicas, en fulgurante crueldad, se condensan en *un solo verso:* «DON JUAN.—Y he gozado... BATRICIO.—¿Su honor? DON JUAN.—Sí.» Don Juan, respecto a Batricio, actúa como Yago frente a Otelo: altera capciosamente la interpretación de la realidad para provocar la emergencia de unos celos destructores. Aunque no es necesario ir hasta *Otelo.* Basta con escudriñar la actitud y conducta de Aurelia respecto a Clavela en *El secreto en la mujer.* Los últimos versos de Batricio nos lo sitúan en un ámbito moral trágico: «Gózala, señor, mil años, que yo quiero resistir, *desengañar y morir,* y no vivir con engaños.»

Esto nos lleva al personaje femenino de Arminta, la última burlada, y la única en la que la burla actúa en la esfera sacramental. La burla a Arminta entra en el terreno de lo sagrado, ya que el vínculo matrimonial existe. En esto, ni ella ni Don Juan se engañan: «el matrimonio *no se absuelve,* aunque él desista», dice Arminta, a lo que don Juan contesta «por engaño o por malicia puede *anularse».* Teatralmente, Arminta es la culminación de las burladas femeninas: aparece en escena con su marido, tiene conciencia del vínculo, pero una vez engañada acepta entrar en la burla bajo promesa de nuevo matrimonio. Conviene, antes de juzgar su conducta dramática, recordar por medio de qué estrategia es engañada. Gestualmente Arminta tiene conciencia de pertenecer a Batricio: cuando Don Juan acecha su blanca mano y ella la esconde, la explicación es meridiana: «No es mía.» Es decir: la mano se la ha dado ya a Batricio.

La siguiente escena, el breve diálogo nocturno con Belisa, nos la sitúa en la misma esfera que Batricio: la protesta de la conducta del caballero que viene a perturbar su relación conyugal. ¿En qué momento se produce el cambio? Después de que Don Juan la informa al mismo tiempo de tres hechos: a) yo soy tu esposo, b) Batricio te olvida, c) «aquí me envía tu padre a darte la mano». Teatralmente este asedio se produce por medio de tres momentos escénicos: 1) Aparición de Don Juan, insinuaciones amorosas y rechazo de Arminta, recordándole que «hay romanas Emilias en Dos Hermanas también, y hay Lucrecias vengativas». Arminta se sitúa, por medio de estas citas, en un ámbito moral trágico, que incluye el suicidio o la muerte para salvar el honor. Asume, en ese momento, la postura de Mencía de Acuña resistiendo el asedio del rey Don Pedro en *Deste agua no beberé*. 2) Batalla dialéctica con el recurso técnico del *entilabé* (cada verso cortado por dos réplicas de personajes diferentes), donde se plantea la idea de enamoramiento fulgurante. Es el mismo tema que trata Claramonte en *El secreto en la mujer* en una situación análoga: en vez de don Juan y Arminta aquí los antagonistas son Clavela y Ursino; tanto Arminta como Clavela resisten este asedio, y 3) Parlamento sobre la nobleza de su linaje y sobre la determinación de Don Juan para enfrentarse a su familia para defender su presunto amor por Arminta. Aquí se diferencia de las otras protagonistas, cuyo *status* era similar al de sus amantes.

Don Juan no ha dado tregua ni cuartel. Arminta, recién casada, enamorada de Batricio, obediente a su padre, encuentra, en breves instantes, su universo resquebrajado: una boda rota y un noble caballero en su aposento con la venia de su padre. Y esta vez Don Juan ha tenido que emplearse a fondo: para seducir a Isabela le bastó la suplantación nocturna; para gozar a Tisbea, la colaboración involuntaria de Catalinón y el carácter mismo de la pescadora. Aquí, antes de llegar a Arminta ha habido que mentir y engañar al marido y al padre. Y rubricar su engaño con un juramento que acabará desencadenando el proceso del castigo. Aunque Arminta tiene menos tiempo escénico que Tisbea, la complejidad de su función dramática es mayor, al incluir todos los elementos dispersos en los otros episodios.

Sobre Tisbea ya hemos hablado algo: es la figura que simboliza la mujer doncella y orgullosa de serlo; frente a las demás pescadoras que se dejan arrullar por los mozos, Tisbea «de Amor exenta», sola entre sus compañeras y rivales, «se goza en libertad». Ahora bien, todo esto es la pintura que ella misma cuenta. Su situación de celibato se tambalea de forma clamorosa ante la aparición de un Don Juan «formado de agua y preñado de fuego», que sabe requebrarla y goza de una posición social elevada. Su seducción, abandono, despecho y venganza, están coloreados por un sistema léxico y metafórico cargado de pasión, de contrastes simbólicos (Fuego/Agua) y de referencias al amor y a la muerte. En el plano simbólico

Tisbea representa la entrada de la mujer núbil en el Amor, del mismo modo que Arminta representa el paso del celibato al matrimonio.

En el medio se sitúan Isabela y Ana, que representan la misma instancia teatral: la aventura amorosa *antes* del matrimonio. El desparpajo de Isabela es muy notable («no será el yerro tanto si el Duque Octavio lo enmienda»), y apunta a la integración de la aventura amorosa en un plan más seguro, que incluye el cumplimiento de la obligación. Ana de Ulloa, simbólicamente representada en el papel traído por «la estafeta del viento», nos permite precisar que este plan de independencia amorosa implica la oposición a la autoridad paterna («Mi padre infiel en secreto me ha casado sin poderme resistir») y la libertad para usar de su destino y de su amor según su deseo. Ana e Isabela representan y simbolizan en esta obra el tiempo de la elección de su pareja y su independencia para defender esa elección frente a la imposición paterna, reflejo de la autoridad del monarca. En este sentido hay que resaltar la homología entre el Rey de Nápoles, que asume la ofensa de Isabela, y el Rey de Castilla, que es quien ha impuesto el matrimonio (que rehace sin tino poco después) de Ana de Ulloa con Don Juan.

El último elemento de nuestro análisis son los padres. Resulta sintomático que el único padre realmente funcional de las cuatro burladas sea Gonzalo de Ulloa, y que el matrimonio de Doña Ana, esencial en la cadena dramática que conduce a la muerte de Don Gonzalo, le sea dictado por el Rey al propio Comendador. En el momento en que éste muere, asume la función paterna que nadie es capaz de asumir: la de castigar al perturbador. El padre de Arminta se deja engañar bajo el señuelo de emparentar con la nobleza; el de Tisbea, ni existe en escena. Don Gonzalo transmite la orden del Rey Alfonso. A cambio, Don Juan tiene una filiación duplicada: por una vía, su tío, y simbólicamente el Rey de Nápoles; por otra, su padre y el Rey de Castilla. El primero facilita la huida de Don Juan para escapar a su castigo, y el segundo se confiesa incapaz de reformar a su hijo «con cuanto hago y cuanto digo». Y aquí es donde se ve la articulación entre el padre de Doña Ana y el de Don Juan. La función dramática del padre de Don Juan se prolonga en Don Gonzalo: antes del enfrentamiento en la mansión del Comendador, el padre del burlador, consciente de su incapacidad para castigar a su hijo, le avisa: «pues no te venzo y castigo con cuanto hago y cuanto digo, *a Dios tu castigo dejo*». El dramaturgo enlaza estas últimas palabras del viejo Tenorio con el desenlace del episodio aplazado, que culminará en la muerte del Comendador. Matando al Comendador, Don Juan mata también lo que podemos llamar la *Imago* del Padre Pusilánime, del padre incapaz de castigar. El nuevo padre, simbolizado en un Padre de Piedra, procederá a hacer cumplir a su hijo esa palabra que nunca cumple, a obligarle a *dar la mano* para que Don Juan, que no ha sabido o querido desposar a la doncella o a la esposa, se vea obligado a unirse a la Parca, a la *Imago* femenina de Thanatos. El Comendador es el único padre que se ha enfrentado en vida al hijo perturbador, y es el que regresa de la muerte para volver a enfrentarse a él y hacerle cumplir la Ley. El enfrentamiento verbal del segundo acto entre Don Juan y su padre es una prolepsis del enfrentamiento físico, espada en mano, que tendrá con don Gonzalo. Doble enfrentamiento articulado a su vez con la doble invitación de la Estatua en la tercera jornada. Los padres, como observaba J. Rousset, no son propiamente padres, sino instancias simbólicas del Mito.

LA MÉTRICA DE LA COMEDIA Y LOS INDICIOS ONOMATOLÓGICOS

Desde el artículo precursor de S. G. Morley sobre la variabilidad métrica en las comedias de Tirso y en comedias de autoría discutida, las técnicas de análisis métrico y los estudios específicos de formas, autores o épocas, han ilustrado de manera clara algunos problemas importantes sobre el estilo de cada autor y sobre las épocas y usos métricos. El estudio clásico de Morley y Bruerton sobre la métrica de Lope, y las aportaciones de V. G. Williamsen, Diego Marín y muchos otros autores, permiten hoy en día precisar con bastante fiabilidad los períodos probables de composición, y apuntar hacia autores determinados en función de sus usos métricos. A veces convergen estudios y argumentaciones sobre autorías discutidas en el caso de algún autor como Tirso, y así, junto a los argumentos internos dados por Ruth Lee Kennedy poniendo en entredicho la atribución de *El condenado por desconfiado* a Tirso, la tesis doctoral de María Torre Temprano (Navarra, 1976) corrobora de forma rotunda lo que ya había observado Morley: la métrica de la obra está «entirely against Tirso». Otro tanto puede decirse de las dos versiones de *El convidado de piedra;* la métrica de *BS* no encaja en modo alguno con las costumbres de Tirso en el período 1613-18; la de *TL* es ajena a cualquier período de la evolución métrica del mercedario.

La tipología teatral del *Burlador* (muy semejante a la del *Tan largo,* aun habida cuenta de las variaciones o alteraciones de los textos *TL* y *BS),* se puede definir muy sencillamente: a) el conjunto *redondilla + quintilla* alcanza un 46 por 100, siendo predominante en ese conjunto la redondilla; b) el conjunto *romance + romancillo* alcanza un 36,5 por 100, c) las *décimas* están alrededor del 6 por 100 y hay un pasaje en cada acto; d) las formas menores empleadas (todas por debajo del 5 por 100) son las octavas, el sexteto-lira, las letrillas y canciones, con la eventualidad de existencia de *endecasílabos sueltos* a expensas de resolver los problemas de transmisión del primer acto, y e) el uso de quintillas, sólo en el tercer acto y por debajo de un total del 4 por 100, a expensas también de resolver un problema de transmisión relacionado con el cambio del pasaje de quintillas en *TL* al homólogo en *redondillas* en *BS.*

La quintilla es una forma bastante usada hasta 1609. No es raro encontrar en esa fecha comedias escritas mayoritariamente en quintillas. A partir de 1615 su uso ha decaído hasta casi desaparecer. Entre 1609 y 1615 alternan quintilla y redondilla como forma principal, pero a partir de esta última fecha la redondilla se impone de manera clara. A cambio, la décima, muy poco usada antes de 1609 tiene un camino ascendente y a partir de 1620 muchas obras la emplean por encima del 10 por 100 del total de las comedias. El descenso de quintillas por debajo del 5 por 100 y el aumento de décimas por encima del 5 por 100 apuntan a una obra no muy alejada de 1615. Por otro lado la relación entre redondillas y *romance/romancillo* permite apuntar a grupos distintos de autores: Lope, Tirso,

Ruiz de Alarcón mantienen porcentajes de redondilla superiores al 50 por 100 más allá de 1620, mientras que entre 1615 y 1620 algunos autores como Vélez, Claramonte o Belmonte ya están utilizando el romance como forma principal, en detrimento de la redondilla. Para este grupo de autores la tipología métrica del *Burlador* encajaría con el período 1613-16. En autores del grupo Lope, Tirso, Alarcón, o Montalbán esos porcentajes corresponden al período 1620-23. Algunos son más innovadores que otros en seguir el camino que va de la escuela de Lope (redondillista), a la de Calderón (romancista). Sustituir una escena en quintillas en *TL* por redondillas en *BS* indica un período cercano a 1620.

No se ha hecho en todo caso hincapié en el factor de distorsión que representa la existencia de las loas a Sevilla y a Lisboa en ambas variantes textuales en cuanto al análisis métrico. En *BS*, que presenta un texto más largo, y una loa más breve, la distorsión afecta a un 5 por 100 de romance, pero en *TL* la existencia de la loa en el segundo acto, afecta a un 10 por 100 del romance. Dado que sólo conocemos una obra, *La católica princesa Leopolda*, de Claramonte, con existencia de una loa de casi 200 versos a una ciudad (Valencia), si se pretende que los índices métricos sean fiables el cotejo se debería hacer prescindiendo de esos pasajes. En el caso del texto *BS*, en vez de los 3.020 versos de nuestra edición tendríamos 2.886, y la modificación de uso pasaría a indicar un 48 por 100 de uso conjunto *redondilla + quintilla* y bajando el par *romance + romancillo* a un 33 por 100. En el texto *TL*, la relación entre un conjunto de formas y el otro apunta ya a un 50 por 100 frente a un 30 por 100. Si se tratara de una obra de Lope, este último índice sería compatible con una fecha como 1616, fecha en que la obra *Quien más no puede* tiene un 34,8 por 100 de redondillas, un 6,5 por 100 de quintillas, un 3,1 por 100 de décimas, un 29,1 por 100 de romance, un 11,2 por 100 de octavas, un soneto, endecasílabos sueltos y versos misceláneos. Prácticamente gemelo del *Tan largo me lo fiáis*. Tampoco estaría muy alejado de los usos de Tirso en comedias como *El melancólico* (red. 1216; rom. 1044; déc. 380; quint. 90) o *Palabras y plumas* (red. 1732; rom. 820; déc. 300; quint. 310) al menos en esta comparación de formas más usadas. *Palabras y plumas* tiene un soneto, como *TL,* y un número elevado de octavas (224 versos) y también como *TL,* aunque difiere en otros aspectos, como la extensión total *(Palabras y plumas* sobrepasa los 3.400 versos, frente a los 2.600 que tendríamos retirando la *loa* al *Tan largo).* Respecto a Vélez de Guevara, una comedia que Ziomek fecha hacia 1615, como *El príncipe viñador* tiene un 46 por 100 de redondillas, un 23,9 por 100 de quintillas, un 17,4 por 100 de romance y un 5,7 por 100 de octavas reales, usando también un soneto y romancillo. Cabe señalar que la medida de 2.480 versos es demasiado breve, y que hay muchos pasajes donde se advierten cortes; pero aún conjeturando que falten especialmente fragmentos de romance en el tercer acto (sólo 655 versos), el uso de la quintilla es excesivo y no se usan las décimas. Probablemente esta obra es anterior a la fecha que se propone. En cuanto a Claramonte, una obra de ambiente italiano y temática afín al *Burlador,* como es *El secreto en la mujer,* parece muy anterior métricamente (41,8 por 100 de quintillas, 25,7 por 100 de romance, 14,9 por 100 de redondillas, 5,2 por 100 de décimas y de octavas, y además un soneto, endecasílabos sueltos, y endecasílabos pareados. La extensión es muy similar (2.883 versos) a lo que sería *El burlador* sin la loa a Lisboa. A cambio, *Deste agua no beberé,* que tiene fecha de representación (1617), ya tiene el romance como forma prioritaria, y una relación entre redondillas, quintillas y décimas muy semejante a la del *Tan largo.*

La onomatología ayuda a deslindar hipótesis alternativas. En *El burlador* aparece toda una serie de personajes cuyos nombres proceden de la *moda arcádica:* Anfriso, Belisa, Coridón, Gaseno, Tisbea, Arminta, Batricio. Todos ellos son nombres que proceden de la *Arcadia* de Lope, que circuló profusamente en una segunda carrera comercial entre 1611 y 1614. En 1615 el propio Lope reescribe la novela pastoril como comedia pastoril. En una obra de Mira de Amescua, *La adúltera virtuosa,* que Claramonte adquiere en 1609, aparecen ya los nombres de Gaseno (escrito Gazeno, como en el reparto del *Tan largo),* y Coridón; Andrés de Claramonte tiene varias comedias en donde aparecen los nombres de Coridón, Anfriso, Tisbea, Arminta, y en el caso concreto de *El inobediente,* tenemos a Coridón y Gaseno como pareja cómica de villanos rústicos. El 30,9 por 100 de romance en esta obra apunta a un índice próximo al del *Tan largo* si prescindimos de la *loa* a Sevilla, aunque el uso de las redondillas es muy bajo y el de las quintillas muy alto. Si prescindimos de la *loa*, en *La católica princesa Leopolda* (1612) tenemos un 20 por 100 de romance. El resultado es que en caso de ser Claramonte el autor de la primera versión de la obra, el período 1613-1616 es el que se ajusta a la evolución de la obra suya que conocemos sin disputa de autoría para fechar la atribución del texto de *Tan largo me lo fiáis*. Este análisis métrico concuerda con el de tipo onomatológico y concuerda también con la conjetura hipotética de un texto perdido atribuible a otro autor alternativo (el único candidato con argumentos serios es Vélez), y que Claramonte habría podido reformar transformándolo en el texto de *Tan largo* hacia 1613-16.

En cualquier caso, la métrica del texto *B*, que representa la modificación de la *princeps* en función de lo que sabemos sobre la transmisión textual, es el siguiente:

LA MÉTRICA DE «EL BURLADOR DE SEVILLA»

Acto I	Versos	Total
Redondilla vv.	1-124	124
Soneto	125-38	14
Romance e-a	139-216	78
Redondilla	217-304	88
Romance o-o	305-342	38
Décimas	343-402	60
Rom. hept. o-a	403-544	142
Redondilla	545-740	196
End. sue.	741-765	25
Romance e-a	766-921	156
Redondilla	922-1025	104
Canción	1026-29	4
Romance a-a	1030-1089	60
Total		1.089

Acto II	Versos	Total
Octava real	1090-116	172
Redondilla	1162-1661	494+6dísticos
Romance a-a	1662-1727	66
Canción epit.	1728-1771	44
Décimas	1772-1863	92
Canción par.	1864-1867	4
Total		778

Acto III	Versos	Total
Redondillas	1868-1995	128
Romance i-a	1996-2185	190
Sext-lira	2186-2305	120
Quintillas	2306-2370	65
Redondillas	2371-2498	128
Romance -ó	2499-2582	84
Octavas	2583-2630	48
Romance a-a	2631-2682	52
Décimas	2683-2722	40
Quintillas	2723-2772	50
Romance a-e	2773-3020	248
Total		1.153

PORCENTAJES MÉTRICOS

Acto I	Total	Porcentaje
Redondillas	512	47%
Romance	332	30,5%
Romancillo	142	13%
Décimas	60	5,5%
End. sueltos	25	2,3%
Soneto	14	1,3%
Canción	4	0,4%

Acto II		
Redondillas	494	63,5%
Octavas	72	9,3%

Décimas	92	11,8%
Romance	66	8,5%
Letrilla	48	6,2%
Dísticos	6	0,7%

Acto III

Redondillas	256	22,2%
Romance	574	49,8%
Sext. lira	120	10,4%
Quintillas	115	10,0%
Octavas	48	4,1%
Décimas	40	3,5%

TOTALES

Redondilla	1.262	41,7%
Romance	972	32,2%
Romancillo	142	4,7%
Décimas	192	6,3%
Sext. lir.	120	4,0%
Octavas	120	4,0%
Quintillas	115	3,8%
Letrilla	48	1,6%
Soneto	14	0,4%
End. suel.	25	0,8%
Canción	4	0,1%
Dísticos	6	0,2%
Total	3.020	99,8%

ANEJO DOCUMENTAL

La evidencia de que Juan Bezón y su esposa Ana María de Peralta, «La Bezona», estuvieron en las compañías de Cristóbal de Avendaño y de Roque de Figueroa, como consta en las loas y entremeses que aquí publicamos, está atestiguada en documentos de fechas concretas, de acuerdo con los datos que en la Universidad de Valencia se han tratado en un proyecto de investigación coordinado por Teresa Ferrer Valls, cuya amabilidad y competencia profesional me permiten extractarlos aquí. Los datos referidos a la relación de Juan Bezón y Ana María de Peralta, tanto con Cristóbal de Avendaño como con Roque de Figueroa y Lorenzo Hurtado de la Cámara, se completan con una importante aportación documental facilitada por Charles Davis, que ha verificado la identidad de las firmas de Juan Jerónimo Almella y Juan Jerónimo Valenciano, que son la misma persona. Esta comprobación en los archivos de protocolos sirve para demostrar la relación entre Avendaño, Andrés de Claramonte y Juan Jerónimo Almella entre 1620 y 1628.

De 1620 data el manuscrito de la obra de Claramonte, *La infelice Dorotea,* escrito para Juan Bautista Valenciano, autor de comedias. El reparto precisa que Juan Jerónimo hace el papel de Rey, Juan Bautista el de Don Fernando, Andrés [de Claramonte] el de Nuño de Lemos y Avendaño el de Layn. En esta misma fecha de 1620 sabemos que la compañía de los Valencianos representó en el Coliseo de Sevilla otra obra de Claramonte, *El gran Rey de los Desiertos, San Onofre,* obra célebre porque el fuego provocado por la yesca de un ángel hizo arder el teatro. Así pues, en 1620, en Sevilla, Claramonte facilita al menos dos obras a Juan Jerónimo y Juan Bautista, *los Valencianos,* y en esa fecha tanto él como Cristóbal de Avendaño forman parte de la compañía. En 1628, el representante Juan Jerónimo Almella se ve obligado a dejar en prenda al Hospital todo su repertorio de obras, entre las que constan quince de Lope de Vega, quince de Mira de Amescua y otras quince de Andrés de Claramonte. De esas quince, tres resultan de interés capital: *El gran Rey de los Desiertos* y *La infelice Dorotea,* que coinciden con el repertorio representado en 1620, y *La venganza de Tamar,* que fue publicada en la Tercera Parte de Tirso, a cargo del fraudulento impresor Francisco de Ávila, que edita también la segunda, atribuyendo a Tirso ocho obras que son de otros autores. Así pues la autoría de *La venganza de Tamar,* en el primer documento fechado que conocemos, seis años anterior a esa atribución a Tirso, tiene el aval de encontrarse en un repertorio de obras de Claramonte que el propio director de la compañía guarda, dos años después de la muerte del dramaturgo murciano, en agosto de 1626.

En esa misma fecha de 1626, según Rennert, Juan Bezón forma parte de la Compañía de Cristóbal de Avendaño que representa en el Corpus de Madrid. Antes de estar en la compañía de Avendaño sólo tenemos documentación de que Bezón y su mujer Ana María entran a formar parte el 8 de noviembre de 1623 en la de Hernán Sánchez de Vargas. Más tarde, el 14 de marzo de 1632, cuando Juan Bezón y Ana María de Peralta son recibidos en la Cofradía de Nuestra señora de la Novena, ambos forman parte, de nuevo, de la Compañía de Cristóbal de Avendaño. En el intermedio Bezón ha estado al menos en dos ocasiones en la compañía de Roque de Figueroa, existiendo algunos márgenes de duda en las fechas: según Hannah Bergman la «Loa con que empezó en la Corte Roque de Figueroa» data de 1627, y la loa segunda con que volvió a la Corte Roque de Figueroa data de 1628; aparece otra vez Bezón en la compañía de Avendaño en el elenco del entremés «El doctor» (según Bergman la fecha probable sería 1629), y sigue en esta compañía hacia 1629-30, fecha que da Bergman para el entremés «Las civilidades», donde Bezón hace el papel de doctor Alfarnaque; en la «Loa con que empezó Lorenzo Hurtado en Madrid por segunda vez» (probablemente de 1631 según Bergman) está ya Bezón en esa compañía. Así pues, desde 1626, fecha de la muerte de Claramonte, hasta 1629-30, fecha de la publicación de *El convidado de piedra* con el nombre de *El burlador de Sevilla*, Juan Bezón y su mujer Ana María de Peralta han pasado de la compañía de Avendaño a la de Figueroa y han vuelto a la de Avendaño. Como es bastante frecuente hacer los contratos por un año, y el primer contrato de Bezón con Avendaño es de 1626, parece claro que Bezón debió de estar con Figueroa entre 1627 y 1629. En 1635, fecha en que sabemos que Avendaño había muerto, encontramos a Ana María de Peralta en la compañía de Pedro de Ortegón en Sevilla; en esta compañía hay también un Uheón que Sánchez Arjona identifica lógicamente con Bezón, dado que en la compañía está su mujer. Lo interesante es que es en Sevilla en donde hacia 1635 se edita el texto de *Tan largo me lo fiáis,* atribuyéndolo entonces a Calderón. Una hipótesis razonable, a la vista de estos datos, es que la compañía de Cristóbal de Avendaño dispuso a la muerte de Claramon-

Juan Jerónimo Almella

3 de abril de 1628
A.H.P.M., Juan de Chaves,
1628-1635, protocolo 4.311,
fol 136v. Véase Pérez Pastor,
Primera serie (1901), pág. 214.

Juan Jerónimo Valenciano

4 de abril de 1630
A.H.P.M., Juan Martínez de
Portillo, 1630, protocolo
5.535, fol. 299v.

Juan Jerónimo Valenciano

12 de mayo de 1630
A.H.P.M., Antonio de Castro,
1616-1630, protocolo 4.958,
fol. 822v.

te en 1626 del manuscrito de la obra que más tarde se editó con el nombre *Tan largo me lo fiáis;* que Bezón y Ana María reconstruyeron la obra hacia 1627 para la compañía de Roque de Figueroa, que modificó y completó las escenas que no se habían podido reconstruir, y que, a su vuelta a la compañía de Avendaño, Bezón volvió a reencontrarse con la obra, cuyo manuscrito facilitó a Simón Faxardo hacia 1635, tras la muerte de Avendaño. La coincidencia de Avendaño y Andrés de Claramonte en la compañía de los Valencianos en 1620 y la prueba documental de que Juan Jerónimo Valenciano es el mismo Juan Jerónimo Almella que en 1628 todavía tiene en su repertorio quince obras de Claramonte, la misma cifra que tiene de Lope de Vega y de Mira de Amescua, y entre éstas está *La venganza de Tamar,* devuelve a Andrés de Claramonte la prioridad de la atribución plena de la historia del Convidado de Piedra, que hasta ahora se le atribuía parcialmente como refundidor, a la vista de que las coincidencias temáticas, estilísticas y documentales obligaban a tenerlo en cuenta de forma activa para explicar los problemas de transmisión de la obra.

Esta edición

La edición de un texto clásico puede optar por toda una gama de soluciones técnicas que van desde la reproducción paleográfica del documento (impreso o manuscrito) a su modernización o actualización ortográfica. La querella es conocida, y partidarios y adversarios de ambos puntos de vista han expresado ya sus opiniones en volúmenes de considerable espesor físico e intelectual. Cualquier duda que tuviéramos sobre la elección del criterio del *Burlador* se ha despejado radicalmente ante la publicación en facsímil de ambos textos, que el estudioso puede consultar. La existencia de esta edición justifica plenamente la solución opuesta, que hemos escogido: modernización completa de la grafía (salvo en los casos en que algunas soluciones léxicas afectarían a la rima consonante), y de puntuación, de acuerdo con la idea escénica de cada réplica. También se ha intervenido en el caso de algunos *apartes* que no han sido recogidos por las ediciones del XVII y que parecen necesarios. Al ser introducción del editor quedan marcados con paréntesis cuadrados.

Otra cuestión es la de dirimir el problema de los fragmentos o escenas que han podido ser omitidas en la transmisión textual, que hoy conocemos mejor; la hipótesis de cómo ambos textos se han transmitido condiciona nuestro punto de vista respecto a las variantes léxicas y escénicas de los textos *TL* y *BS*. En los casos que afectan a escenas (la entrevista de la prisión de Triana) o secuencias bien definidas (presencia del Marqués de la Mota en escena, y evidencia de corte textual) hemos optado directamente por la inclusión. De momento, mantenemos la escena inicial, pese a tener la convicción de que esos 20 primeros versos son debidos a la compañía de Roque de Figueroa, y son los más deteriorados del episodio de Nápoles. A cambio la segunda parte de este episodio tiene el aval del texto del duque Octavio, cuyo actor (probablemente Lorenzo Hurtado) debía conservar su texto escrito desde antes, como Juan Bezón conservaba el de Catalinón. Si es evidente la necesidad de respetar el texto de Gonzalo de Ulloa, no es tan claro lo que atañe al texto de Don Pedro Tenorio. En cambio parece claro que el de Diego Tenorio y el de ambos reyes, el de Nápoles y el de Castilla, proceden de transmisión Figueroa. Ésta es la razón de que para la entrevista de Gonzalo de Ulloa con el Rey hayamos conservado los endecasílabos sueltos, que pueden haberse transmitido a través del texto del actor que hacía de Gonzalo de Ulloa. En todo caso, para un debate acerca de la existencia o necesidad de un texto previo al del *Tan largo*, y la hipotética identidad del autor primero, los estudiosos deberían utilizar el pasaje del *Tan largo*, que está impecablemente conservado. Marcamos como versos ausentes, pero estructuralmente computables, los casos de lagunas textuales, típicos a partir de la mitad del tercer acto.

El análisis textual de detalle muestra también que en algunos pasajes de *BS* se han producido alteraciones en el orden de los versos. El rescate de las secuencias originales se indica en notas a pie de página. En cuanto a las variantes textuales donde *TL* ofrece una lectura superior a *BS*, las asumimos sin necesidad de de indicarlo con corchetes, que sólo utilizamos para correcciones o enmiendas textuales que no procedan de ninguna de las dos variantes de la obra.

Sería casi imposible detallar los matices que algunas variantes presentan. Hemos desarrollado una parte básica de este apartado en la introducción a nuestras ediciones del *Burlador* y *Tan largo*, a las que remitimos para consulta de estos puntos.

En cuanto a la decisión de terciar entre las variantes Aminta/Arminta, Tisbea/Trisbea y Don Juan/Don Diego para el padre del Burlador, hemos seguido dos criterios. Respecto a Arminta, la evidencia de los errores de transmisión de *BS* refuerza la alternativa de *TL* que se apoya en dos puntos: existe el nombre Arminta en la obra de Claramonte, pero no existe el nombre Aminta en la de ningún autor, como nombre femenino. Respecto al padre de Don Juan Tenorio, que en nuestra anterior edición asumimos según *TL*, una vez revisado el problema de la transmisión, creemos que hay un argumento sólido en favor de que el propio Claramonte cambió el nombre original de don Juan Tenorio el Viejo por el de Diego Tenorio, como el personaje de *Deste agua no beberé*. El mismo principio apoya el mantenimiento de Tisbea, común al *Burlador* y a *Deste agua*, y reforzado por su variante masculina Tisbeo en *El secreto en la mujer*.

La última novedad importante en esta edición, respecto a la antigua está en la evidencia documental de la relación entre Andrés de Claramonte y Cristóbal de Avendaño en los años 1620-1622, la comprobación documental del paso de Juan Bezón por la compañía de Cristóbal de Avendaño en el papel de gracioso, su entrada en 1628 en la compañía de Roque de Figueroa, y la evidencia de que representaba el papel de Catalinón. Todo esto se completa con una observación de interés relacionada con la transmisión de ambas variantes textuales: sabemos que Avendaño estaba vivo y dirigía compañía en 1631 y que en 1635 había fallecido. Esto nos sitúa en las fechas de la publicación del texto de *Tan largo me lo fiáis*, del mismo modo que la evidencia documental de que Lorenzo Hurtado de la Cámara, que ya dirigía compañía a su paso por Lisboa en 1626 (documentado por Mercedes de los Reyes y Piedad Bolaños), se encuentra en la compañía de Roque de Figueroa al mismo tiempo que Juan Bezón, y sus respectivas mujeres, Francisca y Ana María. Que Lorenzo Hurtado vuelva a aparecer como director de compañía a comienzos de 1631 nos da una pista bastante fundamentada sobre las andanzas del texto que Roque de Figueroa representó hacia 1630.

Todo ello apunta a que *El convidado de piedra*, creado por su autor con el título *Tan largo me lo fiáis*, y editado por un pícaro impresor sevillano como *El burlador de Sevilla* es esencialmente una obra que procede del teatro vivo, y no de la escritura académica. Este aspecto, y la importancia de documentar la presencia de Juan Bezón en las compañías de Figueroa y Avendaño, refuerza aún más la decisión de editar *El burlador de Sevilla* «desde dentro» de la representación teatral, es decir, reproduciendo el orden de representación con una *loa* para anunciar la representación, un *entremés* al término de la primera jornada, un *baile* entre la segunda y la tercera, y una *mojiganga* o *entremés cantado* como *fin de fiesta*. La comprobación de las andanzas de Arlequín en el *baile de la Mesonerica* (atribuido a Lope de Vega) no es un hecho aislado: parece claro que el papel del Doctor, que Quiñones de Benavente escribió para Juan Bezón cuando actuaba con Cristóbal de Avendaño, es trasunto de su homólogo Il Dottore en la Comedia del Arte. Tómese no sólo como un rescate de la escena del Siglo de Oro, sino también como un homenaje a Farinelli, cuyas hipótesis y propuestas siguen apuntando a interesantes líneas de investigación. Completamos esta introducción, además, con un reajuste de los dos Anejos publicados anteriormente a partir de las 5.ª y de la 7.ª edición, como apoyo crítico a la necesidad de sustituir el viejo paradigma teológico, carente de base documental y argumental, por un paradigma de análisis basado en el hecho teatral y en los fenómenos de la transmisión de textos y de espectáculos.

Anejo compendiado de ediciones anteriores

En materia de edición del texto, la elección entre ambas alternativas puede fundarse en criterios estéticos previos o bien en aplicación de hipótesis críticas. En este caso cada editor tiene derecho a emitir sus propias hipótesis con tal de que las deje claras. La hipótesis crítica que nosotros seguimos es que, en lo que atañe a estas variaciones estructurales, el texto del *Burlador* corresponde a una revisión o remodelación del propio autor de la obra a partir del texto inicial, que representa la versión del *Tan largo*. Un ejemplo clásico de esto lo tenemos en el tercer acto, en la escena en que Don Juan va a seducir a Arminta. En *Tan largo* los versos son éstos:

Don Juan

La noche aprissa los cielos
con pies de azauache pisa,
huyendo de los mortales,

en cuya frente abicina,
en ricos apretadores,
estrellas por piedras brillas:
quiero llegar a la cama,
Arminta.

En *Burlador* tenemos este cambio:

DON JUAN

La noche en negro silencio
se estiende, y ya las cabrillas
entre razimos de estrellas
el Polo más alto pisan.
Yo quiero poner mi engaño
por obra, el amor me guia
a mi inclinacion, de quien
no ay hombre que se resista.
Quiero llegar a la cama:
Aminta.

En *El burlador* el cambio textual no puede ser debido a intervención del impresor; difícilmente se puede pensar en un
refundidor ajeno al texto; se trata de dos fragmentos de calidad técnica similar, aunque escritos en distinto tono. El de
TL desarrolla un motivo emblemático, el de la personifica-
ción de la noche como una mujer negra (abisinia) con las estrellas como diadema; en *B*, la idea emblemática sobre la noche se mantiene, pero condensada en cuatro versos, y en el
mismo pasaje se añade la imprecación favorecedora que pide
«el amparo de la noche». En realidad, básicamente ambos textos respetan un principio clásico de la representación: el autor
usa el texto como acotación implícita para que los espectadores sepan que la acción que están viendo ocurre por la noche.
La preferencia para asumir el texto del *Burlador* se podría basar en razones estéticas (se refuerza el tema del *engaño),* estilísticas (el uso de encabalgamientos) o hipotéticas (el texto del
Burlador tiene dos correlatos evidentes en dos comedias de
Andrés de Claramonte). Sin embargo, la preferencia del texto
B sobre la variante *TL* no se apoya en nada de esto; independientemente del problema de la atribución de la obra, asumi-

105

mos la idea de que *B* representa una fase de elaboración del texto que es posterior a la fase *TL*, pero obra del mismo autor. Quienes, como Wade, sostienen que *TL* es la obra original de Tirso y *B* es la versión posterior, retocada por Claramonte, deberían editar el texto de *TL*.

Ahora bien, en materia de discusión de autoría el problema es distinto. Está muy bien representado por esa misma variante textual que hemos visto: en un posible cotejo entre autores (por ejemplo, Tirso, Calderón y Claramonte) el hecho de que el léxico, la temática, o las asonancias de *T* o de *B* apareciera en un dramaturgo o en otro no tiene el mismo valor que si la repetición se produce en un texto en donde *T* y *B* presentan una lectura común. En este último caso estaríamos hablando del autor de la obra original, puesto que ambas versiones coinciden; en el caso de divergencias textuales, la comprobación de identidades tiene, sin duda, menos valor. Se trata de un criterio exigible cuando hay problemas de atribución, que no siempre se ha respetado.

En cuanto al problema de su atribución, ya Menéndez y Pelayo había puesto en entredicho la autoría de Tirso, a la vista de que una serie de obras que el erudito montañés creía de Lope de Vega, presentaban semejanzas muy notables con *El burlador:* básicamente, *El infanzón de Illescas/El rey don Pedro en Madrid* y *Dineros son calidad.* Don Marcelino expuso sus reticencias apuntando de paso algo muy interesante: que a él *El burlador* le parecía «de Lope, de las escritas más deprisa». La aparición de la *suelta* a nombre de Calderón añadió leña al fuego. Don Emilio Cotarelo, frente a esta desconfianza, insistió en la autoría de Tirso, frente a las argumentaciones en contra (el hecho de que Tirso no incluyera esta obra en ninguna de las partes de comedias (primera, cuarta y quinta) cuya impresión vigiló; tampoco aparece en las partes *Segunda y Tercera,* menos fiables, editadas por Francisco Lucas de Ávila); una argumentación «aséptica», de carácter estadístico, fue la de S. G. Morley, que observó discrepancias en los usos métricos entre *El burlador de Sevilla, El condenado por desconfiado* y las obras auténticas de Tirso.

Junto a estas discrepancias había otras basadas en el análisis dramático; A. Farinelli reforzó las sospechas de Menéndez y Pelayo con algunas observaciones críticas basadas en la diferencia de dramaturgia entre el teatro de Tirso y la concepción teatral del *Burlador/Tan largo;* en su obra *Don Giovanni, Note critiche* apunta sus sospechas con exquisita precaución, pero de forma clara: «Quisiera que cualquier crítico más competente que yo, después de un cuidadoso y concienzudo examen del estilo y la manera particular de las comedias realmente de Tirso, como *Don Gil de las calzas verdes, Marta la piadosa, El celoso prudente, El Amor médico, La Villana de Vallecas, La prudencia en la mujer, El Vergonzoso en palacio,* etcétera, y una confrontación con las particularidades estilísticas de *El Burlador,* me convenciera de que esta opinión mía no es más que una herejía bella y buena» [texto en cita de Blanca de los Ríos]. En la misma línea se manifiestan en los años 20 y 30, J. Bergamín, o F. Rodríguez Marín; aludía Bergamín, en su edición de obras teatrales de Calderón a esas «muchas otras comedias casi anónimas, como la del *Burlador* atribuida a Tirso (siendo tan diversa de su habitual musa inspiradora de *Don Gil, Marta la piadosa, El vergonzoso, La villana de Vallecas* o de la mismísima *Prudencia en la mujer)*». Años después Max Frisch, en su epílogo a *Don Juan o el amor a la geometría* vuelve a dudar sobre la autoría de Tirso.

¿En qué momento y con qué argumentación se impone la atribución de la obra a Tirso de Molina? El origen está en la conferencia «El *Don Juan* de Tirso de Molina» leída por doña Blanca de los Ríos en el Ateneo de Madrid, el 14 de julio de 1908; la culminación, en la edición «crítica» del teatro de Tirso preparada por ella misma en 1946. La conferencia tuvo inmediata repercusión puesto que la base argumental de doña Blanca fue recogida por Víctor Saíd Armesto en un libro de amplia repercusión: *La leyenda de Don Juan,* popularizado en la posguerra por su edición en la colección «Austral».

El planteamiento general de doña Blanca parte de la discusión de los puntos de vista de don Marcelino Menéndez y Pelayo, e implica otra obra de atribución discutida:

> *Menéndez Pelayo en el Prólogo a* El Rey Don Pedro en Madrid, *o* El Infanzón de Illescas, *después de cotejar la escena de la aparición de la estatua del Rey Enrique en* Dineros son calidad *con*

otra de El Infanzón, *declara: «La identidad casi literal de algunos versos de esta escena con otros del segundo acto de* El Infanzón» *y concluye: «La demostración me parece casi matemática: todas estas escenas fantásticas han salido de la pluma del mismo poeta...» «Suponer otra cosa sería convertir a Lope en plagiario, no una ni dos, sino ocho o diez veces.» (A mi parecer, le supondremos plagiario si le atribuimos obras que no son suyas, como* El Infanzón, *que es de Tirso, y* Dineros son calidad, *que es plagio de* El Infanzón *y de* El Burlador, *dos obras de Tirso, y evidentemente muy anteriores a* Dineros...). *Y prosigue el maestro: «Y, francamente, para creer esto de tan grande ingenio, sería precisa* una prueba material y exterior, *algo más fuerte que la* copia moderna *de Hartzenbusch, que nadie más que él ha visto, y que es el único documento en que se ha fundado la quimérica sospecha que ha querido arrancar esta obra del repertorio de Lope adjudicándosela a Tirso.»* No se fundaba Hartzenbusch *sólo en la* copia moderna, *sino principalmente en «el carácter de originalidad y osadía», tan personal en Tirso, tan único en él, que sella esta y las demás obras citadas por don Juan Eugenio. Y yo estoy segura, absolutamente segura, de que si el maestro hubiera visto en la tercera* Santa Juana, *comedia autógrafa de Tirso, firmada y fechada por él en 1614, diez y nueve años antes de aparecer* Dineros son calidad, *la escena entre Don Luis y el alma de su amigo, hubiera hallado en ella* la prueba material y externa *que pedía para fallar el pleito de la atribución de* El Rey Don Pedro *en pro de Tirso»*[47].

Como se ve, doña Blanca refuerza la atribución del *Burlador* a Tirso en función de una hipotética atribución de otra obra, *El Rey Don Pedro en Madrid.* Hartzenbusch se la atribuye a Tirso sin base documental alguna porque la obra le recuerda mucho al *Burlador;* pero Hartzenbusch escribe antes de la polémica surgida por el descubrimiento de la *suelta* del *Tan largo.* Sin embargo *El Rey Don Pedro en Madrid/El Infanzón de Illescas* no tiene ninguna relación con Tirso de Molina: ni se publicó en sus cinco volúmenes de *Partes,* ni se le atribuyó en ninguna *suelta,* ni en ningún manuscrito ni de la época, ni posterior. Ni Hartzenbusch tuvo nunca ninguna edición a nombre de Tirso, salvo la que él mismo publicó. Carol B. Kirby, que ha vuelto a insistir en la atribución de esta obra a Lope,

---

[47] Tirso de Molina, *Obras Dramáticas completas,* t. I, ed. Blanca de los Ríos. Madrid, Aguilar, 1946, pág. 749.

ha expuesto de forma clara qué hizo Hartzenbusch para su edición a nombre de Tirso: frente a la *suelta* a nombre de Lope, produjo una contaminación textual entre el texto del manuscrito de 1616, en que el copista señala que la obra es de Andrés de Claramonte, y la edición de 1673, en que aparece a nombre de Calderón; con ello obtuvo un texto bastante divergente de la *suelta* a nombre de Lope, y, fiado en su intuición de que el autor de esta obra y el del *Burlador* eran una misma persona, editó el texto a nombre de Tirso. Don Marcelino desconfiaba de que *El burlador* fuera realmente de Tirso, dada su semejanza con *Dineros son calidad* y con *El Rey Don Pedro en Madrid/El Infanzón de Illescas,* creyendo que ambas obras eran de Lope, de acuerdo con las ediciones *sueltas;* Blanca de los Ríos le volverá a atribuir *El Rey Don Pedro en Madrid/El Infanzón* a Tirso, fiada en el criterio de Hartzenbusch; ambos creen, como don Marcelino, que tanto *El burlador de Sevilla* como *el Infanzón de Illescas* son obra del mismo autor.

La pregunta que uno se hace a estas alturas es obvia: ¿por qué no se tuvo en cuenta la atribución de *El Infanzón de Illescas* a Andrés de Claramonte en el documento más antiguo y más fiable, el manuscrito de diciembre de 1626 (BN), atribución confirmada por otro manuscrito con la versión breve (BMM), autógrafo del propio Claramonte? El error metodológico es llamativo. Habiendo un tercer autor lo razonable era proceder a un cotejo analítico con las obras de éste. Tal y como hizo Leavitt para la atribución de *La estrella de Sevilla:* cotejó las obras de Claramonte con más de doscientas obras de otros autores, entre ellos Lope, Tirso y Calderón.

En la polémica sobre *El burlador,* Claramonte había sido descartado por razones de índole ideológica: según Don Marcelino, siendo Claramonte un actor y director de compañía *«sólo podía ser un plagiario»*, en modo alguno podía ser un creador personal auténtico. Este mote todavía subsiste en la crítica actual cuando hay que afrontar la obra de Claramonte. Así Daniel Rogers, en el epígrafe *Authorship* señalaba en 1977: «If anything is clear amid all this uncertainty it is that we do not know who wrote the original play. No one, as far as I know, has tried to argue that Calderón wrote *TL*. A case has been

109

put forward for Andrés de Claramonte as the *refundidor* responsible for *B*. Claramonte's name is on *Deste agua no beberé*, the play which appeared next to *B* in the volume reshashed by Margarit. Four lines on the two plays *(B*, III, 1-4) are almost identical. Two character names (Don Diego Tenorio and Tisbea) occur in both. Claramonte as a notorious plagiarist as well as an *autor de comedias*. He may at some time have had something to do with a performance or a printing of *B*. On such slender evidence there is no need to conclude that he wrote it»[48]. La autoridad de don Marcelino impuso un prejuicio que choca con la realidad del teatro del siglo XVII: Shakespeare y Molière fueron también directores de compañía; ambos, sin duda, usaron material ajeno para componer sus obras (las de Shakespeare se basaron todas en obras anteriores, perdidas o conservadas; la única que Molière creó sin precedentes ajenos fue *Tartuffe)*, pero el prejuicio de que fueran *autores de compañía* no ha prevalecido para aceptar su capacidad creadora, aun aceptando que esa capacidad no se basaba tanto en la *inventio* cuanto más bien en la *dispositio*. Shakespeare y Molière se limitaron a dotar de una dramaturgia poderosa, basada en su conocimiento real de la escena, una serie de temas ajenos que otros dramaturgos trataron de forma más literaria. Un fenómeno bastante similar al que sucede cuando se comparan las dramaturgias de Tirso y de Claramonte, descartando las obras de atribución discutida: Tirso es un autor más literario, mejor versificador, y Claramonte es un autor cuya potencia dramática se basa en el conocimiento de los recursos de la representación escénica.

El error metodológico podía haber sido paliado simplemente con haber procedido a un cotejo crítico: la verificación documental. El análisis minucioso de las obras; la comprobación de los datos; la verificación de la cronología, que en el caso de Menéndez y Pelayo era errónea.

Volvamos ahora a la propuesta de atribución a Tirso hecha por Blanca de los Ríos; se basa en dos tipos de compulsas: la

---

[48] D. Rogers, Tirso de Molina, *El burlador de Sevilla*, Londres, Grant and Cutler, 1977, pág. 15.

primera de crítica interna en materia de escenas, situaciones o personajes, y la segunda de rastreo textual de fragmentos o citas. Blanca de los Ríos se opone así a Farinelli:

> Cuando Tirso, después de *La Ninfa del Cielo* (1613), escribió *La Santa Juana* (1613-14), *El rico Avariento* (1614 ó 1615) y *La Dama del olivar* (1615), estaba ya muy cerca de crear el Don Juan en 1616. La compulsa que Farinelli pedía entre *El Burlador* y otras obras indubitablemente de Tirso, para en el caso de convencerse mediante ella de su error, y renunciar a su *herejía donjuanesca*, la tengo ya realizada; sus resultados equivalen a la firma de Téllez al pie de su mito inmortal; así, a la vez que señalo aquí la génesis del Don Juan, afirmo con pruebas palmarias el inderrochable derecho de Tirso a tan grandiosa creación. [Sigue a continuación el párrafo de Farinelli que hemos entresacado antes.] En ese párrafo baraja Farinelli las obras de Tirso más apartadas entre sí por su índole y su cronología, y omite justamente —por desconocerlas, sin duda— aquellas en que aparecen el bosquejo y los cuatro bocetos del *Don Juan*: *La Niña del Cielo [sic, por La Ninfa]*, la segunda y la tercera *Santa Juana*, *El Rico avariento* y *La Dama del Olivar*»[49].

Pese a la buena intención de doña Blanca, hay aquí cierto desaliño crítico, patente en dos observaciones: difícilmente se puede criticar a Farinelli de usar obras de Tirso *apartadas por su cronología* de la posible fecha de composición del *Don Juan* (hacia 1616), cuando *Don Gil de las calzas verdes* se representó en 1615 y *El vergonzoso en palacio* es de 1612, según aceptan todos los tirsistas. En cuanto a *La villana de Vallecas*, obra impresa en la *Primera parte*, editada por Francisco de Lyra en 1627, es muy probable que haya sido escrita antes del viaje de Tirso a América en 1616. De las siete obras de Tirso (de indisputable autoría) que cita Farinelli, tres corresponden al período 1612-16 en el que doña Blanca quiere situarse; sin descartar que suceda lo mismo con alguna otra. La propia doña Blanca fecha *El celoso prudente* en 1615. A cambio, al introducir en su lista *La Ninfa del Cielo*, es doña Blanca quien altera una de las

---

[49] Tirso de Molina, *Obras Dramáticas Completas*, pág. 741.

condiciones críticas que pide Farinelli: utilizar sólo obras de autoría indisputable. La atribución a Tirso de esta obra procede de 1907 y es cosa de Emilio Cotarelo; y aún el propio Cotarelo expresa algunas reservas al editar el texto del manuscrito 16.698 de la B. N. (que no especifica nombre de autor), apuntando que «es refundición de una primitiva comedia, tal vez de Tirso, titulada *La condesa bandolera*»[50]; su atribución es, pues, posterior al debate sobre la autoría del *Burlador,* y se basa (otra vez) en el parecido entre ambas obras; ni se editó nunca a nombre de Tirso hasta el siglo XX, ni los dos únicos documentos que conocemos tienen nada que ver con Tirso: el primero da la fecha de su representación, con el título *Obligaciones de honor,* por la compañía de Juan de Salazar en 1613 en Quintanar de la Orden, y no cita autor; el segundo es otra copia manuscrita de la comedia, hecha a finales del siglo XVII, que se conserva en Parma, en donde se da como autor a Vélez de Guevara. Que *La Ninfa del Cielo* tiene muchos puntos de contacto con *El Burlador* es evidente, y ha sido puesto de manifiesto por Menéndez y Pelayo, repetido por Cotarelo y asumido por Blanca de los Ríos; también está muy claro que tiene muchos más puntos de contacto con *La serrana de la Vera* de Vélez de Guevara, cosa que también ha sido reconocida unánimemente desde el propio Cotarelo[51]; a mediados del siglo XIX, C. Bruerton reforzó la posible autoría de Vélez para *La Ninfa del Cielo* haciendo ver la discrepancia del estilo de Tirso respecto a esta obra: «there are no less than six points which cast some doubt on the attribution to Tirso: the percentage of *redondillas* and the length of the longest passage, the lack of *décimas* and *octavas,* and the percentages of quaternary movement in *romance* and of *pareados* in *sueltos*»; Bruerton coteja *La ninfa* con siete obras de Tirso de la época 1611-15,

---

[50] La atribución a Tirso de esa *Condesa bandolera* se debe a un «impreso, que es una comedia suelta sin lugar ni año de impresión, pero que parece ser de fines del siglo XVII o principios del siguiente», *Comedias de Tirso de Molina,* t. II., ed. Emilio Cotarelo y Mori, Madrid, Bailly & Baillière, 1907, pág. 438.

[51] En su Introducción, pág. XVI, al tratar de *La ninfa del Cielo* y su relación con otras comedias de bandoleras, dice «una de las variantes (la de Luis Vélez) de la célebre tradición extremeña de *La serrana de la Vera,* tiene asimismo completa analogía con *La Ninfa del Cielo*».

y concluye que «these various misfits with Tirso's verse methods are many and they suggests that Tirso did not write the play»[52]. Desgraciadamente este artículo es seis años posterior a la fecha de publicación del tomo I de Teatro de Tirso, en el que Blanca de los Ríos le atribuye ya no sólo la comedia, sino también el auto sacramental del mismo nombre.

Como se ve, para la atribución de obras dudosas a Tirso se está infringiendo reiteradamente un principio básico de la investigación, que Farinelli sí respetaba: una autoría discutida no se puede basar en otra obra de atribución aun más dudosa. A estas alturas es fácil reconstituir (y causa cierto vértigo crítico) a dónde ha llevado la aventura de Hartzenbusch de editar *El Infanzón de Illescas* a nombre de Tirso; Cotarelo le atribuye después, con reparos, *La Ninfa del Cielo,* y Blanca de los Ríos le añade, ya sin cautela alguna, el auto sacramental. Y todo ello unido es la base de la atribución del *Burlador.* En los años 60, Pilar Palomo, en su edición de Obras de Tirso, incluye también el auto sacramental, apoyada en la autoridad de doña Blanca; la guinda, ya en los años 70, la pone Malveena McKendrick, en su artículo sobre las bandoleras en el teatro del Siglo de Oro, aceptando la atribución a Tirso basada simplemente en la convicción de Blanca de los Ríos, sin aludir para nada (como tampoco lo hace Pilar Palomo) al artículo de Bruerton[53]. Ninguno de ellos se ha tomado la molestia de cotejar sus apreciaciones estilísticas con los otros dos autores implicados en el problema, Luis Vélez de Guevara y Andrés de Claramonte. Por cierto, los dos únicos autores de los que sabemos que usaron a un Tenorio como protagonista de alguna obra suya de autoría indisputada. Junto a los Diego y Juana Tenorio de Claramonte, está el Bermudo Tenorio de Vélez en *El amor en vizcaíno, Los celos en francés* y *Torneos en Navarra.*

---

[52] C. Bruerton, «*La ninfa del Cielo, La serrana de la Vera,* and related plays», *Estudios Hispánicos,* Wellesley, 1952, págs. 61-97 (véase pág. 65).

[53] M. McKendrick, «The *Bandolera* of Golden Age Drama, A symbol of Feminist Revolt», *BHS,* XLVI (1969), págs. 1-10, «Cotarelo y Mori *(Tirso de Molina: Investigaciones bio-bibliográficas,* Madrid, 1893) thinks the authorship is doubtful, but Blanca de los Ríos is convinced the play is Tirso's», nota 3, pág. 16.

Los errores de método provocan que en el *corpus* tirsiano cohabiten comedias de autenticidad segura con otras de muy improbable atribución, y sean estas últimas las que se usan para apoyar las de autoría discutida. El auténtico *corpus* tirsiano indisputable consta de algo más de sesenta comedias; no es razonable complicar el debate sobre las obras en discusión de autoría añadiéndole a ese *corpus* media docena de obras que carecen de garantía crítica.

Queda sujeta a debate la línea argumental que Blanca de los Ríos propone sobre los posibles parentescos entre *La Dama del Olivar,* y las dos o tres partes de la *Santa Juana*. Estamos hablando de comedias escritas por Tirso entre 1613 y 1614.

En un trabajo reciente, Maurice Molho ha apuntado, analizando *El burlador de Sevilla,* que se trata, respecto al modelo impuesto por Lope, de una comedia que presenta tres anomalías: la implicación de la acción secundaria y la principal, la función y significado del *gracioso* y el tipo de desenlace de la obra. Para explicar la primera Molho compara precisamente *El burlador* con la tercera parte de la *Santa Juana:*

> Un ejemplo que escogemos adrede en obra bastante próxima de *El Burlador* permitirá concretar nuestra idea. Se trata de la tercera parte de la *Santa Juana* de Tirso de Molina que tan a menudo se ha comparado con Don Juan. En esa comedia, un galán que se esfuerza en seducir a una señora de la Corte, se ve perseguido hasta el palacio de su dama por una aldeana a la que antaño abandonó y que, so color de vender yerbas y hortalizas, se instala bajo las ventanas de la bella, hasta conseguir que el galán acabe reconociendo sus antiguos amores en presencia de su pretendida. Intriga compleja en la que la campesina Aldonza no interviene más que para poner a Don Luis en desairado trance delante de Doña Inés.
>
> Pero si en *Santa Juana III* dama y aldeana están presentes en una doble acción y la una disputa a la otra el corazón del galán, no sucede así en *El burlador de Sevilla,* que aparentemente pone en escena, como *Santa Juana III,* varios pares de personajes femeninos contrastados: Isabela, gran señora de Nápoles/Tisbea, pescadora de Tarragona; Doña Ana, hija del Comendador/Aminta, labradora de Dos Hermanas.

Se observará, sin embargo, que dentro de esos contrastes, que de comedia en comedia se reiteran, hay algo que se ha perdido: la solidaridad que en *Santa Juana III* reunía, en virtud de la textura dramática, las dos figuras femeninas en cuestión, se situaban la una en la acción principal y la otra en la acción secundaria ligada a la primera.

Muy diversa es la organización de *El burlador de Sevilla*, en el que las parejas se desarticulan, en el que cada personaje femenino, viviendo en su propio mundo, sólo existe por relación a Don Juan, independientemente de la figura homóloga que aparentemente se opone a ella. Así resulta una *estructura serial* que rechaza el juego de *implicación*, ley ordinaria de la comedia. A diferencia de *Santa Juana III*, en la que Inés y Aldonza se implican recíprocamente, las figuras femeninas de Don Juan no se implican, sino que se yuxtaponen en el espacio dramático[54].

El propio Molho apunta en nota que «el autor anónimo parece haber tenido el sentimiento de esta anomalía»; en todo caso, lo que importa es que la transgresión del modelo lopesco se hace en función de esa *serialidad* que está derechamente relacionada con el mito; Molho coincide aquí en una apreciación que va en el sentido de lo que Kurt Spang ha observado: Don Juan es un personaje *plano*. Es un personaje que repite la misma situación serial sin evolucionar como personaje. Ahora bien, estas dos observaciones de Molho y de Spang van en contra de la atribución de la obra a Tirso, ya que son dos rasgos constantes de su teatro el respeto a la *implicación* de la trama principal en la secundaria, y la creación de psicologías complejas de personajes, que a lo largo de la obra evolucionan de modo muy claro. Hasta tal punto que se podría muy bien postular como característica del teatro tirsiano que la duración de la obra y el desarrollo de la intriga están en función de la exploración minuciosa de la psicología de los personajes. Especialmente de los femeninos, como ha insistido siempre la crítica tirsiana. En *El burlador* las tres figuras femeninas son ajenas a la dramaturgia tirsiana. Como son también ajenas al modelo tirsiano las otras dos anomalías que observa Molho: «Catalinón llama la atención por

---

[54] M. Molho, *Mitologías. Don Juan. Segismundo*, Madrid, Siglo XXI, 1993, pág. 62.

115

una especie de virtud inhabitual que le lleva a reprender al héroe su mala conducta.» El modelo de gracioso tirsiano, en la línea lopesca, es el de «figura del donaire». En cambio, el criado gracioso que avisa y corrige las malandanzas de su amo es un elemento típico de la obra de Claramonte: es el caso de Pánfilo respecto a Lelio en *El secreto en la mujer.* El tercer punto alude al modo en que se resuelve el conflicto de honor: «Don Juan trata muy a la ligera el código de honor matrimonial, lo que podría constituir una tercera anomalía... con los habituales esquemas de honor conyugal que define la comedia y cuyo sutil y mecánico rigor apreciaban mucho, a lo que parece, los españoles de la época.» Insistir en la atribución a Tirso del *Burlador* implica sostener que, por una única vez, Tirso se habría puesto a escribir en contra de su propio modelo teatral y no habría vuelto a repetir la osadía.

Sin embargo, el estudio de las distintas partes de la *Santa Juana* guarda más sorpresas. La primera, sobre el *corpus* en sí. Frente a la idea de «trilogía» que se repite rutinariamente, los textos sólo ofrecen fiabilidad real para las partes primera y tercera, manuscritos autógrafos de Tirso, fechados en 1613 y 1614 y editados luego en la *Quinta Parte,* de 1636, al cuidado del propio Tirso, como *Primera Parte de Santa Juana* y *Segunda Parte de Santa Juana.* La relación entre los dos manuscritos y las dos ediciones de 1616 ha sido estudiada por G. E. Wade en 1936, y en 1988/1991 por X. A. Fernández. Este último, en 1991, recapitula así la situación: «De la *Segunda Parte* de la trilogía tenemos dos textos básicos netamente diferenciados: el de la edición *príncipe,* que es la undécima y última comedia de la *Quinta Parte,* de 1636, y un manuscrito no-autógrafo y sin fecha. Las diferencias entre las dos versiones son muy significativas. *Algunas de ellas —las más importantes— no han sido advertidas por los críticos*»[55]. [El subrayado es mío.]

Según Fernández, la edición de 1636 representa la versión inicial de la obra, con varios retoques hechos seguramente al facilitar el manuscrito para la imprenta; el manuscrito en que basa la edición preparada por Tirso es, pues, diferente de los

[55] Xavier A. Fernández, *Las comedias de Tirso de Molina,* vol. III, Kassel, Reichengerber, 1991, pág. 1225.

manuscritos de 1613 y 1614, que representan la disposición del texto vendida a la compañía en ese año. Tanto el texto de 1636 como los manuscritos de 1613-14 disponen la obra en sólo dos comedias; además, en el manuscrito de 1613, al final de la última jornada de la primera parte, se anuncia la segunda en la que «se da fin» a la historia. La división de esa segunda parte en una segunda y una tercera procede de la existencia de un manuscrito no autógrafo de Tirso con una *Segunda Parte* construida a base de entremezclar episodios de las primitivas primera y segunda y de añadir otros de relleno, de modo que lo que en la pluma de Tirso, y en su ulterior edición, son dos comedias de muy larga extensión se transforma en una trilogía con una extraña «segunda parte» que acaba en un tercer acto de 669 versos (frente a los 1.169 del tercer acto de la *Parte Primera).* En principio la conjetura «ortodoxa», en el sentido de propugnar que esta segunda parte sea de Tirso, ha sido defendida por Xavier A. Fernández, con algunos matices: «Sobre el manuscrito de la *Segunda Parte,* que no es autógrafo, no tenemos datos seguros, ya que es copia, probablemente incompleta, de un manuscrito de Tirso que ha desaparecido. Este manuscrito autógrafo no tiene fecha (...) A pesar de la carencia de datos sobre la fecha de la *Segunda Parte* en sus dos redacciones, la primitiva (MS1) y la derivada (MS2), poseemos, por suerte o por desgracia, seis cortos documentos, debidamente fechados, y que se refieren a las censuras para la representación de *La vida de la Santa Juana.* El primer documento de remisión a la censura es del 8 de agosto de 1613, y el último, el de su aprobación definitiva, del 15 de diciembre de 1613. Sobre estos seis documentos se basan las opiniones de doña Blanca y de Gerald Wade. Por desgracia, en estas remisiones o censuras se refieren las autoridades competentes a *una comedia;* y en todos y cada uno de los documentos, una o dos manos pusieron en plural casi todas las formas originales que estaban en singular. Se salvaron, con todo, algunas formas en singular, testimonio seguro del fraude perpetrado en tan preciosos documentos»[56].

[56] Tirso de Molina, *La Santa Juana. Segunda Parte,* Kassel, Reichenberger, 1988.

¿Por qué tiene tanto interés esta *Segunda Santa Juana?* Porque los propios críticos tirsistas han presentado el personaje de Don Jorge como una prefiguración de Don Juan Tenorio, y porque este Don Jorge sólo aparece en la *Segunda parte*. Al mismo tiempo es precisamente esta segunda parte la que presenta una evidente relación con la *Fuenteovejuna* de Lope. Durante años hubo un debate sobre quién había influido en quién, si Tirso en Lope o viceversa[57]. Dado que los propios tirsistas no pueden garantizar cuánta sea la intervención ajena a Tirso en esta *Segunda parte,* tal vez sería conveniente aceptar la posibilidad de que el personaje sea añadido de la compañía que representó la obra, y que ese añadido haya sido producto de aprovechar motivos de la *Fuenteovejuna* de Lope. En esta propuesta encajan bien las reflexiones que el propio Gerald Wade se hacía sobre los problemas textuales de esta *Segunda parte*: «Después de escritas ambas redacciones originales *(MS 1),* las presentó al autor de comedias Baltasar Pinedo. Entonces Pinedo, o Tirso, o cualquier otra persona tuvo la idea de que quizá fuera mejor fundir o amalgamar las dos comedias en una. Tirso, *con esta idea y propósito explícitos,* abrevió las dos redacciones originales, y adaptó el argumento de la primera a la segunda, y viceversa. Ya dueño Pinedo de las dos abreviaciones o adaptaciones de Tirso, y no satisfecho de su labor (quedaban 5.754 versos), sometió, por sí o por algún poeta de su compañía, los dos manuscritos tirsianos a una reducción drástica. En un primer intento redujo el texto de ambos a 4.181 versos, aunque luego después repuso 200 de ellos»[58]. Como

[57] Xavier A. Fernández así ha resumido el problema: «es preciso señalar aquí que todos los estudios sobre este asunto tienen como punto de referencia básico las dos ediciones impresas de la comedia de Lope (1619) y de la de Tirso (1636). Ninguno de los críticos citados tuvo en cuenta el manuscrito de la *Segunda Parte,* que fue el único representado y conocido por los años 1614-1618, años críticos en este punto preciso de posible influencia de una comedia sobre la otra. Como creemos haber demostrado en los apartados anteriores, el texto primitivo de la *Segunda Parte* fue cambiado y hasta deformado al ser enviado a la imprenta en 1636. En esos cambios tardíos hemos conjeturado, además, la posible influencia del *Peribáñez* sobre la *Segunda parte»*, X. A. Fernández, *op. cit.,* págs. 62-3.

[58] G. E. Wade, *Tirso de Molina. La Santa Juana, primera parte,* Ohio State University, 1936, cit., *apud* Xavier A. Fernández.

vemos, los dos estudiosos que mejor conocen esta obra de Tirso no pueden asegurar a Téllez la atribución del texto completo de esta obra.

La precaución metodológica necesaria en el debate sobre la atribución del *Burlador de Sevilla* obliga a suponer como una mera conjetura la idea de que la figura de Don Jorge haya sido creación de Tirso y tenga nada que ver con la génesis de Don Juan Tenorio; en palabras de Xavier A. Fernández, «no sabemos con certeza si las diferencias significativas que existen entre *MS2* y *PR* deben ser atribuidas bien a Tirso, bien al "autor" o dueño del *MS2*»[59].

Lo cierto es que simplemente con la precaución crítica de eliminar del *corpus* tirsiano *La ninfa del Cielo* y la segunda parte de la *Santa Juana*, la «demostración matemática» de la atribución a Tirso, que pregonaba doña Blanca de los Ríos, queda reducida al parentesco que se pueda establecer entre *El burlador de Sevilla*, *La Dama del Olivar* y *El rico avariento*.

Antes de pasar a ello interesa detenernos un momento en un problema crítico relacionado con la percepción del universo dramático tirsiano. Ya hemos visto que metodológicamente es conveniente atenerse con rigor a las obras de atribución segura para llegar a una visión clara de la dramaturgia tirsiana; de no hacerlo así, el riesgo de proyectar prejuicios en el análisis es bastante grave. Un ejemplo de trabajo excelente en materia tirsiana lo constituye el artículo de Laura Dolfi «La "mujer burlada": honor e invención en la comedia de enredo»[60]. En el sintagma *mujer burlada* hay cierta proximidad al tema de Don Juan; sin embargo, el trabajo, impecable metodológicamente, se basa en el análisis de obras realmente tirsianas; la nota 12 del artículo explica: «No trato intencionadamente aquí de comedias como *El burlador de Sevilla*, *Escarmientos para el cuerdo*, etc., en las que el tema del honor violado, aunque fundamental, no provoca esa acción-reacción femenina (disfraz, complicación de la intriga, nuevos enamoramientos fin-

---

[59] X. A. Fernández, *Tirso de Molina. La Santa Juana. Segunda parte*, pág. 11.
[60] En Laura Dolfi (ed.), *Tirso de Molina: immagine e rappresentazione*, Nápoles, Edizione Schientifiche Italiane, 1991.

gidos, etc.) que constituye ahora el objeto de este análisis»[61]. Las obras analizadas son *La villana de Vallecas, Don Gil de las Calzas Verdes, Bellaco sois, Gómez, La mujer por fuerza, La huerta de Juan Fernández.* El resultado real del trabajo es que en este *corpus* consistente de obras de Tirso se dan una serie de aspectos de dramaturgia que no aparecen en *El burlador de Sevilla.* Un buen trabajo, guiado por la precaución crítica, converge así con lo que en su día habían apuntado Baist, Farinelli o Bergamín. Hay aspectos constantes del teatro de Tirso que no aparecen en *El burlador* y aspectos esenciales del tema de Don Juan que no aparecen en el teatro de Tirso. Otro tanto puede decirse del trabajo clásico de David H. Darst, *The Comic Art of Tirso de Molina* (1970) que sólo trabaja con obras de atribución segura; el cotejo de sus conclusiones no avala en nada las hipotéticas autorías pendientes de asignación a Tirso.

Pero incluso Blanca de los Ríos facilita argumentos en contra de su propia hipótesis cuando observa ciertas constantes del teatro tirsiano, como el esmero en el análisis psicológico de la mujer, motivo inexistente en *El burlador* y en otras obras de atribución dudosa; y especialmente en la abundancia y minuciosa construcción de las figuras maternas en muchas comedias; es cosa de preguntarse por qué en *El burlador* (o en *El condenado por desconfiado)* no aparece esa figura tan típica del teatro de Tirso. El único parentesco posible en el teatro de Tirso con la figura del *Burlador* es el *Don Guillén de Montalbán* protagonista de *La Dama del Olivar;* según doña Blanca, también el criado Gallardo, de la misma obra, sería una prefiguración de Catalinón. Cabe añadir al criado Lillo en la primera y la tercera *Santa Juana* (con amos distintos de Don Jorge de Aragón). Pero para sostener que esos personajes son prefiguraciones de Don Juan y de Catalinón, habrá que cotejar sus características teatrales con las de los otros criados y otros seductores que aparezcan en otros dramaturgos de la misma época, no vaya a ser que lo que es un modelo tipológico general, existente en todos los autores, se nos quiera presentar como hecho particular del teatro de Tirso, para apoyar la conjetura

---

[61] L. Dolfi, *ibíd.*, pág. 146.

de la que se parte; puede suceder también que características de composición típicas de Catalinón y de Don Juan no aparezcan en los personajes tirsianos de que hablamos, y a cambio sí aparezcan en personajes de otro u otros dramaturgos como Andrés de Claramonte, Lope de Vega o Vélez de Guevara. El análisis que hemos hecho sobre la función y tipología de los graciosos en *Palabras y plumas*, *Don Gil de las Calzas Verdes* y *La Dama del Olivar* demuestra que Tirso construye de forma muy distinta al autor del *Burlador* y que Catalinón no tiene nada que ver con Gallardo o Caramanchel. Si esto es así, la falta de esmero metodológico que arrastra la crítica tirsiana desde Hartzenbusch y Cotarelo nos habría estado haciendo pasar como estilema tirsiano lo que es tipología común a varios dramaturgos, y habría estado omitiendo a cambio los auténticos rasgos teatrales de Don Juan y de Catalinón, detectables en otro u otros dramaturgos que no son Tirso.

En este estado de cosas es cuando aparece el último apoyo a la atribución tirsiana, en la línea metodológica puesta de moda por Blanca de los Ríos: la edición de fray Luis Vázquez, que, sin cotejar sus ideas sobre Tirso con la realidad teatral de otros autores (ni Claramonte ni ningún otro) y sin atenerse a un *corpus* de atribución fiable repite los paralelos entre *El burlador* y varias obras, tanto auténticas de Tirso como de atribución dudosa. He contestado en dos artículos del año 1990 a algunos aspectos de su crítica, mostrando cómo el cotejo con un *corpus* de otros autores (Mira de Amescua, Ruiz de Alarcón, Luis de Belmonte, Andrés de Claramonte) revela que las semejanzas con *El burlador* son rasgos comunes presentes en todos esos autores, y que incluso en los textos de Claramonte el parentesco era mucho más ceñido al texto del *Burlador* que en cualquier texto de Tirso. En todo caso, ya Daniel Rogers apuntaba en 1977 que «Resemblances to plays known to be by Tirso have been exaggerated»[62]. Las negligencias de método no se circunscriben a la falta de cotejo con otros autores y al uso indiscriminado de obras de atribución dudosa. Hay

---

[62] D. Rogers, *op. cit.*, pág. 16.

además errores de tipo selectivo en el cotejo de unidades textuales del *Tan largo*, del *Burlador* o de variantes de ambas. En principio parece que lo sensato debería ser establecer distintos índices de fiabilidad en tanto que los fragmentos fueran comunes a ambos textos o sólo estuvieran en uno de ellos. Fray Luis Vázquez ha descartado sistemáticamente las variantes del *Tan largo* de modo que ha situado a la crítica tirsiana en un curioso dilema: propone como correctas variantes del *Burlador (soldos* frente a *toldos; emprestiste* frente a *emprendiste,* etc.) que no aparecen en ninguna obra de Tirso (ni de ningún otro autor); al mismo tiempo defiende la superioridad textual de pasajes de *BS* frente a *TL* en donde existen estilemas típicos del teatro de Claramonte que no aparecen tampoco en Tirso, sin pararse a explicar este tipo de incongruencias. Sucede además que en ocasiones tanto la variante textual del *Burlador* como la del *Tan largo* tienen correlato en obras de Claramonte, lo que apunta a que la primera versión de la obra y su posterior remodelación son obra del mismo autor. Un buen ejemplo es el breve texto de Don Juan del tercer acto al que hemos aludido antes:

Tan largo	*Burlador*
La noche aprissa los cielos con pies de azabache pisa huyendo de los mortales, en cuya frente abicina en ricos apretadores, estrellas por piedras brillan.	La noche en negro silencio se estiende, y ya las cabrillas entre razimos de estrellas el Polo más alto pisan. Yo quiero poner mi engaño por obra, el amor me guía a mi inclinación, de quien no hay ombre que se resista.

La imagen de la noche con un *apretador de estrellas* es típica de la obra de Claramonte, cosa que no tiene nada de particular porque se basa en una representación emblemática procedente de Alciato y muy difundida en el Renacimiento. Pero el texto del *Burlador* es aún más típico de Claramonte, y apunta a una interpretación astrológica de la conducta de Don Juan. Los primeros cuatro versos, con la referencia a los *racimos de estrellas,* reaparecen en el diálogo entre Don Pedro y Mencía en *Deste agua no beberé:* «como son finos diamantes / fueran racimos de estrellas». La idea de que las estrellas guían la conducta de los hombres es, como se sabe, básica en la astrología judiciaria; Claramonte insiste en ello en varias obras, especialmente en *La infelice Dorotea,* que contiene pasajes muy cercanos temáticamente al *Burlador;* pero en el texto que comentamos es muy llamativo ese «el amor me guía a mi inclinación». Un Don Juan que no es capaz de oponerse a una fuerza erótica que le guía encaja dentro de esa concepción astrológica en la que la Inclinación está dictada por las estrellas; de ahí que «no hay hombre que se resista». En otra obra de Claramonte, *El secreto en la mujer,* de estructura métrica muy anterior a *El burlador de Sevilla,* en donde se dramatiza un tema popularizado por Boccaccio, la protagonista Clavela se extiende sobre esta fuerza de Inclinación, que el hombre es incapaz de resistir:

> Mira, Tisbeo, el amor
> es una influsión de estrellas:
> ésta inclina a lo peor,
> ésta a lo mejor, que en ellas
> hay piedad como hay rigor.
> Inclinación fue un dios fuerte
> a quien un tiempo adoraron
> las gentes, y de tal suerte
> la siguieron, que la amaron
> hasta oponerse a la muerte.
> Muchos, tras su inclinación
> fueron al mar del morir.

La cita tiene tanto más interés cuanto que Clavela en esta obra tiene el mismo comportamiento que la Duquesa Isabela en *El burlador:* ha aceptado que su novio, Ursino, la secuestre y la goce; sucede como en *El burlador:* Lelio/Don Juan, se aprovecha de la confusión nocturna, suplanta la personalidad de Ursino/Octavio y goza de Clavela/Isabela. Las estrellas así lo habían dispuesto, al permitir el cambio donjuanesco de Ursino por Lelio. Nótese la semejanza entre la invocación a la noche hecha por Ursino y la de Don Juan Tenorio. Dice Ursino:

> Noche apacible y bella,
> pavón hermoso de los ojos de Argos,
> que te dan tanta estrella,
> madre de confusiones y letargos
> ....
> Llegad, para que sea
> esta noche el Jasón de esta Medea.

El parentesco con el texto del *Burlador* va más allá de la invocación a la noche; la imagen del pavón con los múltiples ojos-estrellas es la típica de la alegoría de la noche que teníamos en el fragmento del *Tan largo;* pero además, la comparación de la escena con el rapto y goce carnal de Medea por Jasón reaparece en *El burlador* en el planto de Tisbea del tercer acto. Una vez consumado el engaño, con el resultado de que el connivente seductor (Ursino/Octavio) ha sido sustituido por el auténtico burlador (Lelio/Don Juan), la reflexión de Lelio vuelve a recoger el léxico de Don Juan ante Arminta:

> ¿Hay tal engaño?
> ¡Oh noche oscura, tercera
> de sucesos prodigiosos,
> cierra tus ojos de estrellas!

Como se ve por el análisis del fragmento, la palabra *inclinación* en el texto del *Burlador* responde a un concepto dramático importante, relacionado con la condición del personaje y su función en la trama. Responde además no a un uso aislado, sino a una configuración léxica que reúne los términos «noche, racimo de estrellas, amor, engaño, inclinación», común al *Burlador* y a la obra de Claramonte. En función de la métrica, esta obra, en donde Claramonte pone en escena motivos y personaje homólogos de otros de *El burlador de Sevilla*, parece algo anterior a la primera versión del mito de Don Juan, ya que la obra contiene un 41,8 por 100 de quintillas frente a un 25,7 por 100 de romance. Se trata de índices que sitúan la obra en una fecha cercana a 1610; por poner un ejemplo bien fechado, *La católica princesa Leopolda* (terminus ante quem, 1608, manuscrito de 1612, representada en 1613 por Juan de Salazar) tiene un 50 por 100 de quintillas y un 21,7 por 100 de romance. Cualquiera de las dos versiones de Don Juan, *Tan largo/Burlador,* supera el 35 por 100 de romance (lo que es índice de posterioridad) y presenta un aumento notable de redondilla frente a quintilla, lo que también es típico del cambio métrico en el decenio 1610-20. No obstante, y de acuerdo con criterios metodológicos que ya he expresado anteriormente, el parentesco entre el fragmento completo del *Burlador* y esta obra de Claramonte no apunta necesariamente a la elaboración del Don Juan en su versión original, a menos que se quiera sostener (como hace fray Luis Vázquez), que la versión original es *El burlador* y que el *Tan largo* es una refundición tardía; admitiendo la hipótesis alternativa de que la versión original es el *Tan largo,* estas homologías de Claramonte con el texto del *Burlador* avalan indistintamente dos posibilidades: que sea el autor del original y de la refundición, o bien que, si el original era el *Tan largo,* Claramonte sea el responsable de una remodelación muy bien hecha. Ésta es la hipótesis sostenida por Gerald Wade. En todo caso, los partidarios de la atribución del *Burlador* a Tirso deberían poder explicar por qué estas configuraciones no aparecen en el teatro del mercedario, y deberían también ser más cautos en sus críticas al texto del *Tan largo.*

Otro grave error metodológico es la falta de comprobación en lo que se afirma, de modo que un prejuicio personal se expone como un juicio crítico, sin tomar la precaución crítica de comprobar su veracidad. Esto ha sido cometido por J. M. Ruano de la Haza para oponerse a uno de los argumentos en favor de la autoría de Claramonte que ha recibido la mayor atención por parte de los demás críticos: la estadística sobre el uso del léxico marítimo. En mi estudio sobre la autoría de la obra advertí de la peculiaridad de este uso, centrándola en el cómputo del par semiótico MAR + AGUA; en ambas variantes textuales tenemos un uso abundante de esas palabras, pero con la particularidad de que en ambas varía ligeramente la frecuencia de un término respecto al otro. El vocablo MAR aparece 47 veces en *TL* y 36 en *BS;* el vocablo AGUA, 18 veces en *TL* y 26 en *BS.* Un total de 65 entre MAR y AGUA en *TL* y de 62 en *BS.* Como las obras fluctúan entre 2.800 y 2.900 versos el índice conjunto de uso, dividiendo la cifra por el número total de versos es de 2,32 por 100 aprox., lo que indica que para una extensión media de 3.000 versos la frecuencia esperada es de 69 repeticiones. Hay tres obras de Claramonte (de un total de 15), *El nuevo rey Gallinato*, *El Inobediente* y *El gran Rey de los desiertos* en donde tenemos una frecuencia similar a la del *Burlador/Tan largo*, entre 2,02 por 100 y 2,37 por 100; en otras, como *El ataúd para el vivo*, encontramos índices (1,47) superiores a los más altos de Calderón; a cambio, ninguna de las 15 de Tirso que hemos analizado (todas ellas del período 1610-16) se acerca ni de lejos a este índice, ni tampoco a los de Calderón. El mayor índice lo tiene *Averígüelo Vargas*, con un total de 25 apariciones para 3.334 versos; es decir, un índice de 0,75. La tercera parte de los que encontramos en *TL* y *BS*. La explicación tal vez se deba a que Claramonte, natural de la provincia de Murcia y vecino de Sevilla durante muchos años, refleja en su literatura lo que es su propio entorno real; a cambio Tirso, escritor de tierra adentro, entre Toledo y Aragón, presenta un índice de uso mucho menor. Observando este dato Charles Ganelin ha apuntado el interés de comprobar si el índice es también fiable para otros autores, como, por ejemplo, Calderón. En todo caso, Ganelin, como B. Wittmann o Peter Evans, señalan que es un argumento objetivo e importante. Ruano de la Haza, en su reseña de *Modern Language Review*, elude el dato objetivo proporcionado por la estadística, elude también comentar el hecho de que las 15 obras de Tirso resulten tan alejadas de ese índice, y apunta que si el dato fuera correcto, entonces la obra de Calderón, que también es escritor de tierra adentro, tendría que tener un índice acuático muy bajo. El problema es que Ruano de la Haza no se toma la molestia de comprobar lo que dice y presenta su objeción como si él hubiera verificado que dicho índice en Calderón es bajo, de modo que el lector puede creer que el dato estadístico ha sido refutado con un cotejo de otro autor.

No es el caso. El índice de léxico acuático para Calderón es, en efecto, similar al de Tirso, como cabía esperar; he utilizado los textos más conocidos de Calderón, que cualquier estudioso puede verificar; de hecho algunos de esos textos han sido editado por el propio Ruano. Los resultados confirman el trabajo inicial, y aclaran la sugerencia hecha por Ganelin. Los textos calderonianos que he comprobado son *La vida es sueño, El alcalde de Zalamea, La hija del aire* (1.ª y 2.ª partes), *El mayor monstruo del mundo, Los cabellos de Absalón, El médico de su honra, El pintor de su deshonra, A secreto agravio, secreta venganza, No hay que creer ni en la verdad, La devoción de la cruz, La cisma de Ingalaterra, Eco y Narciso, El príncipe constante, La Estatua de Prometeo, Guárdate del agua mansa, Cada uno para sí*. En los casos de *Cada uno para sí* y *El alcalde de Zalamea* he utilizado la edición del propio Ruano. De todas estas obras el índice más alto de uso del par MAR + AGUA, lo tiene *A secreto agravio, secreta venganza,* con las siguientes ocurrencias léxicas (anoto los versos según las páginas de la edición de F. Ruiz Ramón): monstruo del viento y del agua (37); de mar (para mí de fuego) (40); si es que en los mares del fuego (40); tanto mar y viento tanto (42); quéjase el mar a la tierra / cuando en lenguas de agua toca (43); tronco, rayo, mar y viento (43); nos lleguemos / hoy al mar (53); que bate el mar, con el fin (100); al mar, o con esta espada (102); que sin duda que en el mar (108); la sirena de la mar (108); que antes que en el mar sepulte (112); del mar un bulto que ya (113); que el agua surque (114); las mismas aguas del mar (115); ondas del mar padecimos (115); ya de los montes de agua (115); de arena y agua se cubre (115); al mar, donde le sepulte (115); allí al agua y viento entrego (117); así el mar las manchas lava (118); tierra, agua, fuego y viento (118); pensando el mar que dormía (118); vine, Duque, por el mar (118); y habiendo estado las aguas (118); entre la tierra y el mar (119); ninfas del mar, que obedientes (119); pues vistas dentro del mar (119); quemarme que beber agua (121); al galán mató en el mar (123); el agua y fuego le entrega (123).

Un total de 33 ocurrencias, para una obra breve, de sólo 2.708 versos, lo que da un índice de 1,21 por 100, poco más de la mitad que los índices del *Tan largo* y *El burlador*. En el polo opuesto, el menor índice entre esas 17 obras de Calderón lo da *Cada uno para sí* (obra editada precisamente por Ruano de la Haza) que no llega al 0,1 por 100 en un total de 3.796 versos. Además de confirmar la pertinencia crítica de este índice, los datos estadísticos nos permiten precisar qué tipo de léxico es el más significativo. En efecto; si en vez de usar el par MAR + AGUA, sólo registramos las ocurrencias de AGUA, los índices son todavía más contrastivos y determinantes. El uso de AGUA en *El burlador* da un total de 26 apariciones, frente a 18 en *Tan largo* (el aumento se debe al pasaje de loa a Lisboa, que es más acuático que la loa a Sevilla en el *Tan largo*). El índice aislado de AGUA en *El burlador* es entonces (26 × 100): 2.849 (sigo la cifra de la edición facsímil de X. A. Fernández y fray Luis Vázquez); es decir, 0,91 por 100. Índice muy alejado de los de Tirso, que da 0,37 en *Los lagos de San Vicente* (12 AGUA para 3.214 versos); 0,1 por 100 en *La Dama del Olivar* (AGUA, 5 para 3.313); 0,18 por 100 para *Don Gil de las Calzas Verdes* (6 AGUA para 3.271 versos); 0,1 por 100 para *El celoso prudente;* casi un 0,2 por 100 para cualquiera de las tres partes de la *Santa Juana* y también 0,2 por 100 para *Averígüelo Vargas,* que es el índice más elevado de las 17 obras. A cambio, en Claramonte tenemos al menos una obra, *El inobediente,* con el mismo número de apariciones de la palabra AGUA, que en *El burlador,* 26; el índice es idéntico al de *El burlador,* ya que el conjunto de versos es casi el mismo, 2.834. Si hacemos entrar el índice aislado de AGUA en *A secreto agravio, secreta venganza,* tenemos un total de 11 ocurrencias para 2.708 versos, es decir, 0,4 por 100. Así pues, en un conjunto de 50 obras de tres autores, los índices conjuntos MAR + AGUA y aislado AGUA revelan una sorprendente particularidad de las dos variantes *Burlador/Tan largo,* y una uniformidad estilística de las obras de Tirso y de Calderón, ambas muy alejadas de los índices buscados; sólo tres obras, las tres de Claramonte, corresponden a los índices del *Burlador;* al menos en lo que concierne al uso de datos objetivos, contrastables y ausentes de prejuicios, Claramonte es el único autor que puede postularse para la atribución de esta obra; si la discusión estuviera entre Calderón (no olvidemos que la *suelta* del *Tan largo* se editó a su nombre) y Tirso, los índices son más próximos en el caso de Calderón, lo que confirma que Tirso es el autor menos indicado para sostener esta autoría; todavía podemos hacer entrar a Vélez de Guevara en este cotejo, dada la evidencia de que *La serrana de la vera* y *El diablo está en Cantillana* presentan pasajes estructuralmente muy próximos a otros del

Burlador o del *Tan largo,* y que tenemos además el hecho del manuscrito de *La ninfa del cielo* a su nombre. Las obras de Vélez que hemos analizado son: *La serrana de la Vera, La luna de la Sierra, El diablo está en Cantillana, El ollero de Ocaña, El príncipe viñador, El amor vizcaíno, El verdugo de Málaga, Más pesa el rey que la sangre, Reinar después de morir, Los hijos de la Barbuda, La niña de Gómez Arias, El Conde don Sancho Niño.* Con diferencia, la obra con mayor índice de uso del par MAR + AGUA es *Más pesa el rey que la sangre.* Éstos son los versos: el lienzo en lugar del agua (95,2); como el mar en el arena (98,2); ni aquel escollo, que al mar (101,1); la vuelta del mar, que allí (101,2); del mar, capitanearemos (101,3); desotra parte del mar (102,3); con alma, que escupe un mar (103,2); salobres, de ese mar mismo (104,1); con la furia que al mar acometimos; cuidado y redes, con el mar y el sueño (104,1); feroz al mar se disparó trabuco; que como sordo en fin el mar violento (104,1); y delincuente sobre el mar profundo (104,2); hasta que en una isleta, que el mar moja (104,2); que descollado sobre el mar estaba; hasta que levantando el mar bandera (104,2); inmenso de mar abajo / y mar arriba después (104,2); quédese el mar a los peces; fustas en que el mar correr (104,2); del mar paladiones (105,1); tierra ni mar en el mundo; mundos de tierras y mares (106,3). 22 MAR, 1 AGUA. En total, 23 ocurrencias para 2.504 versos, lo que da un índice de 0,92. Sin embargo, como se ve, el uso del término AGUA resulta bajísimo. El mayor uso de este vocablo está en *El diablo está en Cantillana:* pasada por agua, amada (160,3); que dan tributo al mar, camino agora (162,1); y comienza el mar de España (162,3); agradecido a las aguas... que al mar mayor feudo pagan (162,3); tributase al mar de España (163,1); vive a la lengua del agua (163,1); y es del agua la abundancia (163,1); sin que al mar le alcance nada... cuyas aguas, porque nunca... al mar, dentro de sus muros... tornasoles de las aguas (163,2) [elogio a Sevilla de 188 versos, similar al de TL]; y fáltame la tierra, el agua, el viento (169,3); con el guisopo y el agua (170,1); cuando aguas y lodos haya (170,1); con el guisopo y el agua (170,2).

Se trata de la única obra en donde el término AGUA se usa más que el término MAR; aunque su índice de uso no llega al 0,4 por 100 (frente al 0,9 por 100 del *Burlador* o del *Inobe-diente* de Claramonte), se trata de un índice muy superior a los de Tirso y Calderón. La ampliación de los análisis al *corpus* de Calderón, y el cotejo posterior con la obra de Vélez, confirman lo que sostenemos desde hace años: la estadística está a favor de la atribución del *Burlador* a Claramonte; en caso de buscar alguna otra alternativa el autor menos indicado es Tirso (como ya sospecharon Farinelli, Baist, Bergamín y otros estudiosos). Probablemente un examen y cotejo minucioso entre las obras de Vélez de Guevara y las de Claramonte nos llevaría a un planteamiento más preciso sobre los parecidos temáticos entre *La serrana de la Vera, El diablo está en Cantillana* y *Tan largo me lo fiáis,* que en principio parecen delatar una influencia directa en la génesis del primer Don Juan.

LAS FUENTES INMEDIATAS DE COMPOSICIÓN DE LA OBRA

Dentro del teatro del primer cuarto de siglo hay una docena de obras que presentan evidentes semejanzas con el par *Burlador/Tan largo.* Entre ellas, varias son de fecha anterior a 1616, el año más probable de composición del primer Don Juan. Las dos primeras que guardan relación son *El nuevo rey Gallinato* (Andrés de Claramonte, representada por Baltasar de Pinedo en 1604) y *La fuerza lastimosa* (Lope de Vega, representada por Baltasar de Pinedo en 1604). Otras cuatro obras de composición probable o segura entre 1610 y 1614 relacionadas con *Burlador/Tan largo* son *La serrana de la Vera,* de Vélez (probablemente de 1613, representada por Jusepa Vaca), *El secreto en la mujer* de Andrés de Claramonte (hacia 1609-1612), *El villano en su rincón* de Lope, hacia 1612, editada en 1617, y *El príncipe perfecto* (1.ª parte), de Lope de Vega, manuscrito en diciembre de 1614. Las demás obras fuertemente relacionadas con *El burlador* son ya de fecha imprecisa *(El valiente negro en Flandes* de Andrés de Claramonte, tal vez hacia 1625; *El diablo está en Cantillana,* de Vélez, hacia 1625-30) o bien de autoría discutida, como *Dineros son calidad, El Infanzón de Illescas,* o probablemente algo posterior a *Tan largo/Bur-*

lador, como es *Deste agua no beberé,* de Claramonte, representada en 1617 por la compañía de Antonio de Prado y editada en el mismo volumen en que aparece la *princeps* del *Burlador.* Esta última obra, bien fechada, sirve para poner un límite claro a la fecha de composición del *Burlador,* ya que, si el autor de ambas obras es el mismo, la estructura métrica de *Deste agua* parece algo posterior, y si se trata de un autor distinto, las coincidencias de nombres (Juana Tenorio, Diego Tenorio, Tisbea), de dramaturgia, de estilo y de léxico obligan a sostener, como hizo Wade, que Claramonte tuvo que tener conocimiento previo del primer Don Juan.

Se trata de una conjetura *ad hoc,* planteada para poder seguir sosteniendo la hipotética autoría de Tirso. Por un lado, se sostiene que Claramonte hubiera sido incapaz de crear un personaje como Don Juan Tenorio, ya que para escribir sus obras se inspiraba en temas de otros autores como Lope; pero, por otro lado, resulta evidente que *El burlador* está construido a partir de escenas, motivos o personajes que están en obras anteriores de Lope, de Vélez y del propio Claramonte.

Aun así la inspiración en fuente ajena no es, en el caso del *Burlador,* mero plagio; el autor incorpora los motivos prestados dentro de una dramaturgia coherente que lleva un sello personal. *La fuerza lastimosa,* una obra de Lope representada por Baltasar de Pinedo en la temporada de 1604, contiene bastante material del que aparecerá en *El burlador:* en primer lugar, varios nombres: el Duque Octavio, Isabela, Fabio y Don Juan. La coincidencia sería más o menos curiosa si la hiciera demasiado llamativa el hecho de que también coincidan motivos temáticos y fragmentos de escenas o episodios: la obra comienza en un bosque de Irlanda, con una entrevista entre la Infanta Dionisia y el conde Enrique. Enrique le da palabra de casamiento a la Infanta, y ésta, a cambio, le da cita para cumplir sus deseos: «Ahora bien, mañana quiero / que vengas por el terrero / y en mi aposento entrarás»[63]. Enrique, recordando el episodio de Dido y Eneas, intenta convencer primero a la Infanta de que el trato se haga allí mismo, en plena sel-

---

[63] *Comedias de Lope de Vega,* vol. 3, Madrid, BAE, 1973, ed. J. E. Hartzenbusch, pág. 258.

va: «Esta selva / no fuera mal aposento; / pero no todas las Didos / agua y cuevas han de hallar.» Sin embargo la Infanta resiste y ambos quedan para la noche; sucede que el Duque Octavio, enamorado también de la Infanta, está escondido y lo oye todo. Su programa es un perfecto compendio de lo que hará Don Juan Tenorio:

> Mía será esta mujer.
> —¿Qué dices, alma?— Sin duda,
> digo que tuya ha de ser.
> —¿Quién me ayuda?— Amor te ayuda.
> Pues si es dios, tendrá poder.
> ¿Gozaréla? —Bien podrás.
> Mas, ¿cómo te atreverás?
> —Esta noche iré al terrero,
> donde llegaré primero...[64].

No sólo tenemos la repetición del nombre Duque Octavio (que en *La fuerza lastimosa* es el burlador y en *El burlador* es el burlado); tenemos también la referencia a Dido y Eneas con la mención explícita del *agua* y la *cueva* (que serán eje del futuro discurso de Tisbea en *El burlador*), y la mención al *terrero* que aparecerá en el episodio sevillano de Doña Ana de Ulloa. Para completar las semejanzas con *El burlador*, este Duque Octavio de *La fuerza lastimosa* hace que el Rey prenda a Enrique, del mismo modo que en *El burlador* Don Juan hará que prendan al Duque Octavio. Este Duque Octavio de *La fuerza lastimosa* es el primer burlador, sin que a Lope se le escape esta noción de *burla*, que aparece en boca del criado Hortensio cuando le da cuenta a Enrique de la seducción de la Infanta:

HORTENSIO

> ¿Niegas que no decendiste,
> con una escala el balcón,
> y al hablarte, sin razón,
> de cintarazos nos diste?
> Que, ¡vive Dios!, si no eras,
> que otro galán la ha gozado.

---

[64] *Ibíd.*, pág. 258.

ENRIQUE

¿Hombre, dices, que ha bajado?

HORTENSIO

¿Qué te demudas y alteras?
¡Vive Dios, que decendió,
y que fue burla de fama,
pues te ha quitado la dama,
y muchos palos nos dio!

Enrique, al hablar con Dionisia, no consigue comprender cómo su novia ha podido dejar que otro hombre (cuya identidad ambos desconocen) la haya gozado. Dionisia cree que Enrique, tras haberla gozado, no quiere cumplir su promesa de matrimonio. Enrique decide irse a España por mar: «¡Plegue a Dios, aires de España / que mudéis mi pensamiento!», con lo que termina la primera jornada; al comienzo de la segunda, la Infanta Dionisia va a hablarle al Rey, mientras los músicos cantan el tema de Vireno y Olimpia

Madrugaba entre las rosas
El alba, pidiendo albricias
A las aves y a las fieras
de que se acercaba el día,
cuando viéndose engañada
del duque Vireno, Olimpia,
a voces dice en la playa
a la nave fugitiva:
¡Plegue a Dios que te anegues,
nave enemiga!
Pero no, que me llevas,
dentro la vida.

En realidad han pasado cuatro años y el problema surge de que el Conde Enrique ha vuelto desde España, casado con Isabela. Lope complica el tema de Vireno y Olimpia con el motivo clásico del Conde Alarcos: Dionisia consigue el destierro de Isabela, que acaba tras un naufragio en tierras del Duque Octavio. El Duque Octavio, nada más verla se enamora de ella. Los versos coinciden con un fragmento de *El burlador:*

> Todo me siento abrasar.
> No sé cómo de la mar
> pudo salir tanto fuego.

La fuerza lastimosa fue representada por Andrés de Claramonte, que en 1604 estaba en la compañía de Baltasar de Pinedo. Dado que por esa época él debía de representar papel de galán joven (se casó en febrero de 1604 con Beatriz de Castro), es probable que su papel fuera el del Duque Octavio. Hay versos, fragmentos y situaciones del papel del Duque Octavio en *La fuerza lastimosa* que reaparecen en *El burlador de Sevilla.* Parece muy claro que Don Juan Tenorio, como personaje, está basado en este Duque Octavio, burlador, traidor y enamoradizo. En cuanto a *La fuerza lastimosa,* el texto se editó en 1612, fecha en la que Claramonte era ya director de compañía; llama la atención el que otros temas, personajes y motivos de *La fuerza lastimosa* reaparecen en *Deste agua no beberé,* en donde Juana Tenorio es personaje homólogo a la Infanta Dionisia y Gutierre al Conde Enrique.

Según esto que hemos visto, la fama de plagiario de Claramonte, que recuerda Daniel Rogers, no sólo no va en contra de su capacidad para haber creado el personaje de Don Juan Tenorio y haber imaginado la dramaturgia del *Burlador.* Muy al contrario, explica muy bien las críticas de que se aprovechara de argumentos, escenas y hasta versos íntegros escritos por Lope. Por Lope o por Vélez, que, autores a los que Claramonte elogia muy especialmente desde una fecha como 1612, en que están ya aprobadas las licencias de su *Letanía moral.*

El burlador no sólo está inspirado en obras de Lope; también Vélez ha contribuido en algo.

La situación dramática de Gila al final del segundo acto de *La serrana de la Vera* es similar a la de Tisbea al final del primer acto del *Burlador:* se trata de dos muchachas que han sido deshonradas por su seductor, y que expresan su rabia en escena. Es de suponer que la actriz Jusepa Vaca debía lucirse en el monólogo de Gila:

¡Traición! ¡Traición! ¡Padre! ¡Prima!
¡Mingo! ¡Pascual! ¡Antón! ¡Presto,
socorred mi afrenta todos!
¡Ah de mi casa! ¡Ah del pueblo!
¡Que se me van con mi honor;
que un ingrato caballero
me lleva el alma! ¡Socorro!
¡Que me abraso, que me quemo!
¡Ay, confusos atambores,
enemigos instrumentos
de la muerte y de la envidia,
que en el alma dais los ecos
del ánimo y la venganza,
despertadores soberbios,
relojes de mis desdichas,
de mi agravio pregoneros!
¿Qué os hizo mi honor, que vais
tocando alarma y huyendo?
¿Por qué, si vais victoriosos,
las espaldas habéis vuelto?
Esperad, o no venzáis,
que no es bien, cobardes siendo,
dejéis a mi honro vencido
en la muralla del sueño.
¡Ay furia, ay rabia, ay cielos,
que se me abrasa el alma! ¡Fuego! ¡Fuego!

(Salgan agora alborotados GIRALDO, PASCUAL, MADALENA y
MINGO, *envueltos en la manta de la cama.)*

GIRALDO

¿Qué voces son éstas, Gila?

MADALENA

Prima, ¿qué es esto?

MINGO

¿Qué es esto?

135

Mi desdicha y vuestra culpa,
mi engaño y vuestros consejos.
Nunca yo diera la mano
por vos a aquel mostro fiero,
que en mi afrenta se ha cebado,
en mis agravios sangriento;
que no sé por ella el alma,
padre, qué invisible fuego
me penetró los sentidos
desde la suya de hielo,
qué hechizo me adormeció
que comencé desde luego
a dársela por los ojos
en amorosos deseos.
reniegue el que es menos sabio
de la de más fuerte pecho,
que no hay mujer que resista
en mirando y en oyendo.
Como imaginé que estaba
tan cercano el casamiento,
le di esta noche en mis brazos
ocasión para ofenderos.
¡Malhaya, padre, quien fía
de sus mismos pensamientos,
de palabras de los hombres, .
de regalos y requiebros!
Que estas galas enemigas
dicen, tremolando al viento:
aquí se alojan agravios
a costa del propio dueño.
Echaldo de ver, pues marcha
ese capitán Bireno
haciéndome Olimpia a mí
y roca su ingrato pecho.
¡Ay, furia, ay rabia, ay cielos,
que se me abrasa el alma! ¡Fuego, fuego!

El pasaje es muy próximo al de Tisbea al final del acto primero. Sin embargo, como se ve, en todo este parlamento de Gila no aparece el término AGUA (vendrá más adelante, una sola vez, en el verso 2.145: *siempre al agua, al sol y al viento);* en el pasaje homólogo del *Burlador* se repite siete veces en contraposición a FUEGO. Es interesante señalar que el fragmento de *Tan largo* es más próximo al de *La serrana de la Vera* que el del *Burlador,* ya que el estribillo repetido tres veces en *TL* es: *Fuego, zagales, fuego, fuego y rabia / amor, clemencia, que se abrasa el alma.* En *El burlador* el estribillo es *Fuego, fuego, zagales, agua, agua / amor, clemencia, que se abrasa el alma.* La intensificación *fuego / rabia* es común al fragmento de *La serrana* y al *Tan largo;* la sustitución *rabia* por *agua, agua* es coherente con otra sustitución de verso: en *TL* teníamos *repicad a fuego, amigos / porque se me abrasa el alma,* y en *B* tenemos: *repicad a fuego, amigos / que ya dan mis ojos agua.* La impresión que uno tiene es que *Tan largo* está representando la primera escritura de la obra, muy ceñida todavía al molde original que ha servido al autor de inspiración, y que el *Burlador* procede de una remodelación posterior, más personal. El fragmento del *Burlador* mantiene la coherencia textual de todo el episodio de Tisbea en donde esa contraposición AGUA/FUEGO aparecía desde el comienzo asociada al caballo de Troya y al episodio de la seducción de Dido por Eneas. La referencia clásica de Vélez es el episodio de Olimpia y Vireno, desarrollado por Ludovico Ariosto en su *Orlando,* y popularizado por el romancero. En ambos casos vemos el episodio concreto como una proyección de un motivo clásico, sea de Ariosto o de Virgilio. En ambos casos la mujer seducida y abandonada ocupa el foco dramático para ofrecer un discurso pasional de extraordinaria violencia, en donde la conciencia de su propia falta («le di esta noche en mis brazos / ocasión para ofenderos», dice Gila; «Gozóme al fin, y yo propia / le di a su rigor las alas») se subsume en la idea de venganza («hasta morir o vengarme», v. 2150, Gila; «tengo de pedir venganza», v. 1029, Tisbea). El *leit-motiv* «fuego, que se abrasa el alma», es común y se gradúa en un *crescendo:* tres veces en *La serrana,* cinco en *Burlador/Tan largo.* El «Malhaya, padre, quien fía... de palabras de los hombres» prefigura, de forma clara, la futura queja de Tisbea en el tercer acto: ¡Malhaya la mujer que en hombres fía! El autor del *Burlador/Tan largo* incorpora, sin duda, un fragmento ajeno, pero lo integra dentro de su propio plan dramático.

137

Ese plan dramático que inauguraba al comienzo de la obra con la seducción alevosa por medio de suplantación de personalidad y al amparo de las sombras de la noche. Don Juan Tenorio, como el Lelio de Claramonte en *El secreto en la mujer,* no duda en asumir la personalidad del verdadero amante para gozar y forzar a una muchacha. Don Juan Tenorio no duda en engañar, seducir y abandonar a la prometida de su amigo; si no es con suplantación de personalidad es ofreciendo palabra de matrimonio, como hace el capitán Oña en otra comedia de Claramonte, *El nuevo rey Gallinato.* Sucede que en esta obra de 1604 el episodio se relata, no se representa; en *El secreto en la mujer* se representa ya el episodio de la suplantación de personalidad. Pero la auténtica novedad dramática de exponer en escena los sentimientos de la recién seducida es invención de Vélez en *La serrana de la Vera.*

El pasaje correspondiente de Ariosto introduce un motivo que no está en el fragmento de Vélez, el motivo de la huida del seductor Vireno por barco; en *La serrana,* donde los hechos pasan en el interior, Gila despierta al oír la música que anuncia la partida del ejército; la situación es homóloga a la que Claramonte explotará en su comedia *El valiente negro en Flandes,* donde la seducción se sitúa en Mérida. En *El burlador* la escena es marítima y se resuelve combinando el canon de la seducida que clama venganza *(La serrana)* con el entorno léxico marino que también es aprovechado por Ariosto en el fragmento de Olimpia y Vireno.

La primera parte de *El príncipe perfecto,* escrita por Lope a finales de 1614, y sin duda representada en 1615, contiene algunos elementos esenciales en la articulación dramática del *Burlador.* La obra transcurre en Lisboa y tiene como personajes principales al príncipe Don Juan y a Don Juan de Sosa. En el primer acto, la escena de los embozados usa el mismo tipo de planteamiento que encontramos al comienzo del *Burlador.* Lo que F. Cantalapiedra ha anotado como motivo «no decir el nombre»:

HOMBRE 1.º

Diga su nombre.

PRÍNCIPE

Mi nombre es *Yo.*

HOMBRE 3.º

¿Qué es yo?

HOMBRE 1.º

Nombre de un hombre.

El episodio es homólogo al de la escena inicial entre Isabela y Don Juan Tenorio. Más sorprendente es encontrar en esta obra de Lope lo que es un efecto de escena típico del *Burlador:* la estatua animada. En *El príncipe perfecto* aparece todavía como relato:

BELTRÁN

En el cuadro de un jardín
de un gran señor castellano
estaba un César romano
de mármol, medalla en fin.
Mirándole un paje un día,
le dijo: «César, albricias,
si ver el laurel codicias
de la antigua monarquía;
que hoy el cielo decretó
vuelvas a reinar en Roma.»
Mira si placer se toma,
pues la estatua se rió
y estuvo ansí muchos días,
hasta que el paje volviendo
le dijo: «¿Qué está riendo
con esperanzas tan frías?
Que Octavio es rey, César fiero.»
Y el mármol, como le oyó,
dicen que a poner volvió
la boca como primero[65].

---

[65] Lope de Vega, *Obras escogidas,* t. III, Teatro, Madrid, Aguilar, 1974, pág. 1115.

Al igual que pasa en *El burlador* tenemos dos momentos de animación de la estatua. La diferencia es que en *El príncipe perfecto* el hecho se relata; el autor del *Burlador* va más allá, y pasa del relato a la representación, lo que es una innovación esencial; pero el precedente está en esta obra de Lope. Obra, donde por cierto, reaparecen otras citas, como Eneas («ansí de Eneas se escribe: la mujer que le recibe, después se ha de hallar burlada», íb. pág. 1127). Hay otro precedente mucho más importante, que afecta al enfrentamiento entre Don Juan y el Comendador. En *El príncipe perfecto* se trata del fantasma de un muerto: está en escena Don Juan y se oyen unos golpes; don Juan no ve a nadie y se va. La escena sigue así:

(Abre el REY *la puerta, y sale un difunto empuñando la espada.)*

REY

¿Quién llama? ¿Quién está ahí?
¿Hay confusión que a ésta iguale?
¿Si es Don Juan, que aun no se fue?
¿Quién llama? Quiero llamar.
Mas no es justo alborotar
hasta que otro golpe dé.

(Llaman.)

Otra vez. ¡Hola! ¿Quién es?
Pero, ¿qué dudo de abrir,
pues puedo verle salir,
y sea quien fuere después?
Aunque en ser en mi aposento
me ha causado gran temor.
Mas la fuerza del valor
anima el atrevimiento...
Y si conjurados son,
morir, la espada en la mano.
Yo abro.

(Abre el REY *la puerta, y sale un difunto empuñando la espada.)*

¿Eres cuerpo vano,
o fantástica ilusión?

140

¿O eres sombra de mí mismo,
que con esta luz se causa?
Entra, pues, dime la causa;
que aunque del oscuro abismo
vengas, no has de hallar temor
en este pecho. ¿Quién eres?

MUERTO

Huélgome que no te alteres.

REY

Mal conoces mi valor.

MUERTO

Un hombre soy, rey Don Juan,
a quien tú mismo mataste
una noche que rondaste.

REY

Pues, ¿qué cuidados te dan
este deseo de hablarme?

MUERTO

Cosas de mi alma son.

REY

Habla.

MUERTO

No es esta ocasión
en que puedo declararme,
que la Reina está despierta.
¿Atreveráste a seguirme?

Lope resuelve aquí un problema de dramaturgia que es importante y que atañe a la verosimilitud de una escena de carácter fantástico. El hombre bravo, de temple, enfrentado a una aparición de ultratumba. En primer lugar, el reconocimiento de esa escena fantástica; en segundo lugar, el reto: «¿Atreveráste a seguirme?». Lo cierto es que Claramonte, ya en 1604, en *El nuevo rey Gallinato*, había escenificado tanto el motivo de «no decir el nombre» como la escena del miedo a lo sobrenatural, con los avisos divinos sobre la muerte. También aparece una escena similar en *Deste agua no beberé*, y desde luego, en *Dineros son calidad* y *El Infanzón de Illescas*. De todas ellas la matriz parece esta escena de *El príncipe perfecto*, que es de fines de 1614.

El argumento habitual para discutir la paternidad de Claramonte en todas estas obras es que él no tenía suficiente talento para imaginar escenas tan brillantes. Sin embargo, si esta escena de *El príncipe perfecto* ha servido para inspirar *El burlador de Sevilla* ha debido servir también para inspirar las escenas homólogas de las otras dos comedias. Que Lope, y en menor medida Vélez de Guevara, sean los principales guías de Claramonte en materia de dramaturgia es bastante probable, y él mismo así lo sugiere en sus dedicatorias de la *Letanía moral*. Sucede que *El burlador de Sevilla* es la típica obra en donde, como hemos visto, la influencia de estos dos autores es evidente. Defender la atribución del *Burlador* a Tirso de Molina implica situar a fray Gabriel Téllez como un deudor de Lope y de Vélez en el mismo tipo de deudas que sirven para acusar a Claramonte de plagiario. La alternativa crítica parece más sensata: las coincidencias de léxico, citas, motivos, escenas y temática entre *La fuerza lastimosa*, *El príncipe perfecto* y *La serrana de la Vera* con *Deste agua no beberé* y con *El burlador de Sevilla*, obras éstas dos que presentan también notables coincidencias, apuntan a las fuentes de inspiración y a los productos resultantes de esta inspiración. Considerar plagio lo que es una reflexión dramática sobre elementos teatrales comunes procede de un concepto estético hoy en día ya superado, aunque haya dejado secuelas en algunos críticos. Hoy en día ya no se puede seguir editando *El burlador de Sevilla* a nombre de Tirso de Molina, sin ningún tipo de matiz y sin afrontar los problemas de la atribución de acuerdo con todos los datos cronológicos y críticos, tanto cuantitativos como cualitativos. Tampoco es lícito valerse de viejos prejuicios críticos para eludir los problemas que la obra plantea, tanto en el orden de la atribución como en el de la transmisión textual.

Bibliografía

ARELLANO, I., *Historia del teatro español del siglo XVII*, Madrid, Cátedra, 1995.

— OTEIZA, B., y ZUGASTI, M. (eds.), *El ingenio cómico de Tirso de Molina*, Actas del Congreso Internacional, Pamplona, Universidad de Navarra, 1988, Universidad de Navarra/Revista Estudios.

ARJONA, J. H., «Una nota a *El burlador de Sevilla*», *Hispanic Review*, 28, 1960.

A.A. V.V., *Don Juan, Tirso, Molière, Pouchkine, Lenau* (eds. P. Brunel y J. M. Losada Goya), París, Klincksieck, 1993.

BAQUERO, A., *Don Juan y su evolución dramática*, Madrid, Editora Nacional, 1966.

BECERRA SUÁREZ, C., *Mito y Literatura (Estudio comparado de Don Juan)*, Vigo, Universidade de Vigo, 1997.

BERTINI, Giovanni M., «Il *Convidado de piedra* in Italia», *Quaderni Iberoamericani*, 7, Turín, 1948.

BOLAÑOS DONOSO, P., y DE LOS REYES PEÑA, M., «Presencia de comediantes españoles en el Patio de las Arcas de Lisboa (1608-1640)», en *En torno al teatro del Siglo de Oro*, Jornadas VII-VIII, Almería, Instituto de Estudios Almerienses, 1992.

BRUERTON, C., «Three notes on *El burlador de Sevilla*», *HR.*, 11, 1943.

BRUNEL, P. (ed.), *Dictionnaire de Don Juan*, París, Albin Michel, 1999.

CALDERÓN. P., *Tan largo me lo fiáis*, Madrid, Revista Estudios, 1967, edición, introducción y notas Xavier A. Fernández.

CANTALAPIEDRA, F., «El motivo "escritura" en la obra de Andrés de Claramonte», en *Actas del II Simposio Internacional de Semiótica*, Universidad de Oviedo, 1988, págs. 105-121.

— *El Infanzón de Illescas y las comedias de Claramonte,* Kassel, Reichenberger/Universidad de Granada, 1990.

— *El teatro de Claramonte y «La Estrella de Sevilla»,* Kassel, Reichenberger, 1993.

CASA, Frank P., y MC GAHA, M. (eds.), *Editing the Comedia,* Michigan, Ann Arbor, Michigan Romance Studies, 1985.

CASALDUERO, J., «Contribución al estudio del tema de Don Juan en el teatro español», *Smith College Studies,* núm. 19, Madrid, Porrúa Turanzas, 1975.

CICOGNINI, G., *Il convitato di pietra,* Bolonia, Antonio Pissarri. Ejemplar en la B. N. de Madrid, R-13.498. Hay edición posterior muy asequible en G. Macchia (1966).

CLARAMONTE, A. de., *Comedias,* Murcia, Academia Alfonso X el Sabio, ed., int. y notas M. C. Hernández Valcárcel.

— *El burlador de Sevilla,* atribuido tradicionalmente a Tirso de Molina, Kassel, Reichenberger, 1987, ed. A. R. López-Vázquez.

— *La infelice Dorotea,* Londres, Tamesis Books, 1988, ed., int. y notas Charles F. Ganelin.

— *Tan largo me lo fiáis,* Kassel, Reichenberger, 1990. Edición y reconstrucción del texto A. Rodríguez López-Vázquez. [Reseña: Peter Evans, en *Bulletin of Hispanic Studies,* 1993, 2.]

— *El secreto en la mujer,* Londres, Tamesis Books, 1991, ed. Alfredo Rodríguez López-Vázquez.

— *La Estrella de Sevilla,* Madrid, Cátedra, 1991, ed., int. y notas Alfredo Rodríguez López-Vázquez.

— *El ataúd para el vivo y el tálamo para el muerto,* Londres/Madrid, Tamesis Books, 1993, ed., int. y notas Alfredo Rodríguez López-Vázquez.

— *El honrado con su sangre,* Kassel, Reichenberger, 1996, ed. Erasmo Hernández González.

CÓRDOVA y MALDONADO, A., *La vendetta nel sepolcro,* Nápoles, Liguori, 1990, ed. bilingüe a cargo de Piero Menarini.

COTARELO Y MORI, E., «Últimos estudios acerca de *El burlador de Sevilla»,* *RABM,* 18, Madrid, 1908.

CRUICKSHANK, D. W., «The First edition of *El burlador de Sevilla»,* *Hispanic Review,* 49, 1981, págs. 443-467.

— «Some notes on the printing of plays in seventeenth-century Seville», *The Library,* tomo XI, serie VI, 1989.

CZARNOCKA, H., «La figura del rey Don Pedro el Cruel en *Deste agua no beberé,* de Andrés de Claramonte», *RLA,* 4 (1992), págs. 415-422.

DE ARMAS, Frederick A., «A King is He... Séneca, Cobarruvias and Claramonte's *Deste agua no beberé*», *Neophilologus*, 743 (1990), págs. 374-382.

DE LOS REYES PEÑA, M., Véase BULAÑOS DONOSO, P.

DIECKMANN, F., *Die Geschichte Don Giovannis*, Fráncfort, Insel Verlag, 1991.

DOLFI, L. (ed.), *Immagine e rappresentazione*, secondo Colloquio internazionale con un appendice sul tema di Don Giovanni, Nápoles, Edizioni Scientifiche Italiane, 1991.

— «La fortuna del "Burlador de Sevilla": sobre el "Convitato di pietra" de Cicognini», *Estudios*, núm. 189-90, págs. 87-106 Madrid, 1995.

Dos versiones dramáticas primitivas del don Juan, Las (edición facsímil del *Tan largo me lo fiáis* y *El burlador de Sevilla)*, Madrid, Revista Estudios, 1988, ed. y numeración de Xavier A. Fernández.

DUBOIS, Claude-Gilbert, *Le baroque en Europe et en France*, París, PUF, 1995.

DUMOULLIÉ, C., *Don Juan ou l'héroïsme du Désir*, París, PUF, 1993.

EGIDO, A. (ed.), *Historia y crítica de la Literatura Española, 3.1. Siglos de Oro, Barroco, Primer Suplemento*, Barcelona, Crítica, 1992.

«El Mito de Don Juan», *Cuadernos de teatro clásico*, núm. 2, Madrid, 1988.

FARINELLI, A., *Don Giovanni*, Milán, Fratelli Bocca, 1946.

FERNÁNDEZ, Xavier A., «Una fuente portuguesa del *Tan largo me lo fiáis*», *Rev. Grial*, núm. 4, Vigo, 1966.

— «¿Cómo se llamaba el padre de Don Juan?» en *Revista de Estudios Hispánicos*, 3, 1969.

— «En torno al texto de *El burlador de Sevilla y Convidado de piedra*», *Segismundo*, 1969-71, número extraordinario.

FROLDI, R., *Lope de Vega y la formación de la comedia*, Madrid, Anaya, 1968.

FUCILLA, J. G., *«El convidado de piedra* in Naples in 1625», *Bulletin of the Comediantes*, 10, 1958.

Homenaje a Archer M. Huntington, Massachusets, Wellesley Col., 1952.

Homenaje a Alberto Porqueras, Kassel, Reichenberger, 1989.

LIDA DE MALKIEL, M. R., «Sobre la prioridad del *Tan largo me lo fiáis*», en *Estudios de Literatura española y comparada*, Buenos Aires, Eudeba, 1966.

Macchia, G., *Vita, Avventure e Morte di Don Giovanni,* Turín, Piccola Biblioteca Einaudi, 1977. [Trad. francesa: *Vie, Aventures et Mort de Don Juan,* París, Desjonquères, 1990.]

Márquez Villanueva, F., *Orígenes y elaboración de «El Burlador de Sevilla»,* Salamanca, Universidad, 1996 [reseña de Alfredo Rodríguez López-Vázquez, *Revista Teatro,* Universidad de Alcalá de Henares, 1999].

Maurel, S., *L'univers dramatique de Tirso de Molina,* Poitiers, Presses Universitaires, 1973.

Menarini, P., *Quante volte, Don Giovanni?* Bolonia, Atesa Editrice, 1984.

Molho, M., *Mitologías. Don Juan. Segismundo,* Madrid, Siglo XXI, 1993.

Morley, S. G., «The Use of Verse-Forms (Strophes) by Tirso de Molina», en *Bulletin Hispanique,* 1911, págs. 387-408.

Rodríguez López-Vázquez, A., *Andrés de Claramonte y «El burlador de Sevilla»,* Kassel, Reichenberger, 1987.

— «Catalinón, Gallardo, Pánfilo y la necedad de los graciosos», en *El ingenio cómico de Tirso de Molina* (véase Arellano, I., Oteiza, B., y Zugasti, M.), págs. 245-262.

— *Lope, Tirso, Claramonte,* Kassel, Reichenberger, 1999.

Rogers, D., «Fearful Simmetry: The ending of *El burlador de Sevilla»,* *Bulletin of Hispanic Studies,* núm. 41, 1964.

— *Tirso de Molina. «El burlador de Sevilla»,* Londres, Grant & Cutler, 1977.

Rousset, J., *Le Mythe de don Juan,* París, Armand Colin, 1978 [ed. española, México, FCE, 1984].

Ruano de la Haza, J. M., «La relación textual entre *El burlador de Sevilla* y *Tan largo me lo fiáis»,* en *Tirso de Molina: del Siglo de Oro al Siglo XX,* Madrid, *Revista Estudios,* 1995, págs. 283-295.

Ruiz Ramón, F., y Oliva, C. (eds.), *El mito en el teatro clásico español,* Madrid, Taurus, 1988.

— *Paradigmas del teatro clásico español,* Madrid, Cátedra, 1997.

Saíd Armesto, V., *La leyenda de Don Juan,* Madrid, Espasa-Calpe, col. Austral, 1943. [Madrid, Hernando, 1908.]

Schack, Adolfo Federico, conde de, *Historia de la Literatura y del Arte Dramático en España* (tomos I-V), Madrid, Tello, 1887, trad. y anejos Eduardo de Mier.

Schneider, M., *Don Juan et le procès de la séduction,* París, Aubier, 1994.

SLOMAN, A. E., «The two versions of *El burlador de Sevilla*», *BHS*, 42, 1965.

SOONS, A., «A Note on the Design of *El burlador de Sevilla*», *Archiv fürs das Studium der Neuren Sprachen*, 197, 1960-61.

SOUILLER, D., *Théâtre en Europe*, núm. 16, París, BEBA, dir. G. Strehler, febrero de 1988.

— *Tirso de Molina/«El Burlador de Sevilla»*, París, Klincksieck, 1993.

TER HORST, R., «The Loa of Lisbon and the Mythical sub-structure of *El burlador de Sevilla*», *BHS*, núm. 50, 1973.

«Tirso de Molina, Vida y obra», *Actas del I Symposium internacional*, Nueva York, 1984; *Revista Estudios*, Madrid, 1987 (edición parcial de las Actas).

«Tirso de Molina (Homenaje a)», *Actas del Congreso del IV Centenario Tirso, Revista Estudios*, Madrid, 1981.

TIRSO DE MOLINA, *El burlador de Sevilla y Convidado de piedra*, Nueva York, Charles Scribner's Son, 1969, ed. y notas Gerald E. Wade.

— *El burlador de Sevilla y Convidado de piedra*, Madrid, Alhambra, 1982, ed., y notas Xavier A. Fernández.

— y ZORRILLA, J., *El burlador de Sevilla. Don Juan Tenorio*, Madrid, Círculo de Lectores, 1990, ed. e intr. C. Romero, prólogo de F. Rico, «Don Juan, infierno y gloria», págs. 9-17.

— *El burlador de Sevilla*, Madrid, Espasa-Calpe, Nueva Col. Austral, 1994, ed. I. Arellano.

VAREY, J. E., *Cosmovisión y escenografía*, Madrid, Castalia, 1987.

WADE, G. E., y MAYBERRY, R. J., *«Tan largo me lo fiáis* and *El Burlador de Sevilla y el Convidado de piedra»*, *Bulletin of the Comediantes*, 14, 1962.

— «The Fernández edition of *Tan largo me lo fiáis*», *BCom*, 20, 1968.

— «Para una comprensión del tema de *Don Juan* y *El Burlador*», *RABM*, núm. 77, 1974.

— *El burlador de Sevilla*, Madrid, Alianza, 1999, ed. y notas Héctor Brioso.

WARDROPPER, B. W., «El tema central de *El burlador de Sevilla*», *Segismundo*, 17-18, 1973.

WEIMER, C. B., «Invisibility as *Pharmakon:* Derrida and Claramonte's *El Rey Don Pedro en Madrid*», *RLA*, 4 (1992), págs. 641-645.

El burlador de Sevilla
o
El convidado de piedra

Interlocutores

BEZÓN-ROQUE

LOA CON QUE EMPEZÓ EN LA CORTE ROQUE DE FIGUEROA

Luis Quiñones de Benavente

(Aparece Roque *sentado en una silla durmiendo, y* Bezón *en un bofetón hablándole, y él respondiéndole entre sueños.)*

Bezón

Despierta, Roque, despierta.

Roque

¿Quién eres, sombra o fantasma?

Bezón

Ni soy fantasma ni sombra.

Roque

Pues paréceslo en la cara.

Acotación inicial: bofetón: «tramoya de teatro que se funda en un quicio como de puerta y que al girar hace aparecer o desaparecer ante los espectadores personas u objetos» *(Dicc. Autoridades).*
2-11. Entre estos dos versos reaparece el verso 2527 del *Burlador:* Sombra, fantasma o visión.

Dormiente sobredorado,   5
cidra gruesa valenciana,
autor de barba pajiza
como pastoril cabaña,
escúchame.

ROQUE

        Pues, ¿quién eres,
que de esa suerte me tratas?   10

BEZÓN

Soy visión, digo Bezón.

ROQUE

Pues visión o Bezón, habla.

BEZÓN

¿Sabes dónde estás ahora?

ROQUE

Representando las Pascuas
con toda mi compañía   15
en Alcalá.

BEZÓN

        Pues te engañas,
que no estás sino en la corte,

---

6. *cidra:* «Tiene virtud contra veneno; y este árbol tiene juntamente un fruto maduro, otro verde, y otro en flor. Es de perpetuo verdor, de mucha fragancia y hermosísima vista. Hácense de la cidra diversas conservas, como diacitrón, cidrada, costrada, jalea del agro, gran remedio contra la peste.» *(Cobarruvias.)*

de nobleza mundi-mapa,
que esotro de mapa-mundi
es hablilla muy usada.   20

¿En Madrid, dices que estoy?

Y no menos que en las tablas
del más insigne teatro
que ha ocasionado la fama,
en poder de cobradores   25
que están siempre como urracas,
sin saber otro vocablo,
diciéndonos: «paga, paga».
Y luego, para embestirte,
detrás de la puerta aguardan   30
tres autores campesinos,
pues en sus nombres se hallan
Prados, Robles y Romeros;
y tras ellos, diz que baja
el rayo de la comedia,   35
el autor de más pujanza,
gran Turco, Andrés de la Vega,
y Amarilis, gran Sultana;
el que pujando corrales
se ha introducido en la danza   40

---

33. Alusión a tres célebres *autores* de la época. A la compañía de Antonio
de Prado, como a la de Roque de Figueroa, le escribió también Quiñones de
Benavente una loa similar a ésta, recogida por Hannah E. Bergman en su edición de *Entremeses* (Madrid, Anaya, 1968) en donde se cita precisamente a Bar-
tolomé Romero y a Roque de Figueroa: «porque, ¿qué suceso espero / compi-
tiendo con Romero, / donde el gran Roque madruga?» (vv. 202-4). El chiste
vegetal sobre «prados, robles y romeros» apoya la broma sobre «autores campesinos».

37-38. Amarilis, por nombre María de Córdova, es la esposa de Andrés de
la Vega, y dirigió compañía, propia.

de arrendador, aunque yo
no le arriendo la ganancia.

ROQUE

¿Cómo puede ser, si he puesto
carteles esta mañana
por las calles de Alcalá,   45
y mi compañía estaba
no ha media hora ensayando?

BEZÓN

Autor dormilón, repara
que aquí está tu compañía.

(Sale ARIAS.)

Éste que miras, ¿no es Arias,   50
de los versos nueva vida
y de las acciones alma?

(Sale LORENZO HURTADO.)

¿No es Lorenzo el que le sigue,
parte de tanta importancia
que para hacer los segundos   55
sólo la humildad bastara?

(Sale PÉREZ.)

Éste, ¿no es Pérez, famoso
por la voz y por la barba,
excediéndose a sí mismo
cuando representa o canta?   60

(Sale PERNÍA.)

¿No es Pernía éste que sale,
que representa, que baila,
que hace versos, que remedia,
si sucede una desgracia,
doce o diez y seis colunas   65
de la noche a la mañana?

(Sale LUIS DE CISNEROS.*)*

Éste, ¿no es Cisneros, que hace
segundos viejos, que andan
aquí como cartas de Indias,
con las barbas duplicadas?   70

(Salen PEDRO DE CONTRERAS *y el muchacho.)*

Éste, ¿no es Pedro Contreras
con el muchacho, que canta,
si no lo mejor del orbe,
de lo mejor que en él se halla?

(Sale HERRERA, *músico famoso.)*

¿No es Herrera éste que viene,   75
músico nuevo en las tablas,
mas tan diestro, que se duda
quién más la letra declara,
o en la garganta la voz
o en la mano la guitarra?   80

(Sale JUAN LÓPEZ.*)*

Éste, ¿no es el gran Juan López,
el de las bellidas barbas,
sobre quien ha echado el tiempo
un mosqueadillo de canas?

---

61. Aunque no hay tilde en los textos de la época, la medida del octosílabo revela que este apellido se pronuncia como trisílabo.

(Sale MIGUEL JERÓNIMO.)

    Éste, ¿no es Miguel Jerónimo   85
que tiene, si baila o danza,
en las castañetas lengua,
y en los pies ligeras alas?

(Sale ISABEL *la Velera.)*

    Aquésta, ¿no es Isabel,
que hace las primeras damas,   90
alias la Velera, que
sale encogida y turbada,
temblando como si hubieran
dádole algunas tercianas?

(Sale ANA MARÍA.)

    La hija del lapidario   95
¿no es ésta, que un par de cartas
trae de recomendación
en los años y en la cara?

(Sale DOÑA FRANCISCA.)

    ¿No es ésta doña Francisca,
mujer de Lorenzo, dama   100
que no pierde sus papeles
ni por brío ni por galas?

(Sale ANA MARÍA.)

    Aquésta, ¿no es la Bezona,
que está, con certeza tanta,
tocada a mi original,   105
que tiene mis propias gracias?
Pues no dudes de que estás
en Madrid; y si no basta,
sacaré al apuntador,

(Sale el apuntador.)

al que los carteles planta   110

(Sale con una pala.)

al guardarropa, al que cobra

(Salen el guardarropa y cobrador.)

y a todas las zarandajas

(Salen los mozos unos tras otros.)

que hay debajo del tablado,
de criados, hato y arcas.
Míralos qué temerosos   115
están, qué sin confianza
de saber cuán poderosa
está la parte contraria;
que si ensalcé su humildad
con algunas alabanzas   120
más por animarlos fue,
que porque en ellos se hallan.
¡Ea, Roque, dormitorio,
ea, no temas, levanta,
que un pasito de dormido   125
en cualquiera parte encaja.
Pide perdón al senado;
que yo, aunque no me lo mandas,
me arrugo: *quam mihi et vobis*,
risa aquí y después ganancia.   130

(Desaparece BEZÓN *y despierta* ROQUE.)

ROQUE

¡Espera, ilusión, espera!
¡Aguarda, Bezón, aguarda!

¡Válgame Dios! ¿Dónde estoy?
Mas, ¿qué dudo, si en las alas
de mi deseo he venido,   135
Madrid, a besar tus plantas?
Era tanto, corte insigne,
lo que venir deseaba,
que aun pienso que estoy soñando
gloria tal y dicha tanta.   140
Amparad mi compañía
por su humildad tan preciada
de vuestra, que sólo estriba
en eso su confianza.
Que si alabándola quiso   145
Bezón usar de su gracia,
cuanto merecen es sueño,
cuanto pueden, cuanto alcanzan,
que sólo la voluntad
de serviros no es soñada.   150
Yo cuanto soy, cuanto valgo,
con la vida, con el alma,
a vuestras plantas ofrezco.
¿Qué os ofrezco a vuestras plantas?
En la tierra y polvo humilde   155
donde vuestros pies se estampan
pondré mi boca mil veces,
Corte ilustre, común patria
de todos los afligidos
que humildes de vos se amparan.   160
Madrid, ya estoy en mi centro,
que en esta ausencia tan larga
¡qué trabajos no he pasado
en la bolsa y en la fama
hasta venir a deciros   165
(Dios guarde, amén, mi garganta)
que me habían ahorcado!
Y ahora, cuantos me hablan
dicen que les debo llantos,
responsos y misas de alma,   170
pésames, Ave-Marías,

oraciones y plegarias.
Y a todos pienso pagar.
(¡Así mis deudas pagara
que yo estuviera en la Iglesia   175
rezando treinta semanas!)
En relación me ahorcaron;
no fueron nuevas muy falsas,
porque, ¿qué más ahorcado
que un autor que está sin blanca?   180
Sabios y críticos bancos,
gradas bien intencionadas,
piadosas barandillas,
doctos desvanes del alma,
aposentos, que callando   185
sabéis suplir nuestras faltas;
infantería española,
porque ya es cosa muy rancia
el llamaros mosqueteros;
damas, que en aquesa jaula   190
nos dais con pitos y llaves
por la tarde alboreada;
a serviros he venido.
Seis comedias estudiadas
traigo, y tres por estudiar,   195
todas nuevas. Los que cantan
letras y bailes famosos,
aunque acá dicen que bailan
a cuarenta, y que bailando
corren toros, juegan cañas,   200
los que traigo son de a ocho;
y si más gente os agrada
vive Dios que baile yo,
porque de más importancia
es hacer lo que mandáis   205
que los silbos que me aguardan.

---

200. «Correr toros» es la forma habitual de la época para «lidiar». En *El burlador* se hace un juego de palabras sobre el participio *«corrido»*, aludiendo a los cuernos del toro/marido, por Batricio.

Entremeses también traigo,
aunque hay pocos que los hagan,
y el que más suele escribirlos
anda mendigando gracias.   210
Con amor vengo y sin fuerzas,
perdonad yerros y faltas,
que los hechos por amores
perdón merecido alcanzan.

EL BVRLADOR DE SEVILLA,
y combidado de piedra.

COMEDIA
FAMOSA.

DEL MAESTRO TIRSO DE MOLINA.

Reprefentòla Roque de Figueroa.

Hablan en ella las perfonas figuientes.

Don Diego Tenorio viejo.	Fabio criado.
Don Iuan Tenorio fu hijo.	Ifabela Duquefa.
Catalinou lacayo.	Tisbea pefcadora.
El Rey de Napoles.	Belifa viliana.
El Duque Oſtauio.	Anfriso pefcador.
Don Pedro Tenorio.	Coridon pefcador.
El Marquès de la Mota.	Gafeno labrador.
Don Gonçalo de Vlloa.	Patricio labrador.
El Rey de Caſtilla.	Ripio criado.

IORNADA PRIMERA.

Salen don Iuan Tenorio, y Ifabela Duquefa.

Iſab. Duque Oᵗauio, por aqui
podràs ſalir mas ſeguro.

d.Iu. Duqueſa, de nueuo os iuro
de cumplir el dulce ſi.

Iſa. Mis glorias, ſeràn verdades
promeſas, y ofrecimientos,

K　regalos

Hablan en ella las personas siguientes

EL REY DE CASTILLA
DON GONZALO DE ULLOA
EL EMBAJADOR DON PEDRO TENORIO
DON JUAN TENORIO
[DON DIEGO TENORIO, VIEJO]
CATALINÓN
TISBEA
BATRICIO
EL DUQUE OCTAVIO
EL MARQUÉS DE LA MOTA
ISABELA, DUQUESA.
ARMINTA
BELISA
DOÑA ANA
EL REY DE NÁPOLES
CORIDÓN
GASENO
ANFRISO
RIPIO
GUARDAS, LABRADORES Y CRIADOS

El burlador de Sevilla
y convidado de piedra

JORNADA PRIMERA

(Salen Don Juan Tenorio, *e* Isabela, *duquesa.)*

ISABELA

Duque Octavio, por aquí
podrás salir más seguro.

Don Juan

Duquesa, de nuevo os juro
de cumplir el dulce sí.

ISABELA

[Mi gloria], ¿serán verdades   5
promesas y ofrecimientos,

---

5. En *B*, el verso es *mis glorias, serán verdades.* La corrección en *Mi gloria, ¿serán verdades?,* propuesta por Alpern y Martel ha sido aceptada casi de forma unánime por los distintos editores. Está apoyada por el uso de esa misma expresión en boca de doña Ana en el segundo acto: «Traerás, mi gloria, por señas de Leonorilla y las dueñas...» Más debate hay sobre si se debe enmendar la frase siguiente dándole sentido interrogativo.

regalos y cumplimientos,
voluntades y amistades?

DON JUAN

Sí, mi bien.

ISABELA

Quiero sacar
una luz.

DON JUAN

Pues, ¿para qué?   10

ISABELA

Para que el alma dé fe
del bien que llego a gozar.

DON JUAN

Mataréte la luz yo.

ISABELA

¡Ah, cielos! ¿Quién eres, hombre?

DON JUAN

¿Quién soy? Un hombre sin nombre.   15

---

12. Nos atenemos a la *princeps*, frente a una enmienda habitual que transforma el presente en pasado *que llegó a gozar*. El argumento de apoyo para mantener el texto de la *princeps* es que el pasaje correspondiente del *Tan largo*, con
distinto texto, mantiene el presente: *sacaré / una luz para que dé / de la ventura
que gano / fe*.

ISABELA

¿Que no eres el Duque?

DON JUAN

No.

ISABELA

¡Ah de Palacio!

DON JUAN

Detente,
dame, Duquesa, la mano.

ISABELA

¡No me detengas, villano!
¡Ah del Rey! ¡Soldados, gente!   20

(Sale EL REY DE NÁPOLES *con una vela en un candelero.)*

REY

¿Qué es esto?

ISABELA

¡Favor! ¡Ay, triste,
que es el Rey!

REY

¿Qué es?

21-22. En la *princeps* el primer verso tiene medida incorrecta: REY: *Que es esto?* ISABEL: *¡El Rey, ay triste!* REY: *Quien eres?* DON JUAN: *Quien ha de ser.*

Don Juan

¿Qué ha de ser?
Un hombre y una mujer.

Rey

Esto en prudencia consiste.
¡Ah de mi guarda! Prendé   25
a este hombre.

Isabela

¡Ay, perdido honor!

(Vase Isabela. *Sale* Don Pedro Tenorio, *embajador de España, y* Guarda.*)*

Don Pedro

¿En tu cuarto, gran señor,
voces? ¿Quién la causa fue?

Rey

Don Pedro Tenorio, a vos
esta prisión os encargo.   30
Si ando corto, andad vos largo:
· mirad quién son estos dos.
Y con secreto ha de ser,
que algún mal suceso creo;
porque si yo aquí los veo   35
no me queda más que ver.

(Vase.)

---

31. En la *princeps: siendo corto, andad vos largo.* Corrijo según el texto de *TL*,
con la idea «si yo me quedo corto (por no averiguarlo), averiguadlo vos».

DON PEDRO

Prendedle.

DON JUAN

¿Quién ha de osar?
Bien puedo perder la vida,
mas ha de ir tan bien vendida
que a alguno le ha de pesar.   40

DON PEDRO

Matadle.

DON JUAN

¿Quién os engaña?
Resuelto en morir estoy,
porque caballero soy.
[el] Embajador de España
llegue solo, que ha de ser   45
[él] quien me rinda.

43-44. En *B*: *porque caballero soy / del embajador de España*, sorprendente desde el punto de vista de la lógica escénica, ya que Don Juan estaría así desve-
lando su identidad, precisamente lo contrario de lo que está haciendo en la escena. Corrijo según el texto de *Tan largo*, como hacen casi todos los editores.
Se entiende, según esta enmienda, que el error textual de la *princeps* (transfor-
mar *El* en *del*) ha sido producido por confusión de una *E* mayúscula leída
como *de*. Fray Luis Vázquez propone, para mantener el verso de la *princeps*,
introducir una coma, y leer: «*Resuelto en morir estoy, / porque caballero soy, / del
Embajador de España*», proponiendo que interpretemos que *del Embajador* tiene el valor de *a manos del Embajador de España*. Es difícil aceptar esta interpretación si no se pone algún ejemplo en alguna comedia, sea o no de Tirso, en
que se dé este uso.

45-46. La *princeps* viene así: *llegue, que solo ha de ser / quien me rinda*. DON PE-
DRO: *Apartad*. En *Tan largo* el texto es: *El Embajador de España / llegue solo, que
a él no más, / pues es forzoso el morir, / mi espada quiero rendir*. El sentido del fragmento según *TL* está clarísimo; en la *princeps* no sabemos si ha habido una
reelaboración textual o una mala transmisión que altera el fragmento. El verso 46
es un heptasílabo, por lo que la solución más aceptada es enmendar el *llegue*,

DON PEDRO

          Apartad.
A ese cuarto os retirad
todos con esa mujer.

ISABELA

Diré quién soy; mas mi agravio
a voces dirá quién soy,   50
pues hoy sin honor estoy
y estoy sin el Duque Octavio.

(Vanse.)

Ya estamos solos los dos.
Muestra aquí tu esfuerzo y brío.

DON JUAN

Aunque tengo esfuerzo, tío,   55
no le tengo para vos.

DON PEDRO

Di quién eres.

---

que solo de la *princeps,* por el orden normal de *TL: llegue solo, que.* La sílaba que
falta para completar el octosílabo en el verso 46 se rescata desde el mismo texto de *TL: que a él no más.* Proponemos, pues: *[él] quien me rinda.* DON PEDRO:
Apartad. La implicación de todo esto es que el texto que corresponde a Don
Juan en la *princeps* es un texto que contiene varias imprecisiones (cambios de
orden sintáctico, pérdida de sílabas), cosa que es continua a todo lo largo
de la obra, y que avala la hipótesis Farinelli-Rogers, con la precisión de que entre los actores que recuperan el grueso de la obra no se encontraba el que hacía
el papel de Don Juan. De todos modos el texto ha tenido que ser reelaborado,
bien por el propio autor, bien por un versificador muy hábil (Pedro de Pernía
en la compañía de Roque de Figueroa), ya que la redondilla se modifica, pero
se mantienen íntegros dos versos que dice Don Pedro («Todos con esa mujer / a
ese cuarto os retirad» *(TL),* «A ese cuarto os retirad / todos con esa mujer» *(B),*
pero cambiando su orden para rehacer las réplicas de Don Juan y de Isabela.

DON JUAN

Ya lo digo:
tu sobrino.

DON PEDRO

¡Ay, corazón,
que temo alguna traición!
¿Qué es lo que has hecho, enemigo?   60
    ¿Cómo estás de aquesta suerte?
Dime presto lo que ha sido.
¿Desobediente, atrevido!
¡Estoy por darte la muerte!
    Acaba.

DON JUAN

    Tío y señor,   65
mozo soy y mozo fuiste;
y, pues que de amor supiste,
tenga disculpa mi amor.
    Y, pues a decir me obligas
la verdad, oye y diréla: 70
yo engañé y gocé a Isabela,
la duquesa.

DON PEDRO

    No prosigas,
tente. ¿Cómo la engañaste?
Habla quedo [o] cierra el labio.

---

74. En *BP, habla quedo y cierra el labio.* Cotarelo y A. Castro enmendaron en
Habla quedo [o] cierra el labio, a la vista de la incongruencia, ya que *cerrar el labio* es «callar», como demuestran las citas de la época, p. ej.: Ruiz de Alarcón,
El desdichado en fingir: «Inés.— Yo si quieres... Ardenio.— Cierra el labio.» Sin
embargo, «hablar quedo» es «hablar bajito», como en Rojas Zorrilla: «Hablad

171

Don Juan

Fingí ser el Duque Octavio.   75

Don Pedro

No digas más, calla, baste.
    Perdido estoy si el Rey sabe
este caso. ¿Qué he de hacer?
Industria me ha de valer
en un negocio tan grave.   80
    Di, vil: ¿no bastó emprender,
con ira y fiereza extraña
tan gran traición en España
con otra noble mujer,
    sino en Nápoles también,   85
y en el Palacio Real
con mujer tan principal?
¡Castíguete el Cielo, amén!
    Tu padre desde Castilla
a Nápoles te envió,   90
y en sus márgenes te dio
tierra la espumosa orilla
    del mar de Italia, atendiendo
que el haberte recibido
pagaras agradecido.   95
¡Y estás su honor ofendiendo,
    y en tan principal mujer!
Pero en aquesta ocasión

---

quedo, y ved que...» *Entre bobos anda el juego*, v. 1203. Xavier A. Fernández, afín a la *princeps* mantiene el texto proponiendo que significa «habla en voz baja y con los labios entreabiertos». A la vista de que no hay ninguna cita en donde *cierra el labio* valga por «entreabrirlo», creo que es más sensato aceptar la enmienda de Cotarelo, viendo aquí un error de transmisión de *BP*, frecuentes en el episodio de Nápoles.

82. En *B*, «con ira y fuerça estraña». Falta una sílaba. Se puede enmendar presuponiendo la omisión de un *con*, solución seguida ya en el siglo XVII por los editores de las *abreviadas*. Sin embargo, el propio texto del *Burlador* ofrece más adelante «con ira y fiereza estraña».

nos daña la dilación.
Mira qué quieres hacer.   100

DON JUAN

No quiero daros disculpa,
que la habré de dar siniestra;
mi sangre es, señor, la vuestra,
sacadla, y pague la culpa.
        A esos pies estoy rendido,   105
y ésta es mi espada, señor.

DON PEDRO

Álzate y muestra valor,
que esa humildad me ha vencido.
        ¿Atreveráste a bajar
por ese balcón?

DON JUAN

                Sí atrevo,   110
que alas en tu favor llevo.

---

104. En la *princeps* viene *sacalda*, con metátesis frecuente, que prefiero modernizar, al no haber problemas de rima. La idea del verbo alude contextualmente a «sacad la (espada)», aunque fray Luis Vázquez sugiere que se trata de «sacad la sangre». Su argumento es que la expresión sería un ejemplo de zeugma, y que los zeugmas son muy típicos de Tirso. Sólo falta probar que Tirso tenga algo que ver con esta obra. A cambio, la expresión «sacadla» aludiendo a la espada sí aparece profusamente en las comedias de la época.

110. *Sí atrevo.* El verbo en forma no pronominal, frente al uso atestiguado. No hay verso alternativo en *TL.* Según A. Castro, la omisión del pronombre complemento es admisible en el XVII, cosa que es exacta para algunos verbos que alternan uso pronominal y no pronominal. Fray Luis Vázquez para apoyar esta lectura discutible de la *princeps,* dice: «En Tirso es intencionada, abreviando la expresión para ceñirla al verso. Es una de sus numerosas libertades lingüísticas, comp. «Sosiégate. —Ya sosiego.» *(Escarmientos para el cuerpo,* II, 3). Este ejemplo aducido por Vázquez es desafortunado por dos razones: el verbo *sosegar* no es el verbo *atrever;* y *Escarmientos para el cuerpo* es de atribución muy dudosa. Muchos tirsistas consideran que no es del mercedario. Parece más sensato asumir el texto de la *princeps* como una peculiaridad de estilo del responsable de la transmisión (Bezón/Pernía/Figueroa), más que del autor de la obra.

DON PEDRO

Pues yo te quiero ayudar.
  Vete a Sicilia o Milán,
donde vivas encubierto.

DON JUAN

Luego me iré.

DON PEDRO

¿Cierto?

DON JUAN

                    Cierto.   115

DON PEDRO

Mis cartas te avisarán
  en qué para este suceso
triste, que causado has.

DON JUAN [*Aparte.*]

(Para mí alegre, dirás.)
Que tuve culpa confieso.   120

DON PEDRO

  Esa mocedad te engaña.
Baja por ese balcón.

DON JUAN

Con tan justa pretensión
gozoso me parto a España.

(Vanse y sale EL REY.*)*

Envidian las coronas de los reyes   125
los que no saben la pensión que tienen,
y mil quejas y lástimas previenen
porque viven sujetos a sus leyes.

Pero yo envidio los que guardan bueyes
y en cultivar la tierra se entretienen,   130
que aunque de su trabajo se mantienen,
ni agravios lloran, ni gobiernan greyes.

Porque aunque con más ojos que Argos vivan,
y miren por la espalda y por el pecho,
los reyes no proceden como sabios   135
si del oír, con el mirar se privan:
que un rey siempre ha de estar orejas hecho,
oyendo quejas y vengando agravios.

(Sale Don Pedro Tenorio.)

Don Pedro

Ejecutando, señor,
lo que mandó Vuestra Alteza,   140
el hombre...

Rey

¿Murió?

Don Pedro

Escapóse
de las cuchillas soberbias.

125-138. Este soneto sólo está en *TL*. La explicación de que haya desaparecido de *B* tiene que ver, seguramente, con su carácter de personaje secundario y la dificultad para un remodelador de inventarse un soneto íntegro, que no es lo mismo que rellenar una tirada en romance. No tiene sentido pensar que en el supuesto original perdido no existía el soneto, y que el supuesto refundidor de *TL* se tomó el trabajo de inventarlo.

¿De qué forma?

Don Pedro

     De esta forma:
aún no lo mandaste apenas,
cuando sin dar más disculpa   145
la espada en la mano aprieta,
revuelve la capa al brazo,
y con gallarda presteza,
ofendiendo a los soldados
y buscando su defensa,   150
viendo vecina la muerte,
por el balcón de la huerta
se arroja desesperado.
Siguióle con diligencia
tu gente. Cuando salieron   155
por esa vecina puerta,
le hallaron agonizando
como enroscada culebra.
Levantóse, y al decir
los soldados «¡Muera, muera!»,   160
bañado de sangre el rostro,
con tan heroica presteza
se fue, que quedé confuso.
La mujer, que es Isabela,
que para admirarte nombro,   165
retirada en esa pieza
dice que fue el Duque Octavio
quien, con engaño y cautela
la gozó.

Rey

¿Qué dices?

DON PEDRO

                    Digo
lo que ella propia confiesa.   170

REY

¡Ah, pobre honor! Si eres alma
del hombre, ¿por qué te dejan
en la mujer inconstante,
si es la misma ligereza?
¡Hola!

(Sale un criado.)

CRIADO

        Gran señor...

REY

                    Traed   175
delante de mi presencia
esa mujer.

DON PEDRO

            Ya la guardia
viene, gran señor, con ella.

(Trae la guardia a ISABELA.)

ISABELA

¿Con qué ojos veré al Rey?

REY

Idos, y guardad la puerta   180
de esa cuadra. Di, mujer,

¿qué rigor, qué airada estrella
te incitó, que en mi palacio,
con hermosura y soberbia
profanastes sus umbrales?   185

ISABELA

Señor...

REY

Calla, que la lengua
no podrá dorar el yerro
que has cometido en mi ofensa.
¿Aquél era el Duque Octavio?

ISABELA

Sí, señor.

REY

No importan fuerzas,   190
guardas, criados, murallas,
fortalecidas almenas
para Amor, que la de un niño
hasta los muros penetra.
Don Pedro Tenorio, al punto   195

---

185. En *B, profanases,* con un subjuntivo incorrecto sintácticamente («te incitó que profanases»). Parece más lógico enmendar rescatando una *t* que permite mantener el modo indicativo en su forma popular *-astes.*

190. En *B. Señor... REY. No importan fuerzas.* Hasta fray Luis Vázquez admite que el verso es métricamente incorrecto, frente a la variante *Sí, señor,* facilitada por el texto de *TL.* Hartz., seguido por A. Castro, añade un «*Que*» inicial,
XAF enmienda en «*Gran* señor», avalado por otros pasajes del episodio, donde éste es el tratamiento. Fray Luis Vázquez prefiere aportar de su cosecha,
con una reduplicación: «No, no señor.» Si *TL* da la medida correcta, como
tantas veces, no hay por qué desdeñar su lectura.

193. *Que la de un niño.* El referente del pronombre *la* es «la fuerza», mencio-
nada en el verso 190.

a esa mujer llevad presa
a una torre, y con secreto
haced que al Duque le prendan,
que quiero hacer que le cumplan
la palabra o la promesa.   200

ISABELA

Gran señor, volvedme el rostro.

REY

Ofensa a mi espalda hecha
es justicia y es razón
castigarla a espalda vuelta.

(Vase el REY.*)*

DON PEDRO

Vamos, Duquesa.

ISABELA

                    Mi culpa   205
no hay disculpa que la venza.

(Aparte.)

(Mas no será el yerro tanto
si el Duque Octavio lo enmienda.)

208-216. Estos versos no están en *BS*, que termina abruptamente la situación. Los rescato de *TL*, a la vista de los problemas de transmisión de *B* en las
escenas donde está Isabela. Los apartes de ambos personajes ilustran sobre su
psicología.

DON PEDRO

Vamos, señora.

ISABELA

(Aparte.)

(¡Ay Amor,
ya que me engañaste a ciegas,   210
en este engaño me ayuda
y en esta traición me esfuerza!)

DON PEDRO

(Aparte.)
(Si puedo, yo haré que al Duque
le disculpe su inocencia,
y que don Juan, mi sobrino,   215
se case con Isabela.)

(Vanse, y sale el DUQUE OCTAVIO, *y* RIPIO, *su criado.)*

RIPIO

¿Tan de mañana, señor,
te levantas?

OCTAVIO

No hay sosiego
que pueda apagar el fuego
que enciende en mi alma Amor,   220
porque como al fin es niño,
no apetece cama blanda
entre regalada holanda

209-216. La réplica inicial de Don Pedro y los dos apartes de ambos personajes no están en *B*, que termina la escena abruptamente. Sigo aquí a *TL*, que
aclara los propósitos de Don Pedro e Isabela.

cubierta de blanco armiño;
   acuéstase, no sosiega,   225
siempre quiere madrugar
por levantarse a jugar,
que, al fin, como niño, juega.
   Pensamientos de Isabela
me tienen, amigo, en calma,   230
que, como vive en el alma,
anda el cuerpo siempre en [vela],
   guardando, ausente y presente,
el castillo del honor.

RIPIO

Perdóname, que tu amor   235
es amor impertinente.

OCTAVIO

¿Qué dices, necio?

RIPIO

           Esto digo,
impertinencia es amar
[así]. ¿Quieres escuchar?

---

232. En *B*, *anda el cuerpo siempre en pena*, con manifiesto error de rima. Hartzenbusch vio la rima correcta Isabela/vela y enmendó en consecuencia. Un
ejemplo del poco esmero de la *princeps* y de que se trata de un texto que, en el
episodio de Nápoles, es de mano ajena al autor.

239. En *B. como amas. Quieres escuchar?* El verso es de nueve sílabas, y se suele enmendar recurriendo a sustituir *quieres* por el vulgarismo *quies*, que sería un
hapax en esta obra. Conviene decir aquí que en *TL* la escena inicial entre Octavio y su criado, hasta la llegada del embajador, tiene cuatro réplicas. La inicial del criado es coincidente en ambas versiones; la primera de Octavio es
muy distinta: 13 versos y medio en *TL* y 16 en *B*, que sólo coinciden en el medio verso inicial de la réplica. La segunda réplica del criado tiene 12 versos en
TL, y la respuesta de Octavio, 8. De esta escena de 4 réplicas con un total de 35
versos, pasamos en *BS* a una de 52 versos en donde el criado tiene ya nom-

Prosigue, [di.]

RIPIO

      Ya prosigo.   240
¿Quiérete Isabela a ti?

OCTAVIO

¿Eso, necio, has de dudar?

RIPIO

No, mas quiero preguntar.
Y tú, ¿no la quieres?

OCTAVIO

Sí.

RIPIO

Pues, ¿no seré majadero,   245
y de solar conocido,
si pierdo yo mi sentido
por quien me quiere y la quiero?
    Si ella a ti no te quisiera
fuera bien el porfialla,   250

---

bre, Ripio, y locuacidad: 7 réplicas frente a 2, y 31 versos frente a 13,5. Parece claro que ha habido una remodelación. Entiendo que la medida errónea del verso inicial delata la remodelación de mano ajena al autor. La tarea de enmendar el verso es entonces técnica. No se trata de encontrar el texto perdido, sino de corregir a un remodelador descuidado.

240. También aquí la *princeps* contiene un error métrico *(Prosigue. Ya prosigo)*, asumido incluso por fray Luis Vázquez, que aquí no puede recurrir a la dialefa y enmienda proponiendo «Prosigue ya. Ya prosigo». XAF enmienda en «Prosigue pues».

regalalla y adoralla,
y aguardar que se rindiera.
    Mas, si los dos os queréis
con una misma igualdad,
dime, ¿hay más dificultad   255
de que luego os desposéis?

OCTAVIO

    Eso fuera, necio, a ser
de lacayo o lavandera
la boda.

RIPIO

        Pues, ¿es quienquiera
una lavandriz mujer   260
lavando y fregatizando,
defendiendo y ofendiendo,
los paños suyos tendiendo,

---

257. Por segunda vez Octavio trata de *necio* a su criado, cosa que no sucede en el texto alternativo del *Tan largo*. Lo interesante es que los versos no están en las *abreviadas*. Cabe pensar en una supresión de censura editorial, si la primera abreviada ha sido obtenida a partir de la *princeps;* pero también puede ser una morcilla de la compañía de Roque de Figueroa. En el pasaje original de *TL* el criado, que todavía no tiene nombre propio, no se permite este tipo de bromas con alusiones procaces.

261. *fregatizando.* Los partidarios de la atribución a Tirso ponen esta palabra como ejemplo de la creatividad lingüística del mercedario; sin embargo, *fregatriz* ya está en las *Novelas ejemplares* de Cervantes (1613), y en *La Católica princesa Leopolda,* de Claramonte, con manuscrito en 1612; la formación verbal con el sufijo -*izar* es típica de la época, no de un autor concreto. La formación jocosa con el sufijo -*iz* está muy lejos de ser típica de Tirso, p. ej., «he visto por estos ojos pecatrices», en el *Quijote* de Avellaneda, cap. XXII, o «las amistades de las pecatrices» en el *Entremés de las Gorronas* (Anónimo, Ms. BN 15603, publicado por Cotarelo, vol. 1, pág. 91). No es la única coincidencia de estilo con el texto de *BP*. Compárese «Que sois toro / pues os vengáis en la capa». El entremés tiene cierto sabor a Quiñones de Benavente, proveedor de entremeses para las compañías de la época, y tal vez origen de los préstamos o añadidos cómicos en *BS*. No estoy sosteniendo que Quiñones intervenga en la transmisión, sino que cómicos como Bezón han podido incorporar a su personaje pequeños chistes sacados de obras de Quiñones.

regalando y remendando?
Dando dije, porque al dar   265
no hay cosa que se le iguale,
y si no, a Isabela dale,
a ver si sabe tomar.

(Sale un CRIADO.*)*

CRIADO

El embajador de España
en este punto se apea   270
en el zaguán, y desea,
con ira y fiereza extraña,
    hablarte, y si no entendí
yo mal, entiendo es prisión.

OCTAVIO

¿Prisión? Pues, ¿por qué ocasión?   275
Decid que entre.

(Entra DON PEDRO TENORIO *con* GUARDAS.*)*

DON PEDRO

Quien así
con tanto descuido duerme
limpia tiene la conciencia.

OCTAVIO

Cuando viene Vuexcelencia
a honrarme y favorecerme,   280
no es justo que duerma yo.

276-8. ¿Cómo interpretar esta réplica irónica de Don Pedro? Él sabe que
Octavio es inocente y pese a ello va a acusarlo.

Velaré toda mi vida.
¿A qué y por qué es la venida?

DON PEDRO

Porque aquí el rey me envió.

OCTAVIO

Si el rey, mi señor, se acuerda   285
de mí en aquesta ocasión,
será justicia y razón
que por él la vida pierda.
Decidme, señor, qué dicha
o qué estrella me ha guiado,   290
que de mí el rey se ha acordado.

DON PEDRO

Fue, duque, vuestra desdicha.
Embajador del rey soy,
de él os traigo una embajada.

OCTAVIO

Marqués, no me inquieta nada.   295
Decid, que aguardando estoy.

DON PEDRO

A prenderos me ha enviado
el rey. No os alborotéis.

OCTAVIO

¿Vos por el rey me prendéis?
Pues, ¿en qué he sido culpado?   300

Mejor lo sabéis que yo,
mas, por si acaso me engaño,
escuchad el desengaño
y a lo que el rey me envió:
  Cuando los negros Gigantes,   305
plegando funestos toldos
ya del crepúsculo huían,
unos tropezando en otros,
estando yo con su Alteza
tratando ciertos negocios   310
—porque Antípodas del Sol
son siempre los poderosos—
voces de mujer oímos,

---

305. Este verso es coincidente en *BS* y *TL*, y comienza un romance en *o-o; TL* nos da un romance de 52 versos, más 4 iniciales anteriores, que siguen el final del pasaje en redondillas, y que no están en *BS:* «Sabed que en Palacio ha habido / esta noche un alboroto, / desabrido para el rey, / para el pueblo escandaloso.» Entiendo que estos versos estaban en el original y han desaparecido en la transmisión de *BS;* no los integro en la edición porque cabe la posibilidad de que Claramonte (bien como autor, bien como refundidor) hubiera remodelado el texto antes de la transmisión vía Figueroa. En todo caso, el romance en *TL* tiene, a partir de este verso, 52, mientras su homólogo en *B* tiene sólo 33. Sigo a la *princeps* otorgándole el beneficio de la duda de una posible remodelación del autor, aunque me parece más sólido, claro y explícito el texto de *TL* que tal vez haya que adoptar en una próxima fase del debate sobre esta obra.

306. En *B, soldos,* que fray Luis Vázquez mantiene en su edición, sugiriendo que se trata de «un cultismo, proveniente del *solidus > soldus* latino» y que aquí se distingue entre «funestos soldos» (sólidas tinieblas *nocturnas)* y «del crepúsculo» (sólidas tinieblas del *amanecer)* (pág. 119, nota); sin embargo, no ofrece ningún ejemplo, ni en la obra de Tirso ni de ningún otro autor, de tan peculiar cultismo. Por ello todos los demás editores preferimos la lectura de *TL, funestos toldos.* Arellano apunta que «los negros gigantes y funestos toldos son metáfora de la oscuridad nocturna, que huye del crepúsculo de la mañana» (pág. 89). Es posible. En una obra de Claramonte anterior a 1611, *El Tao de San Antón,* encontramos «la noche su ausencia siente / y *entolda* negras cortinas», que parece la misma metáfora sugerida por Arellano.

307. En *BS, huyen.* Corrijo según *TL,* a la vista de que el relato de Don Pedro está en pretérito, y no en presente y que el texto de la *princeps* es muy poco fiable.

            cuyos ecos, medio roncos
            por los artesones sacros,   315
            nos repitieron «Socorro».
            A las voces y al ruïdo
            acudió, Duque, el Rey propio;
            halló a Isabela en los brazos
            de algún hombre poderoso   320
            Mas quien al Cielo se atreve
            sin duda es gigante o Monstruo.
            Mandó el Rey que los prendiera,
            quedé con el hombre solo,
            llegué y quise desarmarle,   325
            pero pienso que el demonio
            en él tomó forma humana,
            pues que, vuelto en humo y polvo,
            se arrojó por los balcones
            entre los pies de esos olmos   330
            que coronan del Palacio
            los chapiteles hermosos.
            Hice prender la Duquesa,
            y en la presencia de todos
            dice que es el Duque Octavio   335
            el que con mano de esposo
            la gozó.

                          OCTAVIO

                        ¿Qué dices?

---

314. En *BS, menos roncos,* difícil de entender. Como observa Arellano, «el
sentido de *P [Princeps]* no está muy claro; algunos editores interpretan «amor-
tiguados». También podría ser lo contrario «ecos más claros de lo usual, porque los artesones del palacio reverberan el sonido con nitidez» (pág. 90). Según fray Luis Vázquez «los ecos son menos roncos que la conversación de
Don Pedro con el Rey», pero ni Vázquez ni Arellano ponen ejemplos de ese
problema de artesonado y ronquera. Parece mejor fiarse del texto de *TL*. Los
sonidos *roncos* y los *artesones* reaparecen en el teatro de Claramonte, p. ej., *re-
cibióme al ronco son, Deste agua no beberé,* I, 940.

Don Pedro

Digo
lo que al mundo es ya notorio,
y que tan claro se sabe:
[con vos, señor, o con otro,   340
esta noche en el palacio
la habemos hallado todos.]

Octavio

Dejadme, no me digáis
tan gran traición de Isabela;
mas... ¿si fue su amor cautela?   345
Proseguid, ¿por qué calláis?
Mas, si veneno me dais,
a un firme corazón toca,
y así, a decir me provoca
que imita a la comadreja,   350
que concibe por la oreja
para parir por la boca.
    ¿Será verdad que Isabela,
alma, se olvidó de mí
para darme muerte? Sí,   355
que el bien suena y el mal vuela;
ya el pecho nada recela
juzgando si son antojos,
que por darme más enojos,
al entendimiento entró,   360
y por la oreja escuchó
lo que acreditan los ojos.
    Señor Marqués, ¿es posible
que Isabela me ha engañado

340-3. En *BS, que Isabela por mil modos,* último verso de la réplica. Rescato
el final según *TL.*

346 y ss. En *BS: que a un firme coraçon toca.* Pasaje debatido, que no tiene homólogo en *TL.* La enmienda de supresión de un *que,* reordenando la puntuación, evita el galimatías sintáctico. El motivo fabuloso de la comadreja es un
topos de la época, ya recogido por Cobarruvias.

y que mi amor ha burlado? 365
Parece cosa imposible.
¡Oh mujer, ley tan terrible
de honor, a quien me provoco
a emprender! Mas ya no toco
en tu honor esta cautela. 370
¿Anoche con Isabela
hombre en Palacio? ¡Estoy loco!

DON PEDRO

Como es verdad que en los vientos
hay aves, en el mar peces,
que participan a veces 375
de todos cuatro elementos;
como en la gloria hay contentos,
lealtad en el buen amigo,
traición en el enemigo,
en la noche oscuridad 380
y en el día claridad,
así es verdad lo que digo.

OCTAVIO

Marqués, yo os quiero creer,
ya no hay cosa que me espante,
que la mujer más constante 385
es, en efecto, mujer;
no me queda más que ver,
pues es patente mi agravio.

DON PEDRO

Pues que sois prudente y sabio
elegid el mejor medio. 390

OCTAVIO

Ausentarme es mi remedio.

DON PEDRO

Pues sea presto, duque Octavio.

OCTAVIO

Embarcarme quiero a España
y darle a mis males fin.

DON PEDRO

Por la puerta del jardín,   395
Duque, esta prisión se engaña.

OCTAVIO

¡Ah, veleta, ah débil caña,
[fácil al viento más poco!]
[Ya] extrañas provincias toco
huyendo de esta cautela.   400
¡Patria, adiós! ¿Con Isabela
hombre en Palacio? ¡Estoy loco!

(Vanse y sale TISBEA, *pescadora, con una caña de pescar en la mano.)*

TISBEA

Yo, de cuantas el mar,
pies de jazmín y rosas,
en sus riberas pisan   405
[matizadas alfombras]
aquí, donde el sol pisa

403-411. En *BS*, el fragmento inicial de Tisbea es éste: *Yo de cuantas el mar / pies de jazmín y rosa, / en sus riberas besa / con fugitivas olas, / sola de amor exenta / como en venura sola, / tirana me reservo / de sus prisiones locas / aquí donde el sol pisa / soñolientas las ondas.* Corrijo según *TL*, más breve, pero muy claro, de modo que se evitan extrañas concordancias de género.

soñolientas las ondas,
alegrando zafiros
las que espantaba sombras,   410
por la menuda arena,
unas veces aljófar
y átomos otras veces
del sol que así le adora,
oyendo de las aves   415
las quejas amorosas,
y los combates dulces
del agua entre las rocas,
en pequeñuelo esquife,
ya en compañía de otras,   420
tal vez al mar le peino
la cabeza espumosa,
ya con la sutil caña
que el débil peso dobla
del tierno pececillo   425
que el mar salado azota,
o ya con la atarraya,
que en sus moradas hondas
prende en cuantos habitan
aposentos de conchas,   430
sola, de Amor exenta
como en ventura sola,
tirana me reservo
de sus prisiones locas,
segura me entretengo,   435

---

419. *esquife* (de la misma raíz que el inglés *ship*), es, según Cobarruvias, *navicula parva*, una lancha de ribera.

427. *atarraya*. «Especie de red de pescar, semejante al esparavel, que se arroja en el río a fuerza de brazo.»

435. En *BS*, *seguramente tengo*. Quienes siguen fielmente la *princeps*, como Arellano, proponen entender así: «interpreto que Tisbea quiere decir: mientras paso por la playa y pesco, ya con la caña, ya con la atarraya, estando yo a salvo de caer en las redes del amor, pienso (tengo para mí) que el alma no enamorada se goza en su libertad: por eso no quiero enamorarme y prefiero ser libre». Interpreto, pues, *tengo*, en el sentido de «pensar, creer». Lo cierto es que el texto de *TL* resulta muy fácil de entender: «me entretengo segura». Parece evidente que *BS* es una mala transmisión por lectura.

que en libertad se goza
el alma, que [a] Amor, áspid,
no le ofende ponzoña.
Dichosa yo mil veces,
Amor, pues me perdonas,   440
si ya por ser humilde
no desprecias mi choza.
Obeliscos de paja
mi edificio coronan,
nidos, si no [a cigüeñas],   445
a tortolillas locas.
Mi honor conservo en pajas
como fruta sabrosa,
vidrio guardado en ellas
para que no se rompa.   450
De cuantos pescadores
con fuego Tarragona
de piratas defiende
en la argentada costa,
desprecio soy, encanto,   455
a sus suspiros, sorda,
a sus ruegos, terrible,
a sus promesas, roca.
Y cuando más perdidas

---

437. En *BS, que amor áspid*, Xavier A. Fernández propone cambiar en «*si al
alma de amor áspid*». Arellano, que sigue a *BS*, interpreta que «goza su libertad
el alma a quien el amor (que es como un áspid) no le ofende siendo para ella
ponzoña o veneno». Sigue habiendo un problema sintáctico, ya que sin la preposición, *Amor* no resulta sintácticamente el correferente del pronombre *le* en
el sintagma «no le ofende». Sin preposición sólo puede ser sujeto de la frase.
Hay que introducir la enmienda.
445. En *B, nidos, si no ay cigarras*. Sigo la sugerencia (comunicación personal) de William F. Hunter, que supone un error de transmisión y rescata la
idea lógica de las cigüeñas en los nidos. Arellano acepta la enmienda, aunque
fray Luis Vázquez mantiene *cigarras* sugiriendo que «ha sido manipulada en
casi todas las ediciones modernas [...]», pero proponiendo un punto y coma
previo y una coma después: *nidos; si no, hay cigarras*, y recordando que «son
sólo los machos quienes cantan en el ardiente estío». Pues bueno.
459-62. Estos versos están desplazados en *BS*. Se encuentran después de la
secuencia *al mar le peino la cabeza espumosa*, donde no resultan coherentes. Sigo
la ordenación de *TL*.

querellas de amor forman,   460
como de todos río,
envidia soy de todas.
Anfriso, [un pescador
a quien los Cielos dotan
de gracia y bizarría   465
más que a los de la costa],
medido en las palabras,
liberal en las obras,
sufrido en los desdenes,
modesto en las congojas,   470
mis pajizos umbrales,
que heladas noches ronda,
a pesar de los tiempos,
las mañanas remoza,
pues con [los] ramos verdes   475
que de los olmos corta,
mis pajas amanecen
ceñidas de lisonjas.
Ya con vigüelas dulces
y sutiles zampoñas,   480

464-7. En *BS, Anfriso, a quien el cielo, / con mano poderosa, / prodigio un cuerpo y alma.* Todos los editores corrigen de un modo u otro, ante la sorpresa de fray Luis Vázquez, que apunta que «la *princeps* tiene razón. Basta con acentuar el verbo: «prodigió». Tirso cultivó los neologismos. De *prodigio,* creó el verbo «*prodigiar*». Sería interesante que se pudiera ofrecer algún ejemplo de este neologismo creado por Tirso que no aparece en ninguna otra de sus 80 obras. Sigo la lectura de *TL,* que, según Vázquez, «refundidor tardío de estética más pobre que el *B,* no tuvo escrúpulo en su reforma» (pág. 129). No sabemos si es un refundidor, no sabemos si es tardío, ni tampoco si su estética es más pobre. En todo caso su fragmento es comprensible, a diferencia del de *BS.*

475. En *BS, pues con ramos verdes,* con error de medida, corregido de tres formas distintas: Hartz, *pues [ya] con ramos verdes;* Castro: *pues con [los] ramos verdes;* Fernández: *pues [que] con ramos verdes.* Cualquiera vale, ante la constatación del error de *BS.*

478. Para entender bien este verso conviene recordar que la lisonja es una flor. Cobarruvias señala que «Ay una flor que llaman lisonja, a cuya imitación se suelen hacer ciertas pieças de oro del mismo nombre». Con el valor de *flor,* el término *lisonja* aparece en el mismo contexto en obras de Claramonte, como *De lo vivo a lo pintado,* que se puede consultar en el volumen XLIII de la BAE.

música me consagra,
y todo no le importa,
porque en tirano imperio
vivo, de Amor señora,
que halla gusto en sus penas   485
y en sus infiernos gloria.
Todas por él se mueren,
y yo, todas las horas
le mato con desdenes;
de amor condición propia: 490
querer donde aborrecen,
despreciar donde adoran,
que si le alegran, muere,
y vive si le oprobian.
En tan alegre día,   495
segura de lisonjas,
mis juveniles años
Amor no los malogra,
que en edad tan florida,
Amor, no es suerte poca,   500
no ver, tratando en [redes],
las tuyas amorosas.
Pero, necio discurso
que mi ejercicio estorbas,
en él no me diviertas   505
en cosa que no importa.
Quiero entregar la caña
al viento, y a la boca
del pececillo [el] cebo;
pero al agua se arrojan   510
dos hombres de una nave

---

501. En *BS*, *tratando enredos*. El verso siguiente, con la referencia *las tuyas*,
avala la corrección según *TL*, que dice *no ver entre estas redes las tuyas amorosas*.
Arellano sigue a *TL* en los dos versos, lo que parece una buena opción frente
a la deturpación clara de *BS*. Vázquez mantiene el texto según *BS* aludiendo
a que son «típicamente tirsianos... facilitados por la expresión zeugmática»
(pág. 131).
509. En *B*, *al cebo*, ya corregido desde A. Castro.

antes que el mar la sorba,
que [sobreaguada] viene
y en un escollo aborda.
Como hermoso pavón   515
[hacen] las velas cola,
adonde los pilotos
todos los ojos pongan.
Las olas va escarbando,
y ya su orgullo y pompa   520
casi [se] desvanecen.
Agua un costado toma;
hundióse, y dejó al viento
la gavia, que la escoja
para morada suya,   525
que un loco en gavias mora.

(Dentro: ¡Que me ahogo!)

Un hombre al otro aguarda
que dice que se ahoga,
gallarda cortesía,
en los hombros le toma: 530
Anquises le hace Eneas

---

513. En *que sobre el agua viene*. Digno de Pero Grullo. El término *sobreagua-*
da, del pasaje homólogo de *TL*, aclara lo que el espectador debe entender en
el discurso de Tisbea. Comp. «Estos banquetes tales llamábamos nosotros ju-
bileos, porque iba el río vuelto y *sobreaguados* los peces», *Guzmán de Alfarache*,
I, 2, cap. VI; la nave viene sobrecargada de agua.

516. En *BS*, *hace las velas cola*. La figura es, como apunta Arellano, «las velas desplegadas del barco semejan la cola...», pero para que esto sea así hay que
concertar el sujeto *las velas*, en plural, con el verbo *hacen*, y no el singular *hace*.
Otra muestra de errores de la *prínceps*.

521. En *BS*, *casi la desvanece*. Hay una metáfora muy clara sobre el *pavón*
como imagen de la nave con los gallardetes y velas desplegados, y el naufragio
que deshace o *desvanece* la *pompa* o *rueda* del pavo real, o *pavón*. Lo que se desvanece es el *orgullo* y la *pompa;* por lo tanto, un sujeto múltiple.

524. La *gavia* derivado del latín *cavea* es la jaulilla, que vale tanto para en-
jaular locos como para la «cofa del navío». El viento, siempre cambiante e
inestable, se compara aquí al loco, comp., «tiraron dél tan recio, que hicieron
que el loco le soltase, quedándose riendo muy a su placer en la gavia», *Avella-*
neda, cap. XXXVI.

si el mar está hecho Troya;
ya nadando las aguas
con valentía corta,
y en la playa no veo   535
quien le ampare y socorra;
daré voces: «Tirseo,
Anfriso, Alfredo, ¡hola!»,
pescadores me miran,
plega a Dios que me oigan,   540
mas milagrosamente
ya tierra los dos toman,
sin aliento el que nada,
con vida el que le estorba.

(Saca en brazos CATALINÓN *a* DON JUAN, *mojados.)*

CATALINÓN

¡Válgame la Cananea,   545
y qué salado es el mar!
Aquí bien puede nadar
el que salvarse desea,
    que allá dentro es desatino
donde la muerte se fragua.   550
Donde Dios juntó tanta agua,
¿no juntara tanto vino?
    Agua, y salada, extremada
cosa para quien no pesca.

---

544. En *BS,* otro ejemplo de descuido en la transmisión de la *princeps.*
545. La exclamación de Catalinón ha dado lugar a una nutrida polémica
sobre cómo ha de interpretarse. En el *Entremés del Mortero,* anónimo (Cotarelo, 203), aparece «Ea, cananea». Entiendo que el contexto de las bromas de Catalinón sobre el agua y el vino avala la relación con la mujer de Caná de Galilea
y el primer milagro de Cristo. En el *Segundo Lazarillo* hay un pasaje que refuerza esto: «y de aquel buen vino que solía pregonar. Rogaba a Dios repitiese el
milagro de la cena de Galilea, y que no permitiese que muriese a manos del
agua, mi mayor enemigo» (cap. V). La expresión todavía seguía siendo popular a comienzos del siglo XX como recuerda Antonio Gala de su infancia cordobesa.

Si es mala aun el agua fresca   555
¿qué será el agua salada?
    ¡Oh, quién hallara una fragua
de vino, aunque algo encendido!
Si del agua que he bebido
hoy, escapo, no más agua: 560
    desde hoy abrenuncio de ella,
que la devoción me quita
tanto, que aun agua bendita
no pienso ver, por no vella.
    ¡Ah, señor! Helado y frío   565
está. ¿Si estará ya muerto?
Del mar fue este desconcierto
y mío este desvarío.
    ¡Malhaya aquel que primero
pinos en la mar sembró,   570
y el que sus rumbos midió
con quebradizo madero!
    ¡Maldito sea el vil sastre
que cosió el mar, que dibuja
con astronómica aguja   575
causando tanto desastre!
    ¡Maldito sea Jasón,
y Tifis maldito sea!
Muerto está. No hay quien lo crea.
¡Mísero Catalinón!   580
    ¿Qué he de hacer?

---

557. Para avivar el fuego de la fragua se le echa agua de vez en cuando. Catalinón prefiere un líquido más a su gusto. Hay un pasaje similar en la obra de Ruiz de Alarcón, *Mudarse por mejorarse,* lo que apunta a que en Sevilla el chiste debía ser clásico.

565-6. En *BS* los versos contienen varios errores de medida: «*A señor, elado està. / Señor; si està muerto?*» Corrijo según *TL,* como es habitual.

576. En *BS, causa de tanto desastre.* El juego de palabras con los sastres se basa en la *aguja de marear.*

577-8. Jasón es el protagonista del viaje de los Argonautas, cuyo primer piloto era Tifis. Claramonte alude a Tifis en varias ocasiones, ya desde 1604 *(El nuevo rey Gallinato),* muy anterior a la mención de Góngora en sus *Soledades.* No aparece mencionado en ninguna obra de Tirso.

TISBEA

Hombre, ¿qué tienes?

CATALINÓN

En desventuras iguales,
pescadora, muchos males
y falta de muchos bienes.
   Veo, por librarme a mí   585
sin vida a mi señor. Mira
si es verdad.

TISBEA

No, que aun respira.

CATALINÓN

¿Por dónde? ¿Por aquí?

TISBEA

          Sí,
pues, ¿por dónde...?

CATALINÓN

          Bien podía
respirar por otra parte.   590

TISBEA

Necio estás.

---

582. Este verso aparece en *B* atribuido a Tisbea. Parece claro que la atribución correcta es a Catalinón, como en *TL*. Es Catalinón quien precisa sarcásticamente que «muchos males» y «falta de muchos bienes» son «desventuras iguales». En la edición Arellano este verso falta, y se omite la nota que le correspondería.

CATALINÓN

Quiero besarte
las manos de nieve fría.

PESCADORA

Ve a llamar los pescadores
que en aquella choza están.

CATALINÓN

Y si los llamo, ¿vendrán?   595

TISBEA

Vendrán presto, no lo ignores.
¿Quién es este caballero?

CATALINÓN

Es hijo aqueste señor
del Camarero Mayor
del Rey, por quien ser espero   600
    antes de seis días Conde
en Sevilla, adonde va,
y adonde su Alteza está,
si a mi amistad corresponde.

TISBEA

¿Cómo se llama?

CATALINÓN

            Don Juan   605
Tenorio.

TISBEA

Llama mi gente.

CATALINÓN

Ya voy.

(Vase. Coge en el regazo TISBEA *a* DON JUAN.)

TISBEA

Mancebo excelente,
gallardo, noble y galán,
volved en vos, caballero.

DON JUAN

¿Dónde estoy?

TISBEA

Ya podéis ver: 610
en brazos de una mujer.

DON JUAN

Vivo en vos, si en el mar muero,
[y en estos extremos dos
veo el mar manso y cruel,
pues cuando moría en él   615
me sacó a morir en vos.]
Ya perdí todo el recelo
que me pudiera anegar

613-616. Incorporo estos cuatro versos del pasaje correspondiente de *TL*.
Se han debido de perder en la transmisión Figueroa, a la vista de que en esta
escena no tenemos a Catalinón. El rescate del texto se ha debido hacer a través de la memoria de la actriz que desempeñaba el papel de Tisbea. El cotejo
entre *TL* y *BS* y *TL* permite ampliar el texto.

pues del infierno del mar
salgo a vuestro claro cielo.   620
    Un espantoso huracán
dio con mi nave al través,
para arrojarme a esos pies
que abrigo y puerto me dan,
    y en vuestro divino oriente   625
renazco, y no hay que espantar,
pues veis que hay de mar a amar
una letra solamente.
    [Y en ver tormentos mayores
crece Amor en mis pesares,   630
y si moría de mares,
desde hoy moriré de amores,
    y pues tan dulce rigor
en vos he llegado a hallar,
dejadme volver al mar   635
para huir del mal de amor.]

TISBEA

Muy grande aliento tenéis
para venir [sin aliento],
y tras de tanto tormento

---

627. Este juego de palabras está en un texto de Lope editado en 1612: *Pastores de Belén*. No parece razonable presentarlo, como hace fray Luis, como «ingeniosidad tópica cultivada por Tirso», añadiendo que «este sólo ejemplo bastaría para consolidar la tesis de que *TL* es posterior y fruto de autor distinto que refunde cuanto no entiende».

629-636. Un caso similar al anterior. Nuestra edición ofrece 25 versos en la réplica de don Juan, frente al uso de atenerse a la *princeps* editando sólo 13; la riqueza de texto de *TL* respecto a *BS* no se debe a refundición o remodelación, sino a la mala transmisión de *BS* cuando desaparece de escena Catalinón.

636. El retruécano *mal de amor / mar de amor* es típico de la época. Así Rojas Zorrilla en *Obligados y ofendidos*: «que ya con tal nueva / del mar de amor / entré en la tormenta», vv. 2446-8.

637-9. En *BS, para venir soñoliento*, corregido habitualmente según *TL*, salvo fray L. Vázquez, que explica: «El sentido es el siguiente: "¡Muy grande aliento (vigor de ánimo) tenéis / para venir soñoliento (desmayado), sin recu-

[muy gran contento] ofrecéis.   640

Pero si es tormento el mar,
y son sus ondas crueles
la fuerza de los cordeles,
pienso que os hacen hablar.

Sin duda que habéis bebido   645
del mar la [ración] pasada,
pues por ser de agua salada
con tan grande sal ha sido.

Mucho habláis cuando no habláis,
y cuando muerto venís   650
mucho al parecer sentís.
¡Plega a Dios que no mintáis!

Parecéis caballo griego
que el mar a mis pies desagua,
pues venís formado de agua   655
y estáis preñado de fuego;

y si mojado abrasáis,
estando enjuto, ¿qué haréis?
Mucho fuego prometéis,
¡Plega a Dios que no mintáis!   660

Don Juan

A Dios, zagala, pluguiera,
que en el agua me anegara

_____

perar del todo el vigor / y más (y además *para venir*) de tanto tormento! ¡Mucho tormento de amor ofrecéis!" Se trata, a lo que se ve, de una edición parentética y exclamativa.» Me adhiero prudentemente a la lectura que propone *TL*, haciendo notar al paso que Catalinón sigue fuera de escena. Por otra parte, *sonoliento* está bien atestiguado: «este tal ha de examinarte la vida y descubrirte lo que esté muy oculto y sonoliento», *Crótalon*, pág. 426.

646. En *BS, del mar la oración pasada*. Arellano, fiel a la *princeps*, sostiene que significa «el razonamiento del mar». El texto de *TL* parece mucho más fiable, sin concederle al mar una licenciatura en cánones. Beber la «ración pasada», es «beber más de la cuenta», y la alusión dar tormento de la *toca* indica «beber agua ininterrumpidamente». En cuanto a *ración*, véase, por ejemplo: «La ración siempre entera, que a ella no le tocaba», *Guzmán*, I, 2, cap. V.

653. Con la alusión al Caballo de Troya se completa la base imaginaria que empezó en *Anquises le hace Eneas / si el mar está hecho Troya*, y culminará aludiendo a la seducción de Dido.

[sin que de ella me escapara
al fuego que en vos me espera,
   que Amor, bien considerado,   665
como este daño entendió,
en el mar antes me aguó
y ardo en vos estando aguado,]
   que el mar pudiera anegarme
entre sus olas de plata   670
que sus límites desata,
mas no pudiera abrasarme.
   [En agua abrasado llego,
que tal vuestro incendio ha sido,
que aun el agua no ha podido   675
librarme de vuestro fuego.]
   Gran parte del sol mostráis,
pues que el sol os da licencia,
pues sólo con la apariencia,
siendo de nieve, abrasáis.   680

TISBEA

[¿Tan helado os abrasáis?]

DON JUAN

Tanto fuego en vos tenéis.

TISBEA

[Mucho habláis.

663-4. En *BS* la redondilla se completa así: *para que cuerdo acabara / y loco en vos no muriera*. Sin embargo, el pasaje homólogo de *TL*, que rescato íntegro, es mucho más coherente y rico.

681-684. En *BS*, los cuatro versos están a cargo de Tisbea: *Por más helado que estáis / tanto fuego en vos tenéis / que en este mío os ardéis. / Plega a Dios que no mintáis*. El pasaje de *TL*, que incluye *entilabé* y *esticomitia* es técnicamente más elegante y responde a la vivacidad de la escena. El último aval lo da la ausencia de Catalinón de la escena, lo que hace decidirse por la enmienda según *TL*. Los versos de *TL* corresponden al estilo del autor; los de *BS* a un versificador más o menos hábil, que completa los dos versos y medio de Tisbea transformándolos en una réplica completa de cuatro, sin intervención de Don Juan.

DON JUAN

Mucho encendéis.]

TISBEA

Plega a Dios que no mintáis.

(Salen CATALINÓN, CORIDÓN *y* ANFRISO, *pescadores.)*

CATALINÓN

Ya vienen todos aquí.   685

TISBEA

Y ya está tu dueño vivo.

DON JUAN

Con tu presencia recibo
todo el gusto que perdí.

ANFRISO

¿Qué es lo que mandas, Tisbea?
Que por labios de clavel   690
no lo habrás mandado a aquel
que idolatrarte desea,
    apenas, cuando al momento,
sin reservar llano o sierra,
surque el mar, [are] la tierra,   695
[tale el fuego y pare el viento].

---

689. En *B, di lo que nos mandas, Tisbea,* verso con una sílaba más. El fragmento entero está bastante deteriorado en la *princeps,* lógico al tratarse de un papel menor, que probablemente hubo que reconstruir a partir de la memoria de la actriz que hace el papel de Tisbea.

695-6. En *B, tale la tierra, pise el fuego, el ayre, el viento.* El último verso es incongruente, y todos los editores lo corrigen, de un modo u otro. Xavier A. Fernández edita el verso según *TL;* parece más lógico editar ambos versos según *TL.*

(Aparte.)

(¡Oh, qué mal me parecían
estos requiebros ayer,
y hoy echo en ellos de ver
que sus labios no mentían!)   700
    Estando, amigos, pescando
sobre este peñasco, vi
hundirse una nao, y allí,
entre las olas nadando
    dos hombres, y compasiva   705
di voces, que nadie oyó;
y en tanta aflicción llegó,
libre de la furia esquiva
    del mar, sin vida a la arena,
de éste, en los hombros cargado,   710
un hidalgo ya anegado,
y envuelta en tan triste pena
    a llamaros envié.

ANFRISO

Pues aquí todos estamos
manda que en tu gusto hagamos   715
lo que pensado no fue.

TISBEA

    Que a mi choza los llevemos
quiero, donde agradecidos,
reparemos sus vestidos

---

698. En *B*, *estas lisonjas,* que puede ser correcto, denotando una remodelación del texto original, acorde con el léxico de *TL/B*, donde aparece *lisonjas*. No obstante prefiero mantener la lectura de *TL*, basado en la sospecha de que el texto de Tisbea se está reconstruyendo de memoria, lo que facilita los posibles errores. Me atengo aquí a la prioridad textual de *TL*, frente a la evidencia de la transmisión accidentada de *B*.

y a ellos los regalemos,   720
    que mi padre gusta mucho
de esta debida piedad.

CATALINÓN

Extremada es su beldad.

DON JUAN

Escucha aparte.

CATALINÓN

                Ya escucho.

DON JUAN

    Si te preguntan quién soy   725
di que no sabes.

CATALINÓN

                ¿A mí
quieres advertirme [aquí]
lo que he de hacer?

DON JUAN

                Muerto voy
    por la hermosa pescadora;
esta noche he de gozalla.   730

CATALINÓN

¿De qué suerte?

---

727. En *B*, *advertirme a mí*, con repetición de rima en *mí*, que parece remiendo textual. Sigo a *TL*.

DON JUAN

Ven y calla.

CORIDÓN

Anfriso, dentro de un hora
    los pescadores prevén
que cantan y bailan.

ANFRISO

                    Vamos,
y esta noche nos hagamos   735
rajas, y paños también.

(Vanse, y quedan DON JUAN, CATALINÓN
y la pescadora.)

DON JUAN

Muerto voy.

TISBEA

                ¿Cómo, si andáis?

DON JUAN

Ando en pena, como veis.

---

736. En *B, rajas y palos también.* La frase «hacerse rajas» está atestiguada ya
en Cervantes («La ilustre fregona») con el valor de «excederse en algo». El juego de palabras parece basarse en que «raxas» es un tipo de paño presnado, de
modo que «hacerse rajas y paños», según *TL,* es retruécano que indica hacerse
doblemente rajas. Si se prefiere *B,* valdría la acepción *rajas,* por «astillas». Parece superior *TL* que permite el juego de palabras dilógico sobre los vestidos (rajas
y paños) y la frase hecha «hacerse rajas». La asociación «rajas, paños» está bien documentada en la época. Vgr: «¿No era cosa peregrina las muchas rajas y paños
que se labran en ella?», *Viaje de Turquía,* pág. 351. O también «Llevaba en el por-
tamanteo un capote de raja o paño morado», *Guzmán,* I, 2, cap. VIII.

Mucho habláis.

Don Juan

Mucho encendéis.

Tisbea

¡Plega a dios que no mintáis!   740

(Vanse.)

(Salen Don Gonzalo de Ulloa, *y el* Rey
de Castilla.)

Rey

¿Cómo os ha sucedido en la embajada,
Comendador Mayor?

Don Gonzalo

Hallé en Lisboa
al rey Don Juan, tu primo, previniendo
treinta naves de armada.

Rey

¿Y para dónde?

Don Gonzalo

Para Goa me dijo, mas yo entiendo   745
que a otra empresa más fácil se apercibe;

741-65. Sigo el texto en endecasílabos sueltos de *B,* frente al de octavas reales de *T.* Cabe la posibilidad de que se hubieran modificado las octavas para introducir el romance de la loa a Lisboa, aunque no me parece probable.

a Ceuta o Tánger pienso que pretende
cercar este verano.

REY

Dios le ayude,
y premie el Cielo de aumentar su gloria.
¿Qué es lo que concertasteis?

DON GONZALO

Señor, pide   750
a Cerpa y Mora, y Olivencia y Toro,
y por eso te vuelve a Villaverde,
al Almendral, a Mértola y Herrera
entre Castilla y Portugal.

REY

Al punto
se firmen los conciertos, don Gonzalo.   755
Mas decidme primero cómo ha ido
en el camino, que vendréis cansado,
y alcanzado también.

DON GONZALO

Para serviros
nunca, señor, me canso.

REY

¿Es buena tierra,
Lisboa?

---

749. Tal vez el texto real fuese *«premie el celo de aumentar su gloria»*, como sugiere Hartzenbusch.

La mayor ciudad de España. 760
Y si mandas que diga lo que he visto
de lo exterior y célebre, en un punto
en tu presencia te pondré un retrato.

Rey

[Yo] gustaré de oírlo. Dadme silla.

Don Gonzalo

Es Lisboa una octava maravilla: 765
    De las entrañas de España,
que son las [sierras] de Cuenca,
nace el caudaloso Tajo,
que media España atraviesa.
Entra en el mar Oceano, 770
en las sagradas riberas
de esta Ciudad, por la parte
del Sur, mas antes que pierda
su curso, y su claro nombre,
hace un cuarto entre dos sierras, 775

---

764. En *B*, *Gustaré de oíllo*. Falta una sílaba. La variante *Yo gustaré*, comple-
tando la medida, es de las *abreviadas*.

767. En *B*, *tierras de Cuenca*. Sin embargo, ya A. Castro hizo ver que el sintagma natural era «las sierras de Cuenca», para aludir al nacimiento del Tajo.
Los textos de la época, desde Virués hasta Rojas y Lope, confirman la enmienda de Castro. Vgr: «a unos he oído decir que nace en las sierras de Molina, y
a otros en las sierras de Cuenca», *Viaje de Turquía*, pág. 295. «El que en las
sierras de Cuenca tiene nacimiento humilde», *Los amores de Albanio e Isme-
nia*, II, 18, b, Lope; «De la Sierra de Cuenca despeñado», *Égloga a Filis*, Lope,
pág. 327.

775. Frente a la corrección de Hartzenbusch, seguida por todos los editores posteriores a él, *hace un puerto*, mantengo el texto original, que es perfectamente claro: el Tajo *hace un cuarto*, es decir, en su acepción marina, un cua-
drante, un giro de 90° entre *dos sierras*. El Tajo, antes de entrar en el estuario,
entre las sierras de Sintra y Arrábida, hace un giro de *un cuarto*. No hay por qué
enmendar aquí la *princeps*.

donde están, de todo el Orbe,
barcas, naves, carabelas.
Hay galeras y saetías,
tantas, que desde la tierra
parece una gran ciudad   780
adonde Neptuno reina.
A la parte del Poniente
guardan del puerto dos fuerzas,
de Cascaes y Sangián,
las más fuertes de la tierra.   785
Está de esta gran ciudad,
poco más de media legua,
Belén, convento del Santo,
conocido por la piedra
y por el León de guarda,   790
donde los Reyes y reinas
Católicos y Cristianos
tienen sus casas perpetuas.
Luego, esta máquina insigne,
desde Alcántara comienza   795
una gran legua a extenderse
al Convento de Jabregas.
En medio está el valle hermoso
coronado de tres cuestas,
que quedara corto Apeles   800
cuando [pintarlas] quisiera,
porque miradas de lejos
parecen piñas de perlas
que están pendientes del Cielo
en cuya grandeza inmensa   805

788-790. Se alude aquí a una leyenda sobre San Jerónimo, que es el santo al que da nombre el convento de Belén, de frailes jerónimos. La leyenda dice que una vez entró un león con una espina clavada en la cueva del santo, y que él se la levantó, tras lo cual el león se quedó a ayudar en lo que fuere menester. No es difícil reconocer la adaptación cristiana de la leyenda de Androcles y el león.

797. En *B, Jobregas.*

801. En *B, contarlas.* Ya las *sueltas* de Padrino y Suriá, en el XVIII, enmendaron en *pintarlas,* que es la lectura natural.

se ven diez Romas cifradas
en Conventos y en Iglesias,
en edificios y calles,
en solares y encomiendas,
en las letras y en las armas,   810
en la justicia, tan recta,
y en una *Misericordia*
que está honrando su ribera
y pudiera honrar a España,
y aun enseñar a tenerla.   815
Y lo que yo más alabo
de esta máquina soberbia,
es que, del mismo castillo,
en distancia de seis leguas,
se ven sesenta lugares   820
que llega el mar a sus puertas,
uno de los cuales es
el Convento de [Odivelas,]
en el cual vi, por mis ojos,
seiscientas y treinta celdas,   825
y entre monjas y beatas
pasan de mil y doscientas.
Tiene, desde allá a Lisboa,
en distancia muy pequeña,
mil y ciento treinta quintas,   830
que en nuestra provincia Bética
llaman cortijos, y todas
con sus huertos y alamedas.
En medio de la ciudad
hay una plaza soberbia   835
que se llama del *Ruzío*,
grande, hermosa y bien dispuesta,
que habrá cien años, y aun más,
que el mar bañaba su arena,
y ahora, de ella a la mar   840

---

823. En *B, Olivelas*. Se trata de Odivelas, donde está enterrado Don Diniz.
Todos estos errores confirman que la última fase del manuscrito que da origen
a *BS* presenta numerosos errores de todo tipo.

hay treinta mil casas hechas,
que perdiendo el mar su curso
se tendió a partes diversas.
Tiene una calle que llaman
Rúa Nova o calle nueva,   845
donde se cifra el Oriente
en grandezas y riquezas
tanto, que el Rey me contó
que hay un mercader en ella
que, por no poder contarlo,   850
mide el dinero a fanegas.
El Terrero, donde tiene
Portugal su Casa Regia,
tiene infinitos navíos,
varados siempre en la tierra,   855
de solo cebada y trigo
de Francia y de Ingalaterra.
Pues el Palacio Real,
que el Tajo sus manos besa,
es edificio de Ulises,   860
que basta para grandeza,
de quien toma la ciudad
nombre en la latina lengua
llamándose Ulisibona,
cuyas armas son la esfera   865
por pedestal de las llagas
que en la batalla sangrienta
al Rey Don Alfonso Enríquez
dio la majestad inmensa.
Tiene en su gran Tarazana   870
diversas naves, y entre ellas

---

852. O Terreiro do Paço es la plaza del Palacio. Toda esta minuciosa descripción de Lisboa encaja bien con la estancia de Claramonte a principios de 1612 en la capital lusa.

860. El mito de la fundación de Lisboa por Ulises está muy extendido en el Renacimiento y encaja bien con el espíritu navegante de Portugal. Obviamente es una fantasía. «Fundó a Lisboa el elocuente Ulises», *Laurel de Apolo*, pág. 188.

las naves de la Conquista,
tan grandes, que de la tierra
miradas, juzgan los hombres
que tocan en las estrellas.   875
Y lo que de esta ciudad
te cuento por excelencia
es, que estando sus vecinos
comiendo, desde las mesas
ven los copos del pescado   880
que junto a sus puertas pescan,
que bullendo entre las redes
vienen a entrarse por ellas.
y sobre todo, el llegar
cada tarde a su ribera   885
más de mil barcos cargados
de mercancías diversas,
y de sustento ordinario,
pan, aceite, vino y leña,
frutas de infinita suerte,   890
nieve de Sierra de Estrella,
que por las calles a gritos
puesta sobre las cabezas
la venden. Mas, ¿qué me canso?
porque es contar las estrellas   895
querer contar una parte
de la ciudad opulenta.
Ciento y treinta mil vecinos
tiene, gran señor, por cuenta,
y por no cansarte más,   900
un Rey que tus manos besa.

---

872. Esta mención de la Conquista en una obra cuya acción transcurre a
mediados del XIV es anacronismo voluntario. Escénicamente la loa cumple
una función de «documental» de la época. Se trata de contarle al espectador las maravillas de Lisboa en esa época. Es poco compatible con la hipotética autoría de Tirso, fiel cronista que no se permitía esas alegrías y ana-
cronismos.

Más estimo, don Gonzalo,
escuchar de vuestra lengua
esa relación sucinta
que haber visto su grandeza: 905
¿tenéis hijos?

DON GONZALO

Gran señor,
una hija hermosa y bella,
en cuyo rostro divino
se esmeró Naturaleza.

REY

Pues yo os la quiero casar   910
de mi mano.

DON GONZALO

Como sea
tu gusto, digo, señor,
que yo lo acepto por ella;
pero, ¿quién es el esposo?

REY

Aunque no está en esta tierra   915
es de Sevilla, y se llama
Don Juan Tenorio.

DON GONZALO

Las nuevas
voy a llevar a Doña Ana.
[......................e-a]

---

919. Como mínimo falta aquí un verso que corresponde a la rima asonante. Tal vez falten más, pero al haber cambiado el tipo estrófico de *TL* a *BS* no
es posible utilizar guía para enmendar.

Id en buena hora, y volved,   920
Gonzalo, con la respuesta.

(Vanse, y sale Don Juan Tenorio, *y* Catalinón.*)*

Don Juan

Esas dos yeguas prevén,
pues acomodadas son.

Catalinón

Aunque soy Catalinón,
soy, señor, hombre de bien,   925
   que no se dijo por mí
«Catalinón es el hombre»,
pues sabes que aqueste nombre
me sienta al revés aquí.

Don Juan

   Mientras que los pescadores   930
van de regocijo y fiesta,
tú las dos yeguas apresta,
que de sus pies voladores
   sólo nuestro engaño fío.

Catalinón

   ¿Al fin pretendes gozar   935
a Tisbea?

---

924. Sobre el nombre de Catalinón y su significado ha habido varias propuestas. La más verosímil es de tipo escatológico: «catalina» es una cagarruta,
de modo, que, como señalaba Guenoun, Catalinón quiere decir «cagón». Claro que esto no encaja con los nombres de graciosos de Tirso, como Gallardo
o Caramanchel.

DON JUAN

Si el burlar
es hábito antiguo mío,
¿qué me preguntas, sabiendo
mi condición?

CATALINÓN

Ya sé que eres
langosta de las mujeres.   940

DON JUAN

Por Tisbea estoy muriendo
que es buena moza.

CATALINÓN

¡Buen pago
a su hospedaje deseas!

DON JUAN

Necio, lo mismo hizo Eneas
con la reina de Cartago.   945

CATALINÓN

Los que fingís y engañáis
las mujeres de esa suerte
lo pagaréis en la muerte.

944-5. Las referencias a la historia de Dido y Eneas son muy habituales en el teatro de la época, desde *Los embustes de Celauro* (Lope, 1600) hasta *La industria y la suerte* (Ruiz de Alarcón, *circa* 1620), o *El Ataúd para el vivo y el tálamo para el muerto* (Claramonte, *circa* 1615).

DON JUAN

¡Qué largo me lo fiáis!
        Catalinón con razón   950
te llaman.

CATALINÓN

        Tus pareceres
sigue, que en burlar mujeres
quiero ser Catalinón.
        Ya viene la desdichada.

DON JUAN

Vete, y las yeguas prevén.   955

CATALINÓN

¡Pobre mujer! Harto bien
te pagamos la posada.

(Vase CATALINÓN *y sale* TISBEA.)

TISBEA

        El rato que sin ti estoy
estoy ajena de mí.

DON JUAN

Por lo que finges así   960
ningún crédito te doy.

TISBEA

        ¿Por qué?

DON JUAN

    Porque si me amaras
mi alma favorecieras.

TISBEA

Tuya soy.

DON JUAN

    Pues di, ¿qué esperas,
o en qué, señora, reparas?   965

TISBEA

  Reparo en que fue castigo
de amor el que he hallado en ti.

DON JUAN

Si vivo, mi bien, en ti
a cualquier cosa me obligo.
    Aunque yo sepa perder   970
en tu servicio la vida,
la diera por bien perdida,
y te prometo de ser
    tu esposo.

TISBEA

              Soy desigual
a tu ser.

DON JUAN

      Amor es Rey   975
que iguala con justa ley
la seda con el sayal.

Casi te quiero creer,
mas sois los hombres traidores.

DON JUAN

¿Posible es, mi bien, que ignores   980
mi amoroso proceder?
    Hoy prendes con tus cabellos
mi alma.

TISBEA

        Yo a ti me allano
bajo la palabra y mano
de esposo.

DON JUAN

        Juro, ojos bellos,   985
    que mirando me matáis,
de ser vuestro esposo.

TISBEA

            Advierte,
mi bien, que hay Dios y que hay muerte.

DON JUAN

¡Qué largo me lo fiáis!
    Ojos bellos, mientras viva   990
yo vuestro esclavo seré;
ésta es mi mano y mi fe.

---

988. En *TL, mi bien, que hay infierno y muerte.* Dado que la variante de *BS*
aquí es correcta métricamente, la asumo como una posible remodelación del
autor.

TISBEA

No seré en pagarte esquiva.

DON JUAN

Ya en mí mismo no sosiego.

TISBEA

Ven, y será la cabaña   995
del amor, que me acompaña,
tálamo de nuestro fuego.
    Entre estas cañas te esconde
hasta que tenga lugar.

DON JUAN

¿Por dónde tengo de entrar?   1000

TISBEA

Ven, y te diré por dónde.

DON JUAN

Gloria al alma, mi bien, dais.

TISBEA

Esa voluntad te obligue,
y si no, Dios te castigue.

DON JUAN

¡Qué largo me lo fiáis!   1005

(Vanse, y sale CORIDÓN, ANFRISO, BELISA *y músicos.)*

CORIDÓN

[¡Hola!] Llamad a Tisbea
y las zagalas llamad,
para que en la soledad
el huésped la corte vea.

ANFRISO

  ¡Tisbea, Lucinda, Antandra!   1010
No vi cosa más cruel:
triste y mísero de aquel
que en su fuego es salamandra.
  Antes que el baile empecemos
a Tisbea prevengamos.   1015

BELISA

Vamos a llamarla.

CORIDÓN

Vamos.

BELISA

A su cabaña lleguemos.

CORIDÓN

  ¿No ves que estará ocupada
con los huéspedes dichosos,
de quien hay mil envidiosos?   1020

ANFRISO

Siempre es Tisbea envidiada.

1006. En *B, Ea, llamad a Tisbea,* lo que parece un verso de remiendo; dado
que lo dice un personaje secundario, parece más seguro seguir la lectura de *TL*.

BELISA

Cantad algo mientras viene,
porque queremos bailar.

ANFRISO

¿Cómo podrá descansar
cuidado que celos tiene?   1025
(Cantan:)
A pescar sale la niña
tendiendo redes,
y en lugar de pececillos
las almas prende.

(Sale TISBEA.*)*

TISBEA

¡Fuego, fuego, que me quemo,   1030
que mi cabaña se abrasa!
Repicad a fuego, amigos,
que ya dan mis ojos agua.
Mi pobre edificio queda
hecho otra Troya en las llamas,   1035
que después que faltan Troyas
quiere Amor quemar cabañas.
Mas si Amor abrasa peñas

1028. En *B*, *y en lugar de peces*. *TL* da la variante correcta de medida (los versos impares son octosílabos) y de timbre (la alternancia *i-a, i-o,* frente a los pares *e-e).*

1030-1. El motivo «fuego, que se abrasa el alma» es muy popular, y tal vez proceda de alguna seguidilla, como apunta A. Castro. El episodio de la seducción y abandono de Gila en *La serrana de la Vera,* de Vélez, tiene unos versos casi idénticos, como se puede comprobar en nuestra introducción. Resulta infantil pretender que el motivo es «típico de Tirso», como pretende Blanca de los Ríos.

con gran ira y fuerza extraña,
mal podrán de su rigor   1040
reservarse humildes pajas.
¡Fuego, zagales, fuego, agua, agua!
¡Amor, clemencia, que se abrasa el alma!
¡Oh choza, oh vil instrumento
de mi deshonra y mi infamia,   1045
cueva de ladrones fiera
que mis agravios amparas!
Rayos de ardientes estrellas
en tus cabelleras caigan,
porque abrasadas estén,   1050
si del viento mal peinadas.
¡Ah falso huésped, que dejas
una mujer deshonrada!
¡Nube, que del mar [saliste]
para anegar mis entrañas!   1055
¡Fuego, zagales, fuego, agua, agua!
¡Amor, clemencia, que se abrasa el alma!
Yo soy la que hacía siempre
de los hombres burla tanta,
que siempre las que hacen burla   1060
vienen a quedar burladas.
Engañóme el caballero
debajo de fe y palabra
de marido, [profanando]
mi honestidad y mi cama.   1065
Gozóme al fin, y yo propia
le di a su rigor las alas
en dos yeguas que crié
con que me burla y se escapa.

1048-9. Estos versos parecen paráfrasis del verso de Petrarca *Fiamma del Ciel
sulle tue treccie piova*, que Góngora incluyó literal en uno de sus sonetos.

1054. En *B*, *nube que del mar salió*. Sin embargo, el discurso de Tisbea se
basa en la imprecación a un *tú* poético, por lo que el texto de *TL* resulta más
coherente.

1064. En *B*, *y profanó*, que parece provocado por el entorno *engañóme, gozóme*; sigo a *TL*.

¡Seguidle todos, seguidle!   1070
Mas no importa que se vaya,
que en la presencia del rey
tengo de pedir venganza.
¡Fuego, zagales, fuego, agua, agua!
¡Amor, clemencia, que se abrasa el alma!   1075

(Vase TISBEA.*)*

CORIDÓN

Seguid al vil caballero.

ANFRISO

¡Triste del que pena y calla!
Mas ¡vive el Cielo que en él
me he de vengar de esta ingrata!
Vamos tras ella nosotros,   1080
porque va desesperada,
y podrá ser que ella vaya
buscando mayor desgracia.

CORIDÓN

Tal fin la soberbia tiene.
Su locura y confianza   1085
paró en esto.

(Dice TISBEA *dentro: «Fuego, fuego».)*

ANFRISO

Al mar se arroja.

1070-5. El motivo de venganza aparece aquí muy claramente expresado. El pasaje recuerda también las lamentaciones de Olimpia, seducida y abandonada por Vireno, de acuerdo con el episodio de Ariosto, recogido y propagado por los romanceros de la época.

¡Tisbea, detente, [aguarda]!

TISBEA

¡Fuego, zagales, fuego, agua, agua!
¡Amor, clemencia, que se abrasa el alma!

1087. En *B, Tisbea, detente y para*. Lo habitual en esta situación es *detente, aguarda*, como dice *TL*.

ENTREMÉS CANTADO «EL TALEGO»

QUIÑONES DE BENAVENTE

PRIMERA PARTE

(Representóle Roque de Figueroa.)

(Sale TREVIÑO *cantando.)*

¡Ay, qué desdicha, señores!
No la vio nadie mayor;
si no me ahorco es porque
no tengo tal tentación.

Este brillante entremés cantado escrito por Luis Quiñones de Benavente para la compañía de Roque de Figueroa no está incluido por Christian Andrès en su edición. El papel de Treviño es homólogo al que en la Comedia del Arte hace el avaro Pantalone. Seguramente se trata del actor Francisco Treviño, que en marzo de 1612 estaba en la compañía de Andrés de Claramonte, junto con María de San Roque. Bernarda es probablemente Bernarda Ramírez, que hizo pareja con Cosme Pérez (Juan Rana), y María Ramírez es hermana suya, según consta en el elenco. Está también Isabel de Vitoria. La segunda loa que le escribió Quiñones a Roque de Figueroa presenta cambios en el elenco de actores de la compañía, pero se mantiene Juan Bezón, y hay además una Bernarda y una Isabel, que es *La Velera,* aunque no hay Marías ni está Treviño. Hubo una segunda parte del *Talego,* lo que certifica su éxito, pero la escribe Quiñones para la compañía de Antonio de Prado cuando estaba Mariana Vaca en esta compañía. En el *Entremés cantado de Las Dueñas,* que se hizo en el estanque del Retiro, entre las compañías de Antonio de Prado y Roque de Figueroa, está, efectivamente, Treviño y hay también una María

Si me araño, estaré feo　　　　　　　5
si doy voces, tendré tos;
si lloro, saldré ojeroso,
y si no, como afufón.
¿Qué haré para tener pena
que me tenga su dolor,　　　　　　　10
mucho ruido y poca costa,
como mujer que enviudó?

MARÍA (RAMÍREZ)

¿Qué es esto, señor vecino?

MARÍA (DE SAN PEDRO)

¿Qué es esto? Diga, señor.

ISABEL

¿Qué es esto que ha sucedido?　　　　　15

MARÍA (RAMÍREZ)

¿Qué es esto que sucedió?

MARÍA (DE SAN PEDRO)

¿Qué es esto que se lamenta?

---

junto a Isabel de Vitoria, en la compañía de Roque, cuando en la de Prado está María de San Pedro. En cualquier caso ambos *Talegos* son un ejemplo de la burla festiva al uso de latines por parte de médicos ignaros (otro tema de Comedia del Arte: Il Dottore), y de uso *epiteatral* de la situación. Mucho antes del *Living Theater* el teatro del Siglo de Oro ya había roto la convención del espacio escénico. Este entremés fue estrenado recientemente por el grupo Estragón de la Universidad de La Coruña, en el II Encuentro de Teatro Universitario de Huelva (nov. 1999).

8. *afufón.* Según Cobarruvias, *afufar* «Vale huir... por los empellones que van dando unos a otros quando huyen».

TODAS

¿Qué es esto?, ¿qué es esto?

TREVIÑO

¡Ox!
Es el diablo que las lleve.

MARÍA (RAMÍREZ)

No lo niegue; dígalo.   20

TREVIÑO

Tengo un talego, vecinas,
de dineros tan glotón,
que de cenar mucho anoche
por poco no reventó,
y está con tanta barriga...   25

MARÍA (DE SAN PEDRO)

Llámenle luego un doctor.

TREVIÑO

No, que mandará sangrarle,
y es matarle, ¡vive Dios!

ISABEL

Uno pasa por la calle.

MARÍA (RAMÍREZ)

¡Señor doctor!

---

26. *Luego* en el siglo XVII equivale a «inmediatamente», y no a «más tarde».

Déjelo. 30

(Sale Bernarda, *de doctor.)*

Bernarda

¡Paz sea en aquesta casa!

Treviño

Ya no puede, entrando vos.

Bernarda

¿Dónde está el enfermo, amigo?

Treviño

Eso es lo que rehuso yo,
decir dónde está el enfermo. 35

Todas

¡Héle aquí, que es compasión!

(Descubre en una camita muy aderezada un talego, echado como un enfermo y tómale el pulso.)

Bernarda

Venga el pulso. Éste está ahíto
de tragar tanto doblón.
Métanle luego los dedos; vomite lo que tragó. 40

Treviño

Sólo en esta enfermedad
es mala la evacuación.

No le haré tal beneficio
sin mandarlo su doctor.

BERNARDA

¿Quién es el que le visita?   45

TREVIÑO

Hasta ahora sólo yo.

BERNARDA

Luego, ¿es doctor?

TREVIÑO

                    De mi bolsa.

BERNARDA

Pues, ¿en qué lengua estudió?

TREVIÑO

  Al ganarlo, estudié en indio,
y al gastarlo, en español.   50

BERNARDA

Purguémosle.

TREVIÑO

          Es degollarle,
que yo sé su complexión.

49-50. Pulla sobre los dineros de las Indias.

BERNARDA

Hagamos aquí una junta.

TREVIÑO

Señor doctor, eso no,
que es abreviarle la vida   55
si nos juntamos los dos.

BERNARDA

Vuelvo a verle. Abra la boca,
abra. ¿Qué tiene, señor?

TREVIÑO

Lo que no tendrá si la abre.
Talego mío, ¡chitón!   60

BERNARDA

Taleguito, si yo he de curarte;
abre la boca y paparás aire.

(*Repiten.*)

TREVIÑO

Taleguito, si tomas mi voto,
cierra la boca, y pápele otro.

(*Repiten.*)

BERNARDA

Si no gusta de que se le cure,   65
cáigase muerto.

TREVIÑO

Yo le fío la vida con sólo
buen regimiento.

(*Repiten.*)

BERNARDA

De talegus hinchatos dineris,
dice Avicena,   70
que sanorum si de hembra le echatis
dos sanguijuelas.

TREVIÑO

Pues Galenus in Aforismorum,
chocata pecunia,
en tratando con hembris malvatis   75
le desahucian.

BERNARDA

De opinionibus agarratibis,
facile probo.

TREVIÑO

Si apretatibis mecum estafam,
négolo totum.   80

(*Cubren el talego.*)

BERNARDA

Huyó el dinerito, y quedáisos vos,
y el corazón se me hizo dos.

69-80. Parodia bufa de las contiendas escolásticas de licenciados y médicos.
El humor de Quiñones está aquí a la altura del mejor Molière.

Que póngale en cobro yo esta vez,
y el corazón se le haga diez.

(Jácara.)

MARÍA (RAMÍREZ)

¿Cómo trata así esta moza?   85
¿Él es el cortés mancebo?

TREVIÑO

Yo soy el Cortés, y ella
el Colón de mi dinero.

MARÍA (DE SAN PEDRO)

Excuse dos coscorrones
que se me van trasluciendo.   90

TREVIÑO

¿Qué mucho que se trasluzga
quien es hija de San Pedro?

BERNARDA

Pues yo soy hija del diablo
si tanta mostaza pruebo.

TREVIÑO

No es mucho, cuando en su cara   95
tantos perejiles vemos.

86-88. Otro juego de palabras sobre Colón y Cortés, con dilogía, sobre descubrir y conquistar.

BERNARDA

¡Miente!

TREVIÑO

¡Tome!

(Dale TREVIÑO *a* BERNARDA *una bofetada.)*

MARÍA (RAMÍREZ)

¡Fuera!

MARÍA (DE SAN PEDRO)

¡Quedo!

(Llorando y cantando.)

BERNARDA

¡Seca tenga la mano
quien tal ha hecho!

MARÍA (DE SAN PEDRO)

Ésa es grande grosería.   100

TREVIÑO

Pues sóplenla allá lo grueso.

MARÍA (DE SAN PEDRO)

Sóplele él, que es soplavivos.

100-102. Tengo la impresión, como María de San Pedro, que en este «sopla-vivos» hay, en efecto, gran grosería.

TREVIÑO

¡Miente!

MARÍA (DE SAN PEDRO)

¡Tome!

(Dale MARÍA DE SAN PEDRO *a* TREVIÑO *un bofetón.)*

MARÍA (RAMÍREZ)

¡Fuera!

ISABEL

¡Quedo!

(Cantando y llorando.)

TREVIÑO

No lloréis, mocita, por un bofetón,
que, pues yo tengo otro, lloraré por vos.   105
No me mates, muchacha, llorando,
levanta los ojos y mira más blando,
que francas te hago las dos faltriqueras.

BERNARDA

¿Dícelo de veras?

TREVIÑO

No, sino burlando.

236

María (Ramírez)

Así dicen que en tierra de bobos   110
se hacen los gavilancicos mancos.

Bernarda

No te vayas de mí recatando,
que en fe de que pobre te estoy estimando,
mis brazos te aguardan de balde. ¿Qué esperas?

Treviño

¿Dícelo de veras?

Bernarda

No, sino burlando.   115

María (de San Pedro)

Así dicen que en tierra de bobos
se hacen los gavilancicos mancos.

Treviño

No se vayan de aquí en acabando,
que, Roque, en albricias que va mejorando
no cobra mañana en las puertas primeras.   120

(Dice Un Mosquetero *desde el patio.)*

Mosquetero

¿Dícelo de veras?

---

111. *gavilancicos*. Con dilogía: por un lado, gavilán, «ave de rapiña», y por otro, «gavilanes de espada», «las dos varetas de la guarnición que hacen la cruz, que son como las alas del gavilán cuando las tiende».

No, sino burlando.

BERNARDA

Así dicen los cobradorcitos
que se hacen los mosquetericos mancos.

(Repiten los MÚSICOS.)

así dicen los cobradorcitos
que se hacen los mosquetericos mancos.　　　　125

124-25. Burla sobre la dificultad de cobrar la entrada en los corrales, que ya
Agustín de Rojas había satirizado en una octava real memorable.

JORNADA SEGUNDA

(Salen el Rey Don Alonso, *y* Don Diego Tenorio, *de barba.)*

Rey

¿Que esto pasa?

Tenorio

      Señor, esto me escribe   1090
de Nápoles Don Pedro, que le hallaron
con dama en el Palacio, y apercibe
remedio en este caso.

Rey

              ¿Y le dejaron
con vida?

1090 y siguientes. Mantengo aquí las octavas reales de *TL*, frente al texto
de *B*, que sólo se aclara con la llegada de Octavio. Parece claro que el actor que hace este papel dispone del texto escrito (en su versión final), mientras
que el diálogo inicial entre Alfonso XI y Diego Tenorio ha tenido que ser reconstruido por la compañía de Roque de Figueroa; frente a ello el texto de *TL*
es impecable y deja claras las motivaciones de los personajes y la situación escénica.

    Por Don Pedro, señor, vive,
que sin que se supiese le ausentaron;   1095
y la dama, inocente de este agravio,
agresor hizo de esto al duque Octavio,
    y ya en Sevilla está.

REY

                Sí, mas ¿qué haremos
con Gonzalo de Ulloa, que le había
tratado el casamiento?

TENORIO

                Bien podremos   1100
poner remedio, pues el tiempo envía
ocasión, y en la mano la tenemos:
que el Duque Octavio remediar podría
el yerro de Don Juan, pues que su casa
a la de Don Gonzalo llega y pasa.   1105

REY

No me parece mal, como no inquiete
al Duque la pasión que de Isabela,
con el amor que tuvo, nos promete,
en cuya confusión hoy se desvela.
Pues la ocasión tenemos del copete,   1110
asirla, que es ligera y siempre vuela;
y viene a ser aquesta el mejor medio,
que a dos casos como éstos da remedio.
    Y ¿adónde está ese loco?

1103-4. El Rey deshace el matrimonio inicialmente previsto entre Doña
Ana y Don Juan para casarla ahora con Octavio.

Jamás niego
a Vuestra Alteza cosa que pretenda   1115
saber; y cuando aquí pende el sosiego
de Don Juan, y con esto el yerro enmienda,
por quien se acabe el encendido fuego
que él comenzó, es ya justo que lo entienda,
señor, tu Alteza: ya en Sevilla asiste,   1120
y así encubierto está mientras se viste.

REY

Pues decidle que de ella salga al punto,
que pienso que es travieso y la pasea,
porque el remedio de esto venga junto.

TENORIO

A Lebrija se irá.

REY

Mi enojo vea   1125
en el destierro.

TENORIO

Quedará difunto
cuando lo sepa.

REY

Lo que digo sea
sin falta.

TENORIO

El Duque Octavio es el que viene.

Decid que llegue, que licencia tiene.

(Sale, el Duque Octavio, *de camino.)*

Octavio

A esos pies, gran señor, un peregrino   1130
mísero y desterrado, ofrece el labio,
juzgando por más fácil el camino
en vuestra [real] presencia, el Duque Octavio.
Huyendo vengo el fiero desatino
de una mujer, el no pensado agravio   1135
de un Caballero, que la causa ha sido
de que así a vuestros pies haya venido.

Rey

Ya, Duque Octavio, sé vuestra inocencia,
y al rey escribiré que os restituya
en vuestro estado, puesto que el ausencia   1140
que hicisteis, algún daño os atribuya.
Yo os casaré en Sevilla, con licencia
del rey, y con perdón y gracia suya,
que, puesto que Isabela un ángel sea,
mirando la que os doy, ha de ser fea.   1145
Comendador Mayor de Calatrava
es Gonzalo de Ulloa, un caballero
a quien el Moro por temor alaba,
que siempre es el cobarde lisonjero;
éste tiene una hija, en quien bastaba   1150
en dote la virtud, que considero
después de la beldad, que es maravilla

1133. En *BS, «en vuestra gran presencia».* El sintagma lógico es «real presencia», como dice *TL.* Mantengo esta lectura en la idea de que *BS* tiene aquí algún error de transmisión.
1140. *Puesto que,* con valor concesivo: «en caso de que», «admitiendo que».

y el sol de las estrellas de Sevilla.
Ésta quiero que sea vuestra esposa.

OCTAVIO

Cuando yo este viaje le emprendiera   1155
sólo a eso, mi suerte era dichosa,
sabiendo yo que vuestro gusto fuera.

REY

Hospedaréis al Duque, sin que cosa
en su regalo falte.

OCTAVIO

                               Quien espera
en Vos, señor, saldrá de premios lleno.   1160
Primero Alfonso sois, siendo el Onceno.

(*Vase el* REY *y* TENORIO, *y sale* RIPIO.)

RIPIO

¿Qué ha sucedido?

OCTAVIO

                                 Que he dado
el trabajo recibido,
conforme me ha sucedido,

_____

1158-9. El Rey indica al Tenorio padre que *cumpla con el hospedaje* que al
Duque se le debe. Hay aquí dos motivos escénicos interesantes: el padre resti-
tuye indirectamente la falta del hijo por dos vías: le ofrece su propia casa, tras
expulsar de ella a Don Juan, y le está ofreciendo, de acuerdo con el Rey, y por
su consejo, la esposa que en principio estaba destinada a Don Juan. Éste es un
pasaje que demuestra la construcción correcta del *Tan largo* y la funcionalidad
del principio de sustitución filial, que se produce a todo lo largo del segundo
acto.

243

desde hoy por bien empleado.   1165
   Hablé al rey, vióme y honróme,
César con el César fui,
pues vi, peleé y vencí,
y [ya] hace que esposa tome
  de su mano, y se prefiere   1170
a desenojar al Rey
en la fulminada ley.

RIPIO

Con razón el nombre adquiere
  de generoso en Castilla.
¿Al fin te llegó a ofrecer   1175
mujer?

OCTAVIO

   Sí, amigo, y mujer
de Sevilla, que Sevilla
  da, si averiguarlo quieres
—porque de oírlo te asombres—
si fuertes y airosos hombres,   1180
también gallardas mujeres.
   Un manto tapado, un brío
donde el puro sol se esconde,
si no es en Sevilla, ¿adónde
se admite? El contento mío   1185
  es tal, que ya me consuela
en mi mal.

(Salen CATALINÓN *y* DON JUAN.*)*

1169. En *BS, y hace que.* Falta una sílaba.

1170. *Preferirse.* En la idea de «adelantarse», según Cobarruvias.

1172. *Fulminar* tiene sentido jurídico, y equivale a «dictar sentencia para ejecución».

Señor, detente,
que aquí está el duque, inocente
Sagitario de Isabela,
   aunque mejor le diré   1190
Capricornio.

DON JUAN

Disimula.

CATALINÓN

Cuando le vende, le adula.

DON JUAN

Como a Nápoles dejé
   por enviarme a llamar
con tanta prisa mi Rey,   1195
y como su gusto es ley,
no tuve, Octavio, lugar
   de despedirme de vos
de ningún modo.

OCTAVIO

         Por eso,
Don Juan amigo, os confieso   1200
que hoy nos juntamos los dos
   en Sevilla.

1189-91. El chiste sobre Sagitario y Capricornio se basa, como es obvio, en los signos zodiacales. El chiste inicial está en el retruécano con *Sagitario,* que en léxico de germanía es «el que llevan azotado por las calles», mientras *Capricornio* alude a la cornamenta.

DON JUAN

¿Quién pensara,
Duque, que en Sevilla os viera?
¿Vos Puzol, vos la Ribera
desde Parténope clara   1205
    dejáis? Mas, aunque es lugar
Nápoles, tan excelente,
por Sevilla solamente
se puede, amigo, dejar.

OCTAVIO

Si en Nápoles os oyera,   1210
y no en la parte en que estoy,
del crédito que ahora os doy
sospecho que me riera.
    Mas llegándola a habitar,
es, por lo mucho que alcanza,   1215
corta cualquiera alabanza
que a Sevilla queráis dar.
    ¿Quién es el que viene allí?

DON JUAN

El que viene es el Marqués
de la Mota.

OCTAVIO

                Descortés   1220
    es fuerza ser.

1204-5. *Puzol, o Puzzoli,* lugar de los alrededores de Nápoles, célebre por sus solfataras. *Parténope* es el nombre clásico de Nápoles, como dice Virués en el *Montserrate:* «cuatro nobles, mancebos naturales / de la grande Parténope famosa» (XIV, pág. 549).

1220. Esta réplica de Octavio no es difícil de entender. El que viene, el Marqués, da muestras de conocer a Don Juan, y Octavio, ante la llegada del intruso, se ve obligado a la «descortesía» de terminar la conversación y despedirse.

Don Juan

Si de mí
algo hubiereis menester,
aquí espada y brazo está.

Catalinón

(Aparte.)

Y si importa, gozará
en su nombre otra mujer,   1225
    que tiene buena opinión.

Octavio

De vos estoy satisfecho.

Catalinón

Si fuere de algún provecho,
señores, Catalinón,
    vuarcedes continuamente   1230
me hallarán para servillos.

Ripio

¿En dónde?

Catalinón

    En Los Pajarillos,
tabernáculo excelente.

(Vase Octavio *y* Ripio *y sale el* Marqués
de la Mota.)*

Todo hoy os ando buscando
y no os he podido hallar.   1235
¿Vos, Don Juan, en el lugar
y vuestro amigo penando
    en vuestra ausencia?

DON JUAN

                        Por Dios,
amigo, que me debéis
esa merced que me hacéis.   1240

CATALINÓN

Como no le entreguéis vos
    moza, o cosa que lo valga,
bien podéis fiaros de él,
que, en cuanto en esto es cruel,
tiene condición hidalga.   1245

DON JUAN

¿Qué hay de Sevilla?

MOTA

                        Está ya
toda esta Corte mudada.

DON JUAN

¿Mujeres?

1234. *Todo hoy*. Es decir, «durante todo el día de hoy».
1241-5. Esta réplica de Catalinón siempre se edita como aparte, pero ni en
la *princeps* ni en *Tan largo* hay esa indicación, y dado que el Marqués y Don
Juan son un par de redomados compinches, no es incongruente que Catalinón pueda decir esto en voz alta, como una especie de irónica advertencia o
pillería consentida.

MOTA

Cosa juzgada.

DON JUAN

¿Inés?

MOTA

A Vejer se va.

DON JUAN

Buen lugar para vivir   1250
la que tan dama nació.

MOTA

El tiempo la desterró
a Vejer.

DON JUAN

Irá a morir.
¿Constanza?

MOTA

Es lástima vella:
lampiña de frente y ceja,   1255
llámala el portugués vieja
y ella imagina que bella.

1253. Juego de palabras entre *vejez* y *Vejer*. El lugar es *Vejer de la Frontera*. En *TL, Vegel,* en *BS, Begel.*

DON JUAN

Sí, que *velha* en portugués
suena vieja en castellano.
¿Y Teodora?

MOTA

Este verano   1260
escapó del mal francés
    por un río de sudores,
y está tan tierna y reciente,
que anteayer me arrojó un diente
envuelto entre muchas flores.   1265

DON JUAN

¿Julia, la del Candilejo?

MOTA

Ya con sus afeites lucha.

DON JUAN

¿Véndese siempre por trucha?

1261. El mal francés o sífilis, que para los franceses es el mal italiano.

1266. La calle del Candilejo, una de las más tradicionales de Sevilla, asociada a la leyenda de la Cabeza del Rey Don Pedro.

1268. *Trucha*. La calidad de las mujeres se compara a la del pescado. La trucha es de más categoría que el abadejo, que por cierto también recibe el nombre de «truchuela». Tanto «trucha» como «abadejo» con acepción sexual están en el *Quijote* de Avellaneda: «que si llegamos a Alcalá, le tengo de servir allí, como lo verá por la obra, un par de truchas que no pasan de los catorce, lindas a mil maravillas y no de mucha costa» (XXIII), «y a quien acá nos trajo tan gentil carga de abadejo» (XXV). Sorprende que los partidarios de atribuir *El burlador* a Tirso hablen de que este uso de *trucha / abadejo* es un estilema típico de Tirso.

MOTA

Ya se da por abadejo.

DON JUAN

El barrio de Cantarranas   1270
¿tiene buena población?

MOTA

Ranas las más de ellas son.

DON JUAN

¿Y viven las dos hermanas?

MOTA

Y la mona de Tolú
de su madre Celestina,   1275
que les enseña doctrina.

DON JUAN

¡Oh, vieja de Bercebú!
   ¿Cómo la mayor está?

MOTA

Blanca, y sin blanca ninguna.
Tiene un santo a quien ayuna.   1280

DON JUAN

¿Agora en vigilias da?

MOTA

Es firme y santa mujer.

DON JUAN

¿Y esotra?

MOTA

Mejor principio
tiene: no desecha ripio.

DON JUAN

Buen albañir quiere ser.   1285
    Marqués, ¿qué hay de perros muertos?

MOTA

Yo y Don Pedro de Esquivel
dimos anoche uno cruel,
y esta noche tengo ciertos
    otros dos.

DON JUAN

        Iré con vos,   1290
que también recorreré
ciertos nidos que dejé
en güevos para los dos.
    ¿Qué hay de terrero?

1284-5. *Ripio* es «piedra menuda»; de ahí el chiste sobre «buen albañir quiere ser». *Albañir* es la forma habitual en la época, como en el entremés *Antonia
y Perales*, de Luis Vélez : «Los albañires son bravos y honrados», o en Lope de
Vega: «Que yo vi un albañir volar un día / y dio una pajarada», *Albanio*, III,
37 a; y en el *Quijote* cervantino «como peones de albañir» (I, XX). En cuanto
a la expresión *no desechar ripio*, está ya atestiguada desde el estupendo *Viaje de
Turquía:* «sin que se deseche ripio», pág. 160, ed. F. G. Salinero.

1286. «Dar perro muerto», según Correas, «dícese en la corte cuando engañan a una dama dándola a entender que uno es un gran señor». De acuerdo
con los usos de la época, en materia de trato carnal «dar perro muerto» es no
pagar la cantidad estipulada para el servicio. Castillo Solórzano en *La garduña
de Sevilla* recoge «fundó un perro muerto en el más extraño capricho que se
pudo imaginar», pág. 21, ed. Austral.

MOTA

                    No muero
en terrero, que en-terrado   1295
me tiene mayor cuidado.

DON JUAN

¿Cómo?

MOTA

Un imposible quiero.

DON JUAN

Pues, ¿no os corresponde?

MOTA

                    Sí;
me favorece y estima.

DON JUAN

¿Quién es?

MOTA

          Doña Ana, mi prima,   1300
que es recién llegada aquí.

DON JUAN

Pues, ¿dónde ha estado?

1295. «Hacer terrero» era cortejar a una dama en su casa. El «terrado» en cambio, era la azotea; de ahí el chiste del Marqués.

MOTA

En Lisboa,
con su padre en la embajada.

DON JUAN

¿Es hermosa?

MOTA

Es extremada,
porque en Doña Ana de Ulloa   1305
se extremó Naturaleza.

DON JUAN

¿Tan bella es esa mujer?
¡Vive Dios que la he de ver!

MOTA

Veréis la mayor belleza
que los ojos del sol ven.   1310

DON JUAN

Casaos, si es tan extremada.

MOTA

El Rey la tiene casada
y no se sabe con quién.

DON JUAN

¿No os favorece?

MOTA

Y me escribe.

CATALINÓN

No prosigas, que te engaña   1315
el gran burlador de España.

DON JUAN

Quien tan satisfecho vive
    de su amor, ¿desdichas teme?
Sacadla, solicitadla,
escribidla y engañadla   1320
y el mundo se abrase y queme.

MOTA

    Agora estoy esperando
la postrer resolución.

DON JUAN

Pues no perdáis ocasión,
que aquí os estoy aguardando.   1325

MOTA

    Ya vuelvo.

CATALINÓN

                Señor Cuadrado,
o señor Redondo, adiós.

CRIADO

Adiós.

(Vanse el MARQUÉS *y el* CRIADO.*)*

1326. Según los editores clásicos de esta obra, Catalinón podría estar haciendo un chiste sobre el nombre de algún actor que representaría el papel y sería más o menos conocido. Me parece más sencillo postular que Catalinón está explotando el retruécano «criado, cuadrado».

Pues solos los dos,
amigo, habemos quedado

los pasos sigue al Marqués,   1330
que en el Palacio se entró.

(Vase CATALINÓN; *habla por una reja una* MUJER.)

MUJER

¡Ce!, ¿a quién digo?

DON JUAN

¿Quién llamó?

MUJER

Si sois prudente y cortés
y su amigo, dadle luego
al Marqués este papel: 1335
mirad que consiste en él
de una señora el sosiego.

DON JUAN

Digo que se lo daré.
Soy su amigo, y caballero.

MUJER

Basta, señor forastero,   1340
adiós.

(Vase.)

DON JUAN

Ya la voz se fue.
¿No parece encantamiento
esto que agora ha pasado?

A mí el papel ha llegado
por la estafeta del viento.   1345
   Sin duda que es de la dama
que el Marqués me ha encarecido.
Venturoso en esto he sido.
Sevilla a voces me llama
   el Burlador, y el mayor   1350
gusto que en mí puede haber
es burlar una mujer
y dejarla sin honor.
   ¡Vive Dios que le he de abrir,
pues salí de la plazuela!   1355
Mas, ¿si hubiese otra cautela?
Gana me da de reír.
   Ya está abierto el tal papel
y que es suyo es cosa llana,
porque aquí firma: «Doña Ana».   1360
Dice así: «Mi padre infiel
   en secreto me ha casado
sin poderme resistir;
no sé si podré vivir,
porque la muerte me ha dado.   1365
   Si estimas, como es razón,
mi amor y mi voluntad,
y si tu amor fue verdad,
muéstralo en esta ocasión.
   Porque veas que te estimo   1370
ven esta noche a la puerta,
que estará a las once abierta,
donde tu esperanza, primo,
goces, y el fin de tu amor.
   Traerás, mi gloria, por señas   1375
de Leonorilla y las dueñas

1356. *Cautela* significa «engaño», como en la obra *Cautela contra cautela*, de
Mira de Amescua, pero también atribuida a Tirso en la *Segunda Parte* editada
por el fraudulento Lucas de Ávila.

1372. *A las once abierta*. Texto modificado. En *TL* era: «aquesta noche ven-
drás / a las once, y hallarás / abierto para este intento / cierto postigo».

una capa de color.
    Mi amor todo de ti fío,
y adiós.» Desdichado amante.
¿Hay suceso semejante?   1380
Ya de la burla me río.
    Gozaréla, vive Dios,
con el engaño y cautela
que en Nápoles a Isabela.

(Sale CATALINÓN.)

CATALINÓN

Ya el Marqués viene.

DON JUAN

                    Los dos   1385
aquesta noche tenemos
que hacer.

CATALINÓN

            ¿Hay engaño nuevo?

DON JUAN

Extremado.

CATALINÓN

            No lo apruebo.
Tú pretendes que escapemos
una vez, señor, burlados.   1390
Que el que vive de burlar,
burlado habrá de [quedar]

1392. En *B, burlado habrá de escapar,* con la única variación «quedar / escapar» en el texto de Catalinón. Prefiero el texto de *TL,* más coherente.

pagando tantos pecados
de una vez.

DON JUAN

¿Predicador
te vuelves, impertinente?   1395

CATALINÓN

La razón hace al valiente.

DON JUAN

Y al cobarde hace el temor.
El que se pone a servir
voluntad no ha de tener,
y todo ha de ser hacer,   1400
y nada ha de ser decir.
Sirviendo, jugando estás,
y si quieres ganar luego,
haz siempre, porque en el juego
quien más hace, gana más.   1405

CATALINÓN

Y también quien hace y dice
topa y pierde en cualquier parte.

1404-7. Todo el pasaje se basa en léxico de juego de naipes. *Hacer, decir, to-par* y *perder* son lances del juego. Respecto a *topar:* «Acudieron a la fama de su juego infinita gente, a manera de cierta la ganancia porque no jugava como hombre de razón, estimando el dinero sino ¡topo aquí!, ¡reparo! ¡topo a treze y a ocho! [...] y era tanta su desgracia que si topava venía azar, y si maseava, encuentro.» Sorprendentemente no viene en el catálogo léxico de Jean-Pierre Étienvre, *Figures du Jeu.*

1406-9. *Dice/avise,* rima con seseo andaluz, típica de obras de Claramonte. Dado que este pasaje es idéntico en *TL* y en *BS,* la rima con seseo es índice importante de autoría.

DON JUAN

Esta vez quiero avisarte
porque otra vez no te avise.

CATALINÓN

   Digo que de aquí adelante   1410
lo que me mandas haré,
y a tu lado forzaré
un tigre y un elefante;
   guárdese de mí un Prior,
que si me mandas que calle   1415
y le fuerce, he de forzalle
sin réplica, mi señor.

(*Sale el* MARQUÉS DE LA MOTA.)

DON JUAN

Calla, que viene el Marqués.

CATALINÓN

Pues, ¿ha de ser el forzado?

DON JUAN

Para vos, Marqués, me han dado   1420
un recado harto cortés
   por esa reja, sin ver
el que me le daba allí;
sólo en la voz conocí
que me le daba mujer.   1425

1414-8. Estos cuatro versos, de evidente intención pícara, no están ni en *TL* ni en las *abreviadas*. Tal vez sean una morcilla de Roque de Figueroa.

[Díjome] al fin que a las doce
vayas secreto a la puerta,
que estará esperando, abierta,
donde tu esperanza goce
    la posesión de [su] amor,   1430
y que llevases por señas
de Leonorilla y las dueñas
una capa de color.

MOTA

    ¿Qué decís?

DON JUAN

                Que este recado
de una ventana me dieron   1435
sin ver quién.

MOTA

           Con él pusieron
sosiego en tanto cuidado.
    ¡Ay amigo, sólo en ti
mi esperanza renaciera!
Dame esos pies.

DON JUAN

             Considera   1440
que no está tu prima en mí.
    Eres tú quien ha de ser
quien la tiene de gozar,

1426. En *BS*, *dícete al fin;* ante la discrepancia, sigo a *TL*, que no tiene problemas de transmisión.

1430. En *BS*, *de tu amor.* Parece más claro el texto *TL*, pues de lo que va a gozar el Marqués es de *su amor* (el amor de la prima).

y ¿me llegas a [besar]
los pies?

MOTA

    Es tal el placer,   1445
que me ha sacado de mí.
¡Oh Sol, apresura el paso!

DON JUAN

Ya el Sol camina al Ocaso.

MOTA

Vamos, amigo de aquí,
y de noche nos pondremos.   1450
Loco voy.

DON JUAN

    Bien se conoce.
Mas yo sé bien que a las doce
harás mayores extremos.

MOTA

    ¡Ay prima del alma, prima
que quieres premiar mi fe!   1455

CATALINÓN

¡Vive Cristo que no dé
una blanca por su prima!

(*Vase el* MARQUÉS *y sale* DON DIEGO TENORIO.)

1444. En *BS, y me llegas a abrazar;* sin embargo, la norma refuerza la lectura
de *TL,* «besar los pies», como hipérbole de «besar las manos».

TENORIO

¡Don Juan!

CATALINÓN

Tu padre te llama.

DON JUAN

¿Qué manda Vueseñoría?

TENORIO

Verte más cuerdo querría,   1460
más bueno y con mejor fama.
    ¿Es posible que procuras
todas las horas mi muerte?

DON JUAN

¿Por qué vienes de esa suerte?

TENORIO

Por tu trato y tus locuras.   1465
    Al fin, el rey me ha mandado
que te eche de la ciudad,
porque está de una maldad
con justa causa indignado.
    Que, aunque me la has encubierto,   1470
ya en Sevilla el Rey la sabe,
cuyo delito es tan grave
que a decírtelo no acierto.
    ¿En el Palacio Real
traición, y con un amigo?   1475
Traidor, Dios te dé el castigo
que pide delito igual.

Mira que, aunque al parecer
Dios te consiente y aguarda,
tu castigo no se tarda,   1480
y que castigo ha de haber
   para los que profanáis
su nombre, y que es juez fuerte
Dios en la muerte.

DON JUAN

                    ¿En la muerte?
¿Tan largo me lo fiáis?   1485
   De aquí allá hay larga jornada.

TENORIO

Breve te ha de parecer.

DON JUAN

Y la que tengo de hacer
—pues a su Alteza le agrada—
   agora, ¿es larga también?   1490

TENORIO

Hasta que el injusto agravio
satisfaga el Duque Octavio,
y apaciguados estén
   en Nápoles, de Isabela
los sucesos que has causado,   1495
en Lebrija, retirado
por tu traición y cautela
   quiere el rey que estés agora.
Pena a tu maldad ligera.

CATALINÓN

(Aparte.)

264

Si el caso también supiera   1500
de la pobre pescadora
más se enojara el buen viejo.

TENORIO

Pues no te venzo y castigo
con cuanto hago y cuanto digo,
a Dios tu castigo dejo.   1505

(Vase.)

CATALINÓN

Fuese el viejo enternecido.

DON JUAN

Luego las lágrimas copia,
condición de viejos propia;
vamos, pues ha anochecido
a buscar al Marqués.

CATALINÓN

                    Vamos,   1510
y al fin gozarás su dama.

DON JUAN

Ha de ser burla de fama.

CATALINÓN

Ruego al Cielo que salgamos
de ella en paz.

1507. *Luego las lágrimas copia. Luego* vale por *pronto* y *copia* por *acopia* o *acumula*. La frase equivale a «pronto se pone a llorar».

DON JUAN

¡Catalinón
al fin!

CATALINÓN

Y tú, señor, eres   1515
langosta de las mujeres;
y con público pregón,
    porque de ti se guardara
cuando a noticia viniera
de la que doncella fuera,   1520
fuera bien se pregonara:
    «Guárdense todos de un hombre
que las mujeres engaña,
y es el burlador de España.»

DON JUAN

Tú me has dado gentil nombre.   1525

(Sale el MARQUÉS, *de noche, con* MÚSICOS, *y pasea el tablado, y se entran cantando.)*

MÚSICOS

El que un bien gozar espera,
cuando espera, desespera.

DON JUAN

¿Qué es esto?

CATALINÓN

Música es.

MOTA

Parece que habla conmigo
el poeta.

DON JUAN

¿Quién va?

MOTA

Amigo.   1530
¿Es Don Juan?

DON JUAN

¿Es el Marqués?

MOTA

¿Quién puede ser, si no yo?

DON JUAN

Luego que la capa vi
que érades vos conocí.

MOTA

Cantad, pues Don Juan llegó.   1535

(Cantan:)

El que un bien gozar espera,
cuando espera, desespera.

DON JUAN

¿Qué casa es la que miráis?

MOTA

De Don Gonzalo de Ulloa.

DON JUAN

¿Dónde iremos?

MOTA

A Lisboa.   1540

DON JUAN

¿Cómo, si en Sevilla estáis?

MOTA

Pues, ¿aqueso os maravilla?
¿No vive, con gusto igual,
lo peor de Portugal
en lo mejor de Sevilla?   1545

DON JUAN

¿Dónde viven?

MOTA

En la calle
de la Sierpe, donde ves
a Adán, vuelto en portugués,

1548-1553. El texto alternativo de *BS* está lleno de errores métricos, de rima y de cohesión textual. La interpretación del pasaje según *TL* es muy clara y alude al episodio de la manzana de Eva, el bocado y los jóvenes enamoradizos o galanteadores que frecuentaban la calle de la Sierpe, territorio de manflotas y lupanares. En cuanto a los *bocados dorados con que las vidas nos quitan,* hay un pasaje del *Guzmán de Alfarache,* parte I, 1, cap. III, donde queda

que en aqueste amargo valle
  con bocados solicitan   1550
mil Evas; que, aunque dorados,
en efecto son bocados
con que las vidas nos quitan.

CATALINÓN

Ir de noche no quisiera
por esa calle cruel,   1555
pues lo que de día en miel,
de noche lo dan en cera.
  Una noche por mi mal
la vi sobre mí [vertida],
y hallé que era corrompida   1560
la cera de Portugal.

DON JUAN

Mientras a la calle vais,
yo dar un perro quisiera.

MOTA

Pues cerca de aquí me espera
un bravo.

---

clara la alusión: «mas los que los hombre toman por sus vicios y deleites, son
píldoras doradas, que engañando la vista con apariencia falsa de sabroso gusto, dejan el cuerpo descompuesto y desbaratado: son verdes prados, llenos de
ponzoñosas víboras, piedras (al parecer) de mucha estima, y debajo están lle-
nas de alacranes, muerte eterna, que engaña con breve vida». Parece bastante
claro que el pasaje alude a Adán, Eva y el bocado a la manzana (que guarda
una víbora escondida), y no, como en el texto de la *princeps,* a la tribu de Dan.

  1559. En *B, la vi sobre mi ventana.* Aquí el error grosero de rima deja clara la
superioridad de *TL.*

  1561. *Cera.* En la época «cera» alude al «excremento», lo que explica el chiste escatológico de Catalinón, muy acorde con su nombre.

Si me dejáis,   1565
señor Marqués, vos veréis
cómo de mí no se escapa.

MOTA

Vamos, y poneos mi capa
para que mejor lo deis.

DON JUAN

Bien habéis dicho; venid   1570
y me enseñaréis la casa.

MOTA

Mientras el suceso pasa,
la voz y el habla fingid.
¿Veis aquella celosía?

DON JUAN

Ya la veo.

MOTA

Pues llegad,   1575
y decid «Beatrís», y entrad.

DON JUAN

¿Qué mujer?

1576. En *B*, con *seseo*, *Beatrís*, lo que refuerza la variante *Trisbea* frente a Tisbea, como anagrama.

MOTA

Rosada y fría.

CATALINÓN

Será mujer cantimplora.

MOTA

En Gradas os aguardamos.

DON JUAN

Adiós, Marqués.

MOTA

¿Dónde vamos?   1580

DON JUAN

Calla, necio, calla agora,
adonde la burla mía
[se] ejecute.

1579. *Gradas* era el lugar de cita y paseo de Sevilla, que va a dar a la catedral.

1582. *adonde la burla mía.* Este verso, común a *TL* y a *BS* es supernumerario para la rima. Como está en ambos textos, hay que admitir que estaba en el original, y que hay un despiste de rima, como a veces pasa en otras obras de Claramonte. Sin embargo, en *TL* no está el verso anterior *Calla necio, calla agora,* que cumple con la rima anterior, pero parece de relleno, ripioso. Mi sospecha es que en el original el autor de la obra se distrajo al buscar la rima y rimó *adonde la burla mía* con *rosada y fría* creyendo terminar la redondilla, cuando *rosada y fría* era el final de la redondilla anterior, no el verso inicial de la nueva. El autor original se saltó ese verso y esa rima, y los reelaboradores tardíos (Roque de Figueroa o la anterior compañía) completaron la redondilla con el verso *calla necio, calla agora,* de relleno, pero no pudieron quitar el verso supernumerario, porque afectaría a la sintaxis de la siguiente redondilla.

CATALINÓN

No se escapa
nadie de ti.

DON JUAN

El trueco adoro.

CATALINÓN

Echaste la capa al toro.   1585

DON JUAN

Escapéme por la capa.

(Vanse.)

MARQUÉS

La mujer ha de pensar
que soy yo.

MÚSICO

¡Qué gentil perro!

MOTA

Esto es acertar por yerro.

MÚSICO

Todo este mundo es errar,   1590
que está compuesto de errores.

MOTA

El alma en las horas tengo,
y en sus cuartos me prevengo

para mayores favores.
　　¡Ay, noche espantosa y fría,　　　　1595
para que largos los goce,
corre veloz a las doce,
y después no venga el día!

MÚSICO

¿A dónde guía la danza?

MOTA

Cal de la Sierpe guiad.　　　　　　　1600

MÚSICO

¿Qué cantaremos?

MOTA

　　　　　　　　Cantad
lisonjas a mi esperanza.

(Cantan:)

El que un bien gozar espera,
cuando espera, desespera.

(Vanse, y dice DOÑA ANA, *dentro.)*

Falso, no eres el Marqués,　　　　　1605
que me has engañado.

DON JUAN

　　　　　　　　Digo
que lo soy.

273

DOÑA ANA

Fiero enemigo,
mientes, mientes.

(Sale el COMENDADOR, *medio desnudo, con espada
y rodela.)*

DON GONZALO

La voz es
de Doña Ana la que siento.

DOÑA ANA

¿No hay quien mate este traidor   1610
homicida de mi honor?

DON GONZALO

¿Hay tan grande atrevimiento?
    «Muerto honor», dijo, ¡ay de mí!,
y es su lengua tan liviana,
que aquí sirve de campana.   1615

DOÑA ANA

¡Matadle!

(Salen DON JUAN *y* CATALINÓN, *con las espadas
desnudas.)*

DON JUAN

¿Quién está aquí?

DON GONZALO

La barbacana caída
de la torre de ese honor

que has combatido, traidor,
donde era alcaide la vida. 1620

DON JUAN

Déjame pasar.

DON GONZALO

¿Pasar?
Por la punta de esta espada.

DON JUAN

Morirás.

DON GONZALO

No importa nada.

DON JUAN

Mira que te he de matar.

DON GONZALO

¡Muere, traidor!

DON JUAN

De esta suerte 1625
muero yo.

CATALINÓN

Si escapo de ésta,
no más burlas, no más fiesta.

Don Gonzalo

¡Ay, que me has dado la muerte!
  Mas si el honor me quitaste,
¿de qué la vida servía?   1630

Don Juan

¡Huye!

Don Gonzalo

  Aguarda, que es sangría
con que el valor me aumentaste;
  mas no es posible que aguarde...
Seguiréle mi furor,
que es traidor, y el que es traidor   1635
es traidor porque es cobarde.

(Entran muerto a Don Gonzalo, *y salen el* Marqués
de la Mota, *y* Músicos.)

Mota

  Presto las doce darán
y mucho Don Juan se tarda.
¡Fiera pensión del que aguarda!

(Salen Don Juan *y* Catalinón.)

Don Juan

¿Es el Marqués?

1639. *fiera pensión.* «Pensión» es «trabajo o incomodidad, que es inherente a un gozo cualquiera», según el Diccionario de 1867. Como se recordará «pensión» está también en el soneto del Rey de Nápoles. La palabra es de uso ge-

MOTA

¿Es Don Juan?   1640

DON JUAN

Yo soy. Tomad vuestra capa.

MOTA

¿Y el perro?

DON JUAN

Funesto ha sido;
al fin, Marqués, muerto ha habido.

CATALINÓN

Señor, del muerto te escapa.

MOTA

¿Burlásteisla?

DON JUAN

Sí burlé.   1645

---

neralizado en la época. «No hay dignidad sin pensión en esta vida», *Guzmán*,
II, 4, 2. «¡Ay de los que sirve, y con qué pensión ganan un pedazo de pan»,
María de Zayas, *Tres novelas amorosas y ejemplares; tres desengaños*, ed. Alicia Redondo, Castalia, IEM, pág. 55; «adonde la necedad / es pensión de la belleza»,
Jacinto de Herrera, *Duelo de honor y amistad*, pág. 260. «¡Pobre de la hermosura! A nadie, sin pensión, la ha dado el Cielo», *La Dorotea*, acto II, escena 1. Parece muy claro que el texto de *TL* *«fiera pensión»* es correctísimo, frente a *«fiera
prisión»* de la *princeps*, que algunos editores imprimen sin ningún tipo de explicación y sin anotar la variante de *TL*.

CATALINÓN

(Aparte.)

(Y aún a vos os ha burlado.)

DON JUAN

Caro la burla ha costado.

MOTA

Yo, Don Juan, lo pagaré,
  porque estará la mujer
quejosa de mí.

DON JUAN

        Las doce   1650
darán.

MOTA

    Como mi bien goce,
nunca llegue a amanecer.

DON JUAN

Adiós, Marqués.

CATALINÓN

       Muy buen lance
el desdichado hallará.

DON JUAN

Huyamos.

Señor, no habrá   1655
aguilita que me alcance.

(Vanse.)

MARQUÉS

Vosotros os podéis ir
todos a casa, que yo
he de ir solo.

MÚSICOS

Dios creó
las noches para dormir.   1660

(Vanse y dicen dentro.)

¿Viose desdicha mayor
y viose mayor desgracia?

MOTA

¡Válgame Dios, voces oigo
en la plaza del Alcázar!
¿Qué puede ser a estas horas?   1665
Un hielo me baña el alma.
Desde aquí parece todo
una Troya que se abrasa,
porque tantas hachas juntas
paren gigantes de llamas.   1670
Mas, una escuadra de luces
se acerca a mí. ¿Por qué anda
el fuego emulando al Sol,

_____

1669. *Hachas,* «teas, antorchas».

dividiéndose en escuadras?
Quiero preguntar lo que es.   1675

(Sale TENORIO, *el Viejo, y la* GUARDA *con hachas.)*

TENORIO

¿Qué gente?

MOTA

          Gente que aguarda
saber de aqueste alboroto
la ocasión.

TENORIO

          Ésta es la capa
que dijo el Comendador
en sus postreras palabras.   1680
Préndanle.

MOTA

          ¿Prenderme a mí?

TENORIO

Volved la espada a la vaina,
que la mayor valentía
es no tratar de las armas.

MOTA

¿Cómo al Marqués de la Mota   1685
hablan así?

TENORIO

          Dad la espada,
que el rey os manda prender.

MOTA

¡Vive Dios!

(Sale el REY *y acompañamiento.)*

REY

En toda España
no ha de caber, ni tampoco
en Italia, si va a Italia.   1690

TENORIO

Señor, aquí está el Marqués.

MOTA

¿Vuestra Alteza a mí me manda
prender?

REY

Llevadle y ponedle
la cabeza en una escarpia.
¿En mi presencia te pones?   1695

MOTA

¡Ah, glorias de amor tiranas,
siempre en el pasar ligeras
como en el vivir pesadas!
Bien dijo un sabio que había
entre la boca y la taza   1700
peligro; mas el enojo
del rey me admira y me espanta.
¿No sabré por qué voy preso?

TENORIO

¿Quién mejor sabrá la causa
que Vueseñoría?

MOTA

¿Yo?   1705

TENORIO

Vamos.

MOTA

Confusión extraña.

(Vanse.)

REY

Fulmínesele el proceso
al Marqués luego, y mañana
le cortarán la cabeza;
y al Comendador, con cuanta   1710
solemnidad y grandeza
se da a las personas sacras
y Reales, el entierro
se haga; en bronce y piedra párea
un sepulcro con un bulto   1715
la ofrezcan, donde en mosaicas
labores, góticas letras
den lenguas a su venganza.
Y entierro, bulto y sepulcro

1707. *«Fulminar un proceso.* Vale lo mismo que causarle, cerrarle y concluirle estando sustanciado para sentenciar.» Cobarruvias, 615, a.
1714. *Piedra párea.* Es decir, mármol de Paros.
1719. *Bulto.* Estatua.

quiero que a mi costa se haga.   1720
¿Dónde Doña Ana se fue?

Fuése al sagrado Doña Ana
de mi señora la reina.

REY

Ha de sentir esta falta
Castilla, tal capitán   1725
ha de llorar Calatrava.

(Vanse todos. Sale PATRICIO, *desposado con* ARMINTA,
GASENO, *viejo,* BELISA, *y pastores músicos.)*

Lindo sale el Sol de Abril,
por trébol y toronjil;
y aunque le sirve de estrella
Arminta sale más bella.   1730

BATRICIO

Sobre esta alfombra florida,
adonde en campos de escarcha
el sol sin aliento marcha
con su luz recién nacida,
os sentad, pues nos convida   1735
al tálamo el sitio hermoso.

ARMINTA

Cantadle a mi dulce esposo
favores de mil en mil.

MÚSICOS

Lindo sale el Sol de Abril
por trébol y toronjil.   1740

GASENO

Ya Batricio, os he entregado
el alma y ser en mi Arminta.

BATRICIO

Por eso se baña y pinta
de más colores el prado.
Con deseos la he ganado,   1745
con obras la he merecido.

MÚSICOS

Tal mujer y tal marido
vivan juntos años mil.
Lindo sale el Sol de Abril
por trébol y toronjil.   1750

BATRICIO

No sale así el Sol de Oriente
como el Sol que al alba sale,
que no hay Sol que al sol se iguale
de sus niñas y su frente;
a este sol claro y luciente   1755
que eclipsa al Sol su arrebol;
y así, cantadle a mi sol
motetes de mil en mil.

MÚSICOS

Lindo sale el Sol de Abril
por trébol y toronjil.   1760

1758. *Motetes.* «Se dixo motete, sentencia breve y compendiosa, dando a entender a los maestros de capilla que la letra ha de ser breve, y no han de componer a modo de lamentaciones.» Cobarruvias, 816b.

Batricio, aunque lo agradezco,
falso y lisonjero estás;
mas si tus rayos me das
por ti ser luna merezco;
tú eres el sol por quien crezco   1765
después de salir menguante,
para que el Alba te cante
la salva en tono sutil.

MÚSICOS

Lindo sale el Sol de Abril
por trébol y toronjil.   1770

(*Sale* CATALINÓN, *de camino.*)

CATALINÓN

Señores, el desposorio
huéspedes ha de tener.

GASENO

A todo el mundo ha de ser
este contento notorio.
¿Quién viene?

CATALINÓN

Don Juan Tenorio.   1775

GASENO

¿El viejo?

CATALINÓN

No ese Don Juan.

Será su hijo, el galán.

BATRICIO

Téngolo por mal agüero,
que galán y caballero
quitan gusto y celos dan.   1780
    Pues, ¿quién noticia les dio
de mis bodas?

CATALINÓN

            De camino
pasa a Lebrija.

BATRICIO

            Imagino
que el demonio le envió;
mas, ¿de qué me aflijo yo?   1785
Vengan a mis dulces bodas
del mundo las gentes todas;
mas, con todo, ¿un caballero
en mis bodas? Mal agüero.

GASENO

Venga el Coloso de Rodas,   1790
    venga el Papa, el Preste Juan
y don Alfonso el Onceno
con su Corte, que en Gaseno
ánimo y valor verán.
Montes en casa hay de pan,   1795
Guadalquivides de vino,

1796. *Guadalquivides.* Con juego de palabras sobre *vides.*

Babilonias de tocino,
y entre ejércitos cobardes
de aves, para que los lardes,
el pollo y el palomino.   1800
    Venga tan gran caballero
a ser hoy en Dos Hermanas
honra de estas nobles canas.

BELISA

Es hijo del Camarero
Mayor.

BATRICIO

    Todo es mal agüero   1805
para mí, pues le han de dar
junto a mi esposa lugar.
Aun no gozo y ya los cielos
me están condenando a celos.
Amor: sufrir y callar.   1810

(Sale DON JUAN TENORIO.*)*

1799. *lardes.* En la *princeps,* para que *las cardes.* La superioridad de *TL* es no-
toria: *lardes* son dos cosas: rellenar de tocino una carne, o bien *trincharla.* Por
ejemplo, en *Guzmán de Alfarache,* I, 3, cap. III: «reluciendo el pellejo como si
se lo lardaran con tocino». Tanto el pollo como el palomino pueden ser trin-
chados y lardados, es decir, siguiendo a Cobarruvias: *lardar:* «Untar lo que se
asa con el lardo. Martes lardero, el martes de Carnestolendas, porque las cozi-
nas están aquel día pingües.» Tal y como en el texto de Gaseno se dice: hay
babilonias de tocino *para lardar.* I. Arellano corrige también según *TL* apuntando que «cree errata» el texto de *BS.* Fray Luis Vázquez prefiere mantener el
texto de la *princeps* argumentando modestamente que «¿No se dan cuenta todos los "correctores" de que se trata de un lenguaje hiperbólico y lleno de humor, de un Gaseno que ante los presagios de mal agüero, abre las compuertas
de su fantasía en una desmesurada y cómica invitación a la boda?» Las *abreviadas* son fieles a la *princeps,* comp. «Son las nubes *cardadoras.* Mira los copos
que arrojan.» *(El castigo del pensé que,* II, 1.) Aquí también está usado «cardadoras» metafóricamente. Las nubes son cardadoras, porque arrojan copos de nieve, como lana, dejando limpia la atmósfera. De modo semejante, se *«cardan
las aves,* porque al desplumarlas deja limpia su carne, blanca como la nieve».

DON JUAN

Pasando acaso, he sabido
que hay bodas en el lugar,
y de ellas quise gozar,
pues tan venturoso he sido.

GASENO

Vueseñoría ha venido   1815
a honrallas y engrandecellas.

BATRICIO

Yo, que soy el dueño de ellas
digo entre mí que vengáis
en hora mala.

GASENO

　　　　　¿No dais
lugar a este caballero?   1820

DON JUAN

Con vuestra licencia quiero
sentarme aquí.

(Siéntase junto a la novia.)

BATRICIO

　　　　　Si os sentáis
delante de mí, señor,
seréis de aquesa manera
el novio.

_____

1811. *Pasando acaso*, es decir, pasando casualmente.

288

DON JUAN

Cuando lo fuera   1825
no escogiera lo peor.

GASENO

¡Que es el novio!

DON JUAN

De mi error
y ignorancia perdón pido.

CATALINÓN

¡Desventurado marido!

DON JUAN

Corrido está.

CATALINÓN

No lo ignoro;   1830
mas, si tiene de ser toro
¿qué mucho que esté corrido?
   No daré por su mujer
ni por su honor un cornado.
¡Desdichado tú, que has dado   1835
en manos de Lucifer!

DON JUAN

¿Posible es que vengo a ser,
señora, tan venturoso?
Envidia tengo al esposo.

1834. *Cornado.* Es moneda de bajo valor. El juego de palabras sobre *cornudo* es evidente.

ARMINTA

Parecéisme lisonjero.   1840

BATRICIO

Bien dije que es mal agüero
en bodas un poderoso.

DON JUAN

Hermosas manos tenéis
para esposa de un villano.

CATALINÓN

Si al juego le dais la mano,   1845
vos la mano perderéis.

BATRICIO

Celos, muerte no me deis.

GASENO

Ea, vamos a almorzar,
porque pueda descansar
un rato Su Señoría.   1850

(Tómale DON JUAN *la mano a la novia.)*

DON JUAN

¿Por qué la escondéis?

_____

1845. *dar la mano.* Con el equívoco sobre el *juego de naipes* y dar la mano en
sentido matrimonial.

ARMINTA

No es mía.

GASENO

Ea, volved a cantar.

DON JUAN

¿Qué dices de esto?

CATALINÓN

          Que temo
muerte vil de estos villanos.

DON JUAN

Buenos ojos, blancas manos,   1855
en ellos me abraso y quemo.

CATALINÓN

Almagrar y echar a extremo.
Con ésta cuatro serán.

DON JUAN

Ven, que mirándome están.

BATRICIO

¿En mis bodas caballero?   1860
Mal agüero.

1857. *Almagrar*. Es marcar el ganado con almagre. *Echar a extremo* es «apartar». Don Juan trata a las mujeres como reses. Arminta es la cuarta.

GASENO

Cantad.

BATRICIO

Muero.

CATALINÓN

Cante, que ellos llorarán.

MÚSICOS

Lindo sale el Sol de Abril
por trébol y toronjil,
y aunque le sirve de estrella   1865
Arminta sale más bella.

BAILE DE LA MESONERICA

En la mitad de la Corte,
porque es la Corte lugar
donde el regalo y placer
se procuran alojar,
a una casa de posadas   5
donde por huéspeda está
una moza de Mojados,
no de las de mal fregar,
que canta y tañe su poco,
y, si forasteros hay,   10
sale, y al son del adufe
ansí los suele llamar:
«¿Quién pasa, quién va?
¡Hola, hola, gente honrada;
aquí hay posada,   15
aquí los regalarán,
aquí hay posada apacible
adonde el huésped Amor,
notable regalador,
aunque pedidor terrible,   20
cuán descaminado va!
Lleguen, alleguen,
gente honrada,

Publicado en la *Octava parte de Comedias de Lope,* 1617.
11. *Adufe,* y también *adufre* es un pandero, como señala Cobarruvias: «y assi dezimos comúnmente tocar el adufe o el pandero».

aquí hay posada!»
À la voz y encanto   25
de aquesta sirena,
un pobre extranjero
al punto se apea,
justo de calzones,
largo de garceta,   30
ferreruelo abierto
y gorra tudesca,
que trae Arliquín
por mozo de espuelas,
y es ropa de entrambos   35
sola una maleta.
Los unos a otros
se hacen reverencia,
y el patrón así
les pide licencia: 40
«Si nos dais posada,
la mesonerica,
si nos dais posada,
la mesonera.
Si nos dais posada   45
en vuestro mesón,
la mesonerica,
blanca como el sol,
si nos dais posada,
la mesonerica.»   50
Ella dice que entren,
y ellos todos entran,
y al entrar se tocan
de las manos tiernas.
Arliquín con burlas   55

---

30. *Garcetas.* «Cierto género de cabelleras o coletas, que antiguamente se
usavan; éstas trahían los muchachos hasta que se hazían mancebos, y se usó
entre los romanos que los pages truxessen cabelleras y los muchachos que
yvan a las escuelas.» Cob. 629,b.

31. *ferreruelo.* «Género de capa, con sólo cuello sin capilla y algo largo», Cobarruvias, 590, a.

32. *Gorra tudesca.* O tedesca, es decir, de Alemania.

aumenta la fiesta,
y cruzan los tres
con estas endechas:
«—Que entrad, el extranjero,
que todo es vuestro.   60
—Que meted la ropa,
bella española.
—Que entrad, el extranjero
de allende el mare.
—¡Ayme, que soy loco,   65
y esta banda gane!
—¡Ay Dios, qué donaire
del extranjero,
que todo es vuestro!»   69

JORNADA TERCERA

(Sale Batricio, *solo.)*

Celos, reloj [de] cuidados,
que a todas las horas dais
tormentos con que matáis
aunque [andéis] desconcertados;   1870
  celos, del vivir desprecios,
¡con qué ignorancias [nacéis],
pues todo lo que tenéis
de ricos, tenéis de necios!
  dejadme de atormentar,   1875
pues es cosa tan sabida
que cuando Amor me da vida
la muerte me queréis dar;
  ¿qué me queréis, caballero,
que me atormentáis así?   1880
Bien dije, cuando le vi
en mis bodas: «Mal agüero.»

1867-70. El verso inicial de esta redondilla en *BS* es erróneo, *Celos, relox y cuidado*. Se corrige según la redondilla que Claramonte pone en boca de Juana Tenorio en *Deste agua no beberé*.

1870. En *BS, aunque days,* error de transmisión. Se corrige según Claramonte.

1872. En *BS, hazeys*. El verso ha dado lugar a muchas enmiendas y gran perplejidad. Parece que lo más sencillo es admitir una mala lectura (otra más) de *ene* por *hache:* los celos nacen con ignorancias al desconocer el celoso qué es lo que sucede.

¿No es bueno que se sentó
a cenar con mi mujer,
y a mí en el plato meter   1885
la mano no me dejó?
    Pues cada vez que quería
meterla, la desviaba,
diciendo a cuanto tomaba:
«Grosería, grosería.»   1890
    No se apartó de su lado
hasta cenar, de manera
que todos pensaban que era
yo padrino, él desposado;
    y si decirle quería   1895
algo a mi esposa, gruñendo
me la apartaba, diciendo:
«Grosería, grosería.»
    Pues llegándome a quejar
a algunos, me respondían,   1900
y con risa me decían:
«No tenéis de qué os quejar
    eso no es cosa que importe.
No tenéis de qué temer.
Callad, que debe ser   1905
uso de allá de la Corte.»
    Buen uso, trato extremado,
más no se usara en Sodoma:
que otro con la novia coma
y que ayune el desposado.   1910
    Pues el otro bellacón,
a cuanto comer quería,

1883. El giro *¿No es bueno que...?* es habitual en el Siglo de Oro. Tiene un valor equivalente al actual. ¿No tiene gracia que...?, comp. «¿No es bueno que no me atrevo / a llegar, Tristán?», en *El desdichado en fingir*, Ruiz de Alarcón. O bien en *El viaje entretenido* de Agustín de Rojas: «¿No es bueno que nunca pude oírla, por estarme vistiendo de moro?», ed. Ressot, pág. 187.

1887 y ss. Como ha observado A. Labertit, este episodio se basa en una burla clásica sobre la comida, que anticipa la burla sexual de don Juan.

1907-10. La referencia a Sodoma es de intención sexual, con los valores eróticos de «comer» y «ayunar».

«¿Esto no coméis?», decía,
«No tenéis, señor, razón»,
　　y de delante al momento　　　　　　　　1915
me lo quitaba. Corrido
estoy. Pienso que esto ha sido
culebra, y no casamiento.
　　Ya no se puede sufrir
ni entre cristianos pasar;　　　　　　　　　1920
y acabando de cenar
con los dos, mas... ¿que a dormir
　　se ha de ir también, si porfía,
con nosotros, y ha de ser
el llegar yo a mi mujer　　　　　　　　　　1925
«grosería, grosería»?
　　Ya viene, no me resisto.
Aquí me quiero esconder;
pero ya no puede ser,
que imagino que me ha visto.　　　　　　　1930

(*Sale* DON JUAN TENORIO.)

DON JUAN

Batricio...

BATRICIO

　　　　　　Su Señoría,
¿qué manda?

DON JUAN

Haceros saber...

1918. *Culebra.* Es la broma pesada o novatada que se gasta entre mozos. Recuerda también las bromas de la noche de bodas que se les hacen a los desposados.

BATRICIO

Mas, ¿que ha de venir a ser
alguna desdicha mía?

DON JUAN

... que ha muchos días, Batricio,   1935
que a Arminta el alma le di,
y he gozado...

BATRICIO

¿Su honor?

DON JUAN

Sí.

BATRICIO

Manifiesto y claro indicio
   de lo que he llegado a ver,
que si bien no le quisiera   1940
nunca a su casa viniera.
[Arminta] al fin es mujer.

DON JUAN

Al fin Arminta, celosa,
o quizá desesperada
de verse de mí olvidada,   1945
y de ajeno dueño esposa,
   esta carta me escribió
enviándome a llamar,

1942. En *BS, al fin, al fin es mujer.* Corrijo según *TL,* ya que la repetición *al fin, al fin* parece típica de error de copia o de remiendo textual.

y yo prometí gozar
lo que el alma prometió.   1950
    Esto pasa de esta suerte.
Dad a vuestra vida un medio,
que le daré, sin remedio,
a quien lo impida, la muerte.

BATRICIO

    Si tú en mi elección lo pones,   1955
tu gusto pretendo hacer,
que el honor y la mujer
son malos en opiniones.
    La mujer, en opinión
siempre más pierde que gana,   1960
que son como la campana
que se estima por el son,
    y así es cosa averiguada
que [su honor] viene a perder
cuando cualquiera mujer   1965
suena a campana quebrada.
    No quiero, pues me reduces
el bien que mi amor ordena,
mujer entre mala y buena,
que es moneda de dos luces.   1970
    Gózala, señor, mil años,
que yo quiero resistir
[desengaños], y morir,
y no vivir con engaños.

1958. *En opiniones.* Es decir, en boca de las gentes.
1964. En *BS, que opinión viene a perder.* Corrijo según *TL.* La repetición de
opiniones / opinión parece típica de mala transmisión textual.
1973. En *BS, desengañar,* que parece mala lectura de *desengaños.* Es importante observar estas variantes, porque *resistir / desengaños* siguiendo a *TL* implica un encabalgamiento de verbo y objeto directo; a cambio, la repetición de
cuatro verbos en infinitivo que produce el texto de *BS* parece un ejemplo
de tosquedad.

301

Con el honor le vencí,   1975
porque siempre los villanos
tienen su honor en las manos
y siempre miran por sí,
    que por tantas [falsedades]
es bien que se entienda y crea   1980
que el honor se fue al aldea
huyendo de las ciudades.
    Pero antes de hacer el daño
le pretendo reparar:
a su padre voy a hablar   1985
para autorizar mi engaño.
    Bien lo supe negociar;
gozarla [sin miedo] espero.
La noche camina, y quiero
su viejo padre llamar.   1990
    ¡Estrellas que me alumbráis,
dadme en este engaño suerte,
si el galardón en la muerte
tan largo me lo [fiáis]!

(Vase, y salen Arminta *y* Belisa.)

Belisa

Mira que vendrá tu esposo,   1995
entra a desnudarte, Arminta.

1979. En *BS, variedades.* Parece más claro *TL.*

1988. En *BS, gozarla esta noche.* Se diría que el sintagma *esta noche* ha sido producido por influencia del verso siguiente.

1994. En *BS, tan largo me lo guardáis.* Mantengo el motivo *Tan largo me lo fiáis,* según *TL.* Nótese que todas estas variantes se producen en un pasaje en que está Don Juan solo en escena. Si en el rescate del texto por Roque de Figueroa no se disponía del texto escrito, las reconstrucciones resultan aproximadas; por ello es más seguro fiarse del texto de *TL.*

De estas infelices bodas
no sé qué sienta, Belisa.
Todo hoy mi Batricio ha estado
bañado en melancolía,   2000
todo en confusión y celos,
mira qué grande desdicha.
Di, ¿qué caballero es éste
que de mi esposo me priva?
La desvergüenza en España   2005
se ha hecho caballería.
Déjame, que estoy sin seso,
déjame, que estoy perdida.
¡Mal hubiese el caballero
que mis contentos me quita!   2010

BELISA

Callad, que pienso que viene,
que nadie en la casa pisa
de un desposado tan recio.

ARMINTA

Queda adiós, Belisa mía.

BELISA

Desenójale en tus brazos.   2015

ARMINTA

Plegue a los cielos que sirvan
mis suspiros de requiebros,
mis lágrimas de caricias.

1999-2010. El romance en *i-a* y el motivo del falso caballero le dan a estas reflexiones de Arminta un valor premonitorio, y enlazan con las quejas de Tisbea («Seguid al vil caballero»).

2015. Este mismo verso aparece en muchas comedias de Claramonte.

(Vanse. Salen DON JUAN, CATALINÓN, GASENO.)

DON JUAN

Gaseno, quedad con Dios.

GASENO

Acompañaros querría   2020
por darle de esta ventura
el parabién a mi hija.

DON JUAN

Tiempo mañana nos queda.

GASENO

Bien decís. El alma mía
en la muchacha os ofrezco.   2025

DON JUAN

Mi esposa, decid.

(Vase GASENO.)

                                   Tú, ensilla,
Catalinón.

CATALINÓN

¿Para cuándo?

DON JUAN

Para el alba, que de risa
muerta ha de salir mañana
de este engaño.

          Allá en Lebrija,   2030
señor, nos está aguardando
otra boda. ¡Por tu vida
que despaches luego en ésta!

DON JUAN

La burla más escogida
de todas ha de ser ésta.   2035

CATALINÓN

Que saliésemos querría
de todas bien.

DON JUAN

          Si es mi padre
el dueño de la justicia
y es la privanza del Rey
¿qué temes?

CATALINÓN

          De los que privan   2040
suele Dios tomar venganza
si delitos no castigan,
y se suelen en el juego
perder también los que miran.
Yo he sido mirón del tuyo,   2045
y por mirón no querría
que me cogiese algún rayo
y me trocase en cecina.

DON JUAN

Vete, ensilla, que mañana
he de dormir en Sevilla.   2050

CATALINÓN

¿En Sevilla?

DON JUAN

Sí.

CATALINÓN

¿Qué dices?
Mira lo que has hecho, y mira
que hasta la muerte, señor,
es corta la mayor vida,
y que hay tras la muerte imperio.   2055

DON JUAN

Si tan largo me lo fías
vengan engaños.

CATALINÓN

Señor...

DON JUAN

Vete, que ya me amohinas
con tus temores extraños.

CATALINÓN

Fuerza al Turco, fuerza al Scita,   2060
al Persa y al Garamanto,
al Gallego, al Troglodita,
al Alemán y al Japón,

2061. Los *garamantes* o *garamantos* eran los antiguos libios.

al sastre, con su agujita
de oro en la mano imitando   2065
contino a la *blanca niña*.

(Vase.)

Don Juan

La noche en negro silencio
se extiende, y ya las Cabrillas
entre racimos de estrellas
el Polo más alto pisan.   2070
Yo quiero poner mi engaño
por obra, el amor me guía
a mi inclinación, de quien
no hay hombre que se resista.
Quiero llegar a la cama.   2075
¡Arminta!

(Sale Arminta, *como que está acostada.)*

Arminta

¿Quién llama a Arminta?
¿Es mi Batricio?

Don Juan

No soy
tu Batricio.

2064-6. La mención a la *blanca niña* puede tener que ver con el romance
«Estaba la blanca niña / bordando en su bastidor», como observa A. Castro.
Pierre Guenoun hace observar, no sin malicia, que «l'allusion est beaucoup
moins innocente, beaucoup plus graveleuse». Las burlas sobre los sastres, en
boca de un gracioso, alcanzan todos los tonos posibles, incluso el que en el siglo XX es habitual cuando en vez de sastres pensamos en «modistos».
    2068. Las *Cabrillas* es el nombre popular para aludir a la Osa Mayor.
    2073. *Inclinación* no tiene aquí significado psicológico, sino astrológico,
como se advierte en los textos de Claramonte, *El secreto en la mujer* y *La infelice
Dorotea*.

ARMINTA

Pues, ¿quién?

DON JUAN

Mira
de espacio, Arminta, quién soy.

ARMINTA

¡Ay de mí, yo soy perdida!   2080
¿En mi aposento a estas horas?

DON JUAN

Éstas son las horas mías.

ARMINTA

Volveos, que daré voces:
no excedáis la cortesía
que a mi Batricio se debe.   2085
Ved que hay romanas Emilias
en Dos Hermanas también,
y hay Lucrecias vengativas.

DON JUAN

Escúchame dos palabras
y esconde de las mejillas   2090
en el corazón la grana,
[en] ti más preciosa y [tibia.]

2086-8. Las referencias a Emilia y Lucrecia como matronas romanas son también típicas del teatro de la época. Compárese con *Deste agua no beberé*, de Claramonte: «*Mencía.* Yo sabré a tal desatino / freno y remedio poner. *Don Pedro.* ¿Cómo? *Mencía.* Imitando a Lucrecia.»

ARMINTA

Vete, que vendrá mi esposo.

DON JUAN

Yo lo soy. ¿De qué te admiras?

ARMINTA

¿Desde cuándo?

DON JUAN

Desde ahora.   2095

ARMINTA

¿Quién lo ha tratado?

DON JUAN

Mi dicha.

ARMINTA

¿Y quién nos casó?

DON JUAN

Tus ojos.

ARMINTA

¿Con qué poder?

2095. La división de un verso entre dos réplicas se llama técnicamente *entilabé*. El recurso es clásico en la obra de Séneca, tan afín a algunos aspectos del *Burlador*. El final del segundo acto de *El secreto en la mujer* está resuelto con un largo *entilabé* entre Ursino y Clavela, más complicado que éste del *Burlador*.

DON JUAN

Con la vista.

ARMINTA

¿Sábelo Batricio?

DON JUAN

Sí,
que te olvida.

ARMINTA

¿Que me olvida?   2100

DON JUAN

Sí, que yo te adoro.

ARMINTA

¿Cómo?

DON JUAN

Con mis dos brazos.

ARMINTA

Desvía.

DON JUAN

¿Cómo puedo, si es verdad
que muero?

ARMINTA

¡Qué gran mentira!

Arminta, escucha y sabrás,   2105
si quieres que te la diga,
la verdad, si las mujeres
sois de verdades amigas.
Yo soy noble caballero,
cabeza de la familia   2110
de los Tenorios, antiguos
ganadores de Sevilla.
Mi padre, después del rey,
se reverencia y se estima
en la Corte, y de sus labios   2115
penden las muertes y vidas.
Torciendo el camino acaso
llegué a verte, que Amor guía
tal vez las cosas de suerte
que él mismo de ellas se admira.   2120
Vite, adoréte, abraséme,
tanto que tu amor me obliga
a que contigo me case.
Mira qué acción tan precisa.
Y aunque lo murmure el reino,   2125
y aunque el Rey lo contradiga,
y aunque mi padre, enojado,
con amenazas lo impida,
tu esposo tengo de ser
dando en tus ojos envidia   2130
a los que viere en su sangre
la venganza que imagina.
Ya Batricio ha desistido
de su acción, y aquí me envía
tu padre a darte la mano.   2135
¿Qué dices?

ARMINTA

No sé qué diga,
que se encubren tus verdades

con retóricas mentiras,
porque si estoy desposada,
como es cosa conocida,   2140
con Batricio, el matrimonio
no se absuelve, aunque él desista.

DON JUAN

En siendo no consumado,
por engaño o por malicia,
puede anularse.

ARMINTA

                Es verdad.   2145
Mas, ¡ay Dios!, que no querría
que me dejases burlada
cuando mi esposo me quitas.

DON JUAN

Ahora bien, dame esa mano
y esta voluntad confirma   2150
con ella.

ARMINTA

                ¿Que no me engañas?

DON JUAN

Mío el engaño sería.

ARMINTA

Pues jura que cumplirás
la palabra prometida.

DON JUAN

Juro a esta mano, señora,   2155
infierno de nieve fría,
de cumplirte la palabra.

ARMINTA

Jura a Dios que te maldiga
si no la cumples.

DON JUAN

                    Si acaso
la palabra y la fe mía   2160
te faltare, ruego a Dios
que a traición y a alevosía
me dé muerte un hombre

(Aparte.)   (muerto,
que vivo Dios no permita).

ARMINTA

Pues con ese juramento   2165
soy tu esposa.

DON JUAN

               El alma mía
entre los brazos te ofrezco.

ARMINTA

Tuya es el alma y la vida.

2162-3. Don Juan está repitiendo exactamente las condiciones de su peri-
pecia frente al Comendador en el segundo acto: muerte, traición y alevosía.

¡Ay, Arminta de mis ojos!
Mañana, sobre virillas   2170
de tersa plata, estrelladas
con clavos de oro de Tíbar,
pondrás los hermosos pies,
y en prisión de gargantillas
la alabastrina garganta,   2175
y los dedos en sortijas
en cuyo engaste parezcan
estrellas las amatistas,
y en cuyas orejas pendan
transparentes perlas limpias.   2180

Arminta

A tu voluntad, esposo,
la mía desde hoy se inclina.
Tuya soy.

Don Juan

(Aparte)

¡Qué mal conoces
al burlador de Sevilla!

(Sale Isabela, *y* Fabio, *de camino.)*

2170. *Virillas.* «Adorno en el calzado, especialmente en los zapatos de las mujeres, que le servía también de fuerza entre el cordobán y la suela» *(Diccionario de Autoridades).*

2172. El Oro de Tíbar, que era la Costa del Oro africana, era famoso en la época.

¡Que me robase el [sueño]   2185
la prenda que estimaba y más quería!...
¡Oh, riguroso empeño
de la verdad, oh máscara del día!
¡Noche al fin tenebrosa,
antípoda del Sol, del Sueño esposa!   2190

FABIO

¿De qué sirve, Isabela,
la tristeza en el alma y en los ojos,
si Amor todo es cautela,
y en campos de desdenes causa enojos,
y el que se ríe agora   2195
en breve espacio desventuras llora?
El mar está alterado
y en grave temporal; tiempo [se] corre;
el abrigo han tomado
las galeras, Duquesa, de la torre   2200
que esta playa corona.

ISABELA

¿[A]dónde estamos, [Fabio]?

2185. En *BS, el dueño*. Corrijo según *TL*, coherente con los versos 2180-1.
2198. En *B, tiempo socorre*, de difícil explicación. Como *tiempo* vale por *temporal* en lenguaje náutico entiendo que la idea de *correr un tiempo* o *correr temporal* es clara. «Correr un tiempo» es término náutico que indica «capear el temporal llevando el barco por popa.» En el *Lazarillo* de Amberes, 1555, tenemos «el tiempo recio de las bravas ondas y olas del tempestuoso mar, tan furiosas», donde parece claro el valor de «tiempo recio» por «temporal recio».
2202. El verso de *BS* está muy defectuosamente transmitido: *Isab*. Donde estamos. *Fab*. En Tarragona. Faltan varias sílabas, que los editores completan de distintas maneras. Mi propuesta es asumir la variante *donde / adonde*, típica de varios pasajes del texto, y suponer que Fabio está siendo nombrado expresamente como es habitual en las primeras apariciones de un personaje.

En Tarragona.
Y de aquí a poco espacio
daremos en Valencia, ciudad bella,
del mismo Sol palacio;   2205
divertiráste algunos dias en ella,
y después, a Sevilla
irás a ver la octava maravilla.
Que si a Octavio perdiste,
más galán es Don Juan, y de [notorio]   2210
solar. ¿De qué estás triste?
Conde dicen que es ya Don Juan Tenorio;
el Rey con él te casa,
y el padre es la privanza de su Casa.

ISABELA

No nace mi tristeza   2215
de ser esposa de don Juan, que el mundo
conoce su nobleza;
en la esparcida voz mi agravio fundo,
y esta ocasión perdida
he de llorar mientras tuviere vida.   2220

FABIO

Allí una pescadora
tiernamente suspira y se lamenta,
y dulcemente llora.
Acá viene sin duda, y verte intenta.
Mientras llamo tu gente   2225
lamentaréis las dos más dulcemente.

2206. Hay que pronunciar *dias* como monosílabo para mantener la medida del verso. No conozco, ni en Tirso ni en Claramonte, ningún caso de es-
cansión monosilábica de *dias,* lo que hace pensar que el texto ha sido rescatado por la compañía de Figueroa.
2210. En *B, y de Tenorio,* evidente error de transmisión. La enmienda es de
Hartzenbusch.

(Vase Fabio *y sale* Tisbea.)

Tisbea

¡Robusto mar de España,
ondas de fuego, fugitivas ondas,
Troya de mi cabaña
que ya el fuego por mares y por ondas   2230
en sus abismos fragua
y [en] el mar forma por las llamas [de] agua!
   ¡Maldito el leño sea
que a tu amargo cristal halló camino,
y, antojo de Medea,   2235
tu cáñamo primero o primer lino
aspado de los vientos,
para telas de engaños e instrumentos!

Isabela

¿Por qué del mar te quejas
tan tiernamente, hermosa pescadora?   2240

Tisbea

[El] mar [parió] mis quejas,
dichosa vos, que en su tormenta ahora
de él os estáis riendo.

2232. En *B, y el mar forma por las llamas agua.* Verso erróneo por falta de una sílaba, y con sintaxis defectuosa. La enmienda es mía, y se basa en la construcción sintáctica «en sus abismos fragua / en el mar forma // ondas de fuego / llamas de agua».

2235. *Medea.* La esposa de Jasón, hechicera y pariente de Circe, es la quintaesencia de la mujer maléfica. Lugar común de la época, vgr: «De hombre tan bueno se convierte en fiera / cual si Medea o Circe le prendiera», Virués, *Montserrate, II,* BAE, Madrid, Hernando, 1905, pág. 509.

2237. *Aspado,* tejido sobre un bastidor en forma de aspa. En el *Lazarillo* de 1555, «y atando las cuerdas a los cuatro pilares de la cama, quedé aspado como un San Andrés» (cap. XVI), También «torcido y aspado hilo», *Quijote,* I, XVIII.

2241. En *BS, Al mar formo mil quejas.* Dadas las pocas garantías de la transmisión de *B,* me atengo aquí al texto de *TL.* Lo más llamativo no es el par *formo/parió,* sino la variación *mil/mis* que cambia el sintagma.

ISABELA

También quejas del mar estoy haciendo.
¿De dónde sois?

TISBEA

De aquellas   2245
cabañas que miráis del viento heridas,
tan victorioso entre ellas,
cuyas pobres paredes, desparcidas
van en pedazos graves,
dándole mil graznidos [ya] las aves.   2250
    En sus pajas me dieron
corazón de fortísimo diamante,
mas las obras me hicieron,
de este monstruo que ves tan arrogante,
ablandarme, de suerte   2255
que al Sol, la cera es más robusta y fuerte.
    ¿Sois vos la Europa hermosa,
que esos toros os llevan?

ISABELA

A Sevilla
llévanme a ser esposa
contra mi voluntad.

TISBEA

Si mi mancilla   2260
a lástima os provoca,
y si injurias del mar os tienen loca,

2250. En *B, dandoles mil graznidos a las aves*. Error de transmisión. Basta con rescatar la variante *a/ya* para aclarar la sintaxis.
2258. En *B* falta *a Sevilla,* que hay que rescatar del texto de *Tan largo,* como siempre.

en vuestra compañía
para serviros como humilde esclava
me llevad, que querría,   2265
si el dolor o la afrenta no me acaba,
pedir al Rey justicia
de un engaño cruel, de una malicia.
    Del agua derrotado
a esta tierra llegó un Don Juan Tenorio   2270
difunto y anegado;
amparéle, hospedéle en tan notorio
peligro, y el vil huésped
víbora fue a mi planta en tierno césped.
    Con palabra de esposo,   2275
la que de nuestra costa burla hacía
se rindió al engañoso.
¡Mal haya la mujer que en hombres fía!
Fuese al fin, y dejóme.
Mira si es justo que venganza tome.   2280

ISABELA

¡Calla, mujer maldita!
¡Vete de mi presencia, que me has muerto!
Mas, si el dolor te incita
no tienes culpa tú. Prosigue, [¿es cierto?]

TISBEA

Tan claro es como el día.   2285

ISABELA

¡Mal haya la mujer que en hombres fía!
    Pero sin duda el Cielo
a ver estas cabañas me ha traído,

_____

2284. En *BS, prosigue el cuento,* con grosero error de rima. Otra vez el texto
de *TL* da la lectura correcta.
2284-2302. En vez de estos versos, *BS* da ocho versos de transmisión muy
defectuosa e incoherencias de escritura. Rescato el fragmento según *TL*.

y de ti mi consuelo
en tan grave pasión ha renacido   2290
para venganza mía.
¡Mal haya la mujer que en hombres fía!

TISBEA

[Que me llevéis os ruego
con vos, señora, a mí y a un viejo padre,
porque de aqueste fuego   2295
la venganza me dé que más me cuadre,
y al rey pida justicia
de este engaño y traición, de esta malicia.
Anfriso, en cuyos brazos
me pensé ver en tálamo dichoso   2300
dándole eternos lazos,
conmigo ha de ir, que quiere ser mi esposo.]

ISABELA

Ven en mi compañía.

TISBEA

¡Mal haya la mujer que en hombre fía!

(*Vanse y salen* DON JUAN *y* CATALINÓN.)

CATALINÓN

Todo en mal estado está.   2305

DON JUAN

¿Cómo?

2305. En *B, todo enmalletado está,* que, salvo fray Luis Vázquez, todos los editores corrigen editando el texto según *TL*.

CATALINÓN

Que Octavio ha sabido
la traición de Italia ya,
y el de la Mota, ofendido
de ti, justas quejas da,
   y dice que fue el recado   2310
que de su prima le diste,
fingido y disimulado,
y con su capa emprendiste
la traición que le ha infamado.
   Dicen que viene Isabela   2315
a que seas su marido
y dicen...

DON JUAN

¡Calla!

CATALINÓN

   Una muela
en la boca me has rompido.

DON JUAN

¡Hablador! ¿Quién te revela
   tanto disparate junto?   2320

CATALINÓN

¿Disparate?

DON JUAN

Disparate.

2313. En *BS*, *enprestiste*, incomprensible. Se corrige según *TL*, incluso I. Arellano.

Verdades son.

DON JUAN

No pregunto
si lo son. Cuando me mate
Octavio ¿estoy yo difunto?
¿No tengo manos también?   2325
¿Dónde me tienes posada?

CATALINÓN

En calle oculta.

DON JUAN

Está bien.

CATALINÓN

La iglesia es tierra sagrada.

DON JUAN

Di que de día me den
en ella la muerte. ¿Viste   2330
al novio de Dos Hermanas?

CATALINÓN

Allí le vi, ansiado y triste.

DON JUAN

Arminta estas dos semanas
no ha de caer en el chiste.

CATALINÓN

Tan bien engañada está   2335
que se llama Doña Arminta.

DON JUAN

Graciosa burla será.

CATALINÓN

Graciosa burla, y sucinta,
mas ella la llorará.

(Descúbrese un sepulcro de DON GONZALO DE ULLOA.*)*

DON JUAN

¿Qué sepulcro es éste?

CATALINÓN

                    Aquí   2340
Don Gonzalo está enterrado.

DON JUAN

Éste es a quien muerte di.
Gran sepulcro le han labrado.

CATALINÓN

Ordenólo el Rey así.
¿Cómo dice este letrero?   2345

DON JUAN

«Aquí aguarda del Señor
el más leal caballero

la venganza de un traidor.»
Del mote reírme quiero,
   ¿y aveisos vos de vengar, 2350
buen viejo, barbas de piedra?

CATALINÓN

No se las podrá pelar
quien barbas tan fuertes medra.

DON JUAN

Aquesta noche a cenar
   os aguardo en mi posada; 2355
allí el desafío haremos
si la venganza os agrada;
aunque mal reñir podremos
si es de piedra vuestra espada.

CATALINÓN

   Ya, señor, ha anochecido, 2360
vámonos a recoger.

DON JUAN

Larga esta venganza ha sido;
si es que vos la habéis de hacer
importa no estar dormido,
   que si a la muerte aguardáis 2365
la venganza, la esperanza
agora es bien que perdáis,
pues vuestro enojo y venganza
tan largo me lo fiáis.

2353. En *B, que en barbas muy fuertes medra.* La lección correcta es la de *TL*, con el verbo *medrar* con valor causativo: hacer medrar. El pasaje es controvertido y remito a mi edición (Kassel, Reichenberger, 1987) para más detalles.

(Vanse.)

(Ponen la mesa dos CRIADOS.*)*

CRIADO 1

Quiero apercibir la [mesa,]   2370
que vendrá a cenar don Juan.

CRIADO 2

Puestas las mesas están.
¡Qué flema tiene! ¿Si empieza?
  Ya tarda, como solía,
mi señor. No me contenta: 2375
la bebida se calienta
y la comida se enfría.
  Mas, ¿quién a Don Juan ordena
esta desorden?

(Entran DON JUAN *y* CATALINÓN.*)*

DON JUAN

¿Cerraste?

CATALINÓN

Ya cerré, como mandaste.   2380

2370. En *B, la cena,* con error de rima. Corrijo en *la mesa,* de acuerdo con
la acotación y a la vista de que la rima con seseo aparecen en las dos variantes
de la obra, por lo que es típica del autor original.

2373. En *B, que flema tiene si empieza,* que nadie es capaz de explicar. Creo
que la puntuación desvela el sentido. ¡Qué flema tiene! es expresión típica,
con el valor de «¡Con qué tranquilidad se lo toma!». El valor de *si...* con sentido exhortativo es también un uso típico, que hoy recoge la expresión «A ver
si...».

2379. *esta desorden.* En femenino quiere decir «mala orden».

DON JUAN

¡Hola, tráiganme la cena!

CRIADO 2

Ya está aquí.

DON JUAN

Catalinón,
siéntate.

CATALINÓN

Yo soy amigo
de cenar de espacio.

DON JUAN

Digo
que te sientes.

CATALINÓN

La razón   2385
haré.

CRIADO

¿También es camino
éste? ¿Si cena con él...?

2385. *Hacer la razón* es «brindar», como la situación aclara.
2387. Otra vez el valor exhortativo de *¿si...?* En ambos casos el manuscrito de *BS* debió de omitir la puntuación, y en el impreso se transmitió así, creando quebraderos de cabeza a la crítica.

DON JUAN

Siéntate.

(Un golpe dentro.)

CATALINÓN

Golpe es aquél.

DON JUAN

Que llamaron imagino.
Mira quién es.

CRIADO 1

Voy volando.   2390

CATALINÓN

¿Si es la justicia, señor?

DON JUAN

Sea, no tengas temor.

(Vuelve el CRIADO, *huyendo.)*

¿Quién es, de qué estás temblando?

CATALINÓN

De algún mal da testimonio.

DON JUAN

Mal mi cólera resisto.   2395
Habla, responde, ¿qué has visto?

¿Asombróte algún demonio?
Ve tú y mira aquella puerta,
presto, acaba.

CATALINÓN

¿Yo?

DON JUAN

Tú pues,
acaba, menea los pies. 2400

CATALINÓN

A mi agüela hallaron muerta,
como racimo colgada,
y desde entonces se suena
que anda siempre su alma en pena.
Tanto golpe no me agrada. 2405

DON JUAN

Acaba.

CATALINÓN

Señor, si sabes
que soy un catalinón...

DON JUAN

Acaba.

CATALINÓN

¡Fuerte ocasión!

DON JUAN

¿No vas?

CATALINÓN

     ¿Quién tiene las llaves
de la puerta?

CRIADO 2

     Con la aldaba   2410
está cerrada, no más.

DON JUAN

¿Qué tienes, por qué no vas?

CATALINÓN

Hoy Catalinón acaba.
  Mas, ¿si las forzadas vienen
a vengarse de los dos?   2415

(Llega CATALINÓN *a la puerta, y viene corriendo, cae
y levántase.)*

DON JUAN

¿Qué es eso?

CATALINÓN

     ¡Válgame Dios!
¡Que me matan, que me tienen!

DON JUAN

     ¿Quién te tiene?¿Quién te mata?
¿Qué has visto?

CATALINÓN

     Señor, yo allí
vide, cuando luego fui...   2420

¿Quién me ase, quién me arrebata?
　　Llegué, cuando después, ciego,
cuando vile, juro a Dios,
habló y dijo: «¿Quién sois vos?»,
respondió, respondí luego,　　　　　　　　　2425
　　topé y vide...

DON JUAN

¿A quién?

CATALINÓN

No sé.

DON JUAN

Con el vino desatina.
Dame la vela, gallina,
y yo quién llama veré.

(Toma DON JUAN *la vela y llega a la puerta, sale al encuentro* DON GONZALO, *en la forma que estaba en el sepulcro, y*
DON JUAN *se retira atrás turbado, empuñando la espada,
y en la otra la vela, y* DON GONZALO *hacia él, con pasos
menudos, y al compás* DON JUAN, *retirándose, hasta estar
en medio del teatro.)*

DON JUAN

¿Quién va?

DON GONZALO

Yo soy.

DON JUAN

¿Quién sois vos?　　　　　　　　　2430

DON GONZALO

Soy el caballero honrado
que a cenar has convidado.

DON JUAN

Cena habrá para los dos,
  y si vienen más contigo
para todos cena habrá.   2435
Ya puesta la mesa está.
Siéntate.

CATALINÓN

      ¡Dios sea conmigo!
  ¡San Panuncio, San Antón!
Pues, ¿los muertos comen, di?
Por señas dice que sí.   2440

DON JUAN

Siéntate, Catalinón.

CATALINÓN

No, señor, yo lo recibo
por cenado.

DON JUAN

      Es desconcierto.
¿Qué temor tienes a un muerto?
¿Qué hicieras estando vivo?   2445
  Necio y villano temor.

2438. *San Panuncio, San Antón*. Están lejos de ser juramentos ridículos. San Antón tiene que ver con las ánimas, como vemos en el *Quijote de Avellaneda:* «*una misa a las benditas ánimas y otra al señor San Antón»,* cap. VI.

CATALINÓN

Cena con tu convidado,
que yo, señor, ya he cenado.

DON JUAN

¿He de enojarme?

CATALINÓN

                    Señor,
vive Dios que huelo mal.   2450

DON JUAN

Llega, que aguardando estoy.

CATALINÓN

Yo pienso que muerto estoy
y está muerto mi arrabal.

(Tiemblan los criados.)

DON JUAN

Y vosotros, ¿qué decís
y qué hacéis? Necio temblar.   2455

CATALINÓN

Nunca quisiera cenar
con gente de otro país.
    ¿Yo, señor, con convidado
de piedra?

2453. *Arrabal,* en argot vale por «posaderas»; el chiste escatológico es claro.

DON JUAN

Necio temer,
si es piedra, ¿qué te ha de hacer?   2460

CATALINÓN

Dejarme descalabrado.

DON JUAN

Háblale con cortesía.

CATALINÓN

¿Está bueno? ¿Es buena tierra
la otra vida? ¿Es llano o sierra?
¿Préciase allá la poesía?   2465

CRIADO 1

A todo dice que sí
con la cabeza.

CATALINÓN

¿Hay allá
muchas tabernas? Sí habrá,
si Noé reside allí.

DON JUAN

¡Hola, dadnos de cenar!   2470

CATALINÓN

Señor muerto, ¿allá se bebe
con nieve?

(Baja la cabeza)

¿Así que allá hay nieve?
Buen país.

DON JUAN

Si oír cantar
quieres, cantarán.

(Baja la cabeza.)

CRIADO 1

Sí, dijo.

DON JUAN

Cantad.

CATALINÓN

Tiene el señor muerto   2475
buen gusto.

CRIADO 1

Es noble por cierto,
y amigo de regocijo.

(Cantan dentro.)

Si de mi amor aguardáis,
señora, de aquesta suerte,
el galardón a la muerte,   2480
¡qué largo me lo fiáis!

CATALINÓN

O es sin duda veraniego
el seor muerto, o debe ser

334

hombre de poco comer.
Temblando al plato me llego. 2485
    Poco beben por allá.

(Bebe.)

Yo beberé por los dos:
brindis de piedra. Por Dios,
menos temor tengo ya.

(Cantan.)

Si este plazo me convida 2490
para que serviros pueda,
pues larga vida me queda,
dejad que pase la vida.
    Si de mi amor aguardáis,
señora, de aquesta suerte 2495
el galardón a la muerte,
¡qué largo me lo fiáis!

CATALINÓN

    ¿Con cuál de tantas mujeres
como has burlado, señor,
hablan?

DON JUAN

    De todas me río, 2500
amigo, en esta ocasión.
En Nápoles a Isabela
burlé.

CATALINÓN

    Ésa ya no es hoy
burlada, pues que se casa
contigo, como es razón. 2505

Burlaste a la pescadora
que del mar te redimió,
pagándole el hospedaje
en moneda de rigor.
Burlaste a Doña Ana...

DON JUAN

             Calla,   2510
que hay parte aquí que lastó
por ella, y vengarse aguarda.

CATALINÓN

Hombre es de mucho valor,
que él es piedra y tú eres carne.
No es buena resolución.   2515

(Hace señas que se quite la mesa y queden solos.)

DON JUAN

Hola, quitad esa mesa,
que hace señas que los dos
nos quedemos, y se vayan
los demás.

CATALINÓN

          Malo, por Dios,
no te quedes, porque hay muerto   2520

2511. *lastó*. Según A. Castro, *lastar* es «pagar con creces, sufrir». Sin embargo, Cobarruvias es más explícito y aclara bien la idea del texto: «*Lastar*: es hazer el gasto en alguna cosa con ánimo y con derecho de recobrarlo de otro a cuya cuenta se pone. Quando yo he sido fiador de uno, y me han hecho pagar por él la deuda principal y costas, se me da la carta de pago, y lasto para cobrar de la parte a quien fié, y dízese lasto las costas que me han hecho por él.» En el *Guzmán*, II, 3, II, se lee «nadie sabe, sino el que lo lasta, lo que semejante casa gasta», donde la rima parece aludir a una sentencia proverbial. El verbo no está en el vocabulario de ninguna obra de Tirso, pero sí en una de Claramonte.

que mata de un mojicón
un gigante.

DON JUAN

Salíos todos,
¡a ser yo catalinón!...
Vete.

*(Vanse y quedan los dos solos, y hace señas que cierre
la puerta.)*

¿Que cierre la puerta?
Ya está cerrada, y ya estoy   2525
aguardando lo que quieres,
sombra, fantasma o visión:
si andas en pena, o si buscas
alguna satisfacción,
aquí estoy, dímelo a mí,   2530
que mi palabra te doy
de hacer todo lo que ordenes.
¿Estás gozando de Dios?
¿Eres alma condenada
o de la eterna región?   2535
¿Dite la muerte en pecado?
Habla, que aguardando estoy.

DON GONZALO

(Paso, como cosa del otro mundo.)

¿Cumplirásme una palabra
como caballero?

DON JUAN

Honor
tengo y las palabras cumplo,   2540
porque caballero soy.

2527. Compárese este verso con el comienzo de la obra.

DON GONZALO

Dame esa mano, no temas.

DON JUAN

¿Eso dices?¿Yo, temor?
Si fueras al mismo infierno
la mano te diera yo.   2545

(Dale la mano.)

DON GONZALO

Bajo esa palabra y mano
mañana a las diez te estoy
para cenar aguardando.
¿Irás?

DON JUAN

      Empresa mayor
entendí que me pedías.   2550
Mañana tu huésped soy,
¿dónde he de ir?

DON GONZALO

      A la capilla.

DON JUAN

¿Iré solo?

DON GONZALO

      No, id los dos,
y cúmpleme la palabra
como la he cumplido yo.   2555

DON JUAN

Digo que la cumpliré,
que soy Tenorio.

DON JUAN

            Y yo soy
Ulloa.

DON JUAN

Yo iré sin falta.

DON GONZALO

Yo lo creo. Adiós.

(Va a la puerta.)

DON JUAN

            Adiós.
Aguarda, te alumbraré.   2560

DON GONZALO

No alumbres, que en gracia estoy.

(Vase muy poco a poco, mirando a DON JUAN, *y* DON
JUAN *a él, hasta que desaparece, y queda* DON JUAN *con
pavor.)*

DON JUAN

¡Válgame Dios! Todo el cuerpo
se ha bañado de un sudor
helado, y en las entrañas
se me ha helado el corazón.   2565

Un aliento respiraba,
organizando la voz
tan frío, que parecía
más que no vital calor.
Pero todas son ideas   2570
que da a la imaginación
el temor, y temer muertos
es más villano temor.
Si un cuerpo con alma noble,
con potencias y razón   2575
y con ira, no se teme
¿quién cuerpos muertos temió?
Iré mañana a la iglesia
donde convidado estoy,
porque se admire y espante   2580
Sevilla de mi valor.

(Vase, y sale el REY, TENORIO *el Viejo, y acompañamiento.)*

REY

¿Llegó al fin Isabela?

TENORIO

Y disgustada.

REY

Pues, ¿no ha tomado bien el casamiento?

TENORIO

Siente, señor, el nombre de infamada.

REY

De otra causa procede su tormento,   2585
¿dónde está?

TENORIO

En el convento está alojada
de las Descalzas.

REY

Salga del convento
luego al punto, que quiero que en Palacio
asista con la Reina, más de espacio.

TENORIO

Si ha de ser con Don Juan el desposorio,   2590
manda, señor, que tu presencia vea.

REY

Véame y galán salga, que notorio
quiero que este placer al mundo sea.
Conde será desde hoy Don Juan Tenorio
de Lebrija, él la mande y la posea;   2595
que si Isabela a un Duque corresponde,
ya que ha perdido un Duque, gane un Conde.

TENORIO

Todos por la merced tus pies besamos.

REY

Merecéis mi favor tan dignamente
que si aquí los servicios ponderamos,   2600
me quedo atrás con el favor presente.
Paréceme, Don Diego, que hoy hagamos
las bodas de Doña Ana juntamente.

TENORIO

¿Con Octavio?

      No es bien que el Duque Octavio
sea el restaurador de aqueste agravio.   2605
Doña Ana, con la Reina, me ha pedido
que perdone al Marqués, porque Doña Ana,
ya que el padre murió, quiere marido,
porque si le perdió, con él le gana.
Iréis con poca gente, y sin ruïdo   2610
luego, a hablarle a la fuerza de Triana.
Por su satisfacción, y por abono
de su agraviada prima, le perdono.

Tenorio

Ya he visto lo que tanto deseaba.

Rey

Que esta noche han de ser, podéis decirle,   2615
los desposorios.

Tenorio

      Todo en bien se acaba;
fácil será al marqués el persuadirle,
que de su prima amartelado estaba.

Rey

También podéis a Octavio prevenirle;
desdichado es el duque con mujeres,   2620
son todas opinión y pareceres;
  hanme dicho que está muy enojado
con don Juan.

Tenorio

      No me espanto, si ha sabido
de Don Juan el delito averiguado

que la causa de tanto daño ha sido.   2625
El Duque viene.

REY

No dejéis mi lado,
que en el delito sois comprehendido.

(*Sale el* DUQUE OCTAVIO.)

OCTAVIO

Los pies, invicto Rey, me dé tu Alteza.

REY

Alzad, Duque, y cubrid vuestra cabeza.
   ¿Qué pedís?

OCTAVIO

Vengo a pediros,   2630
postrado ante vuestras plantas,
una merced, cosa justa,
digna de serme otorgada.

REY

Duque, como justa sea,
digo que os doy mi palabra   2635
de otorgárosla. Pedid.

OCTAVIO

Ya sabes, señor, por cartas
de tu embajador, y el mundo
por la lengua de la Fama
sabe que Don Juan Tenorio,   2640

con española arrogancia,
en Nápoles una noche,
para mí noche tan mala,
con mi nombre profanó
el sagrado de una dama.   2645

REY

No pases más adelante,
ya supe vuestra desgracia,
en efecto. ¿Qué pedís?

OCTAVIO

Licencia que en la campaña
defienda cómo es traidor.   2650

TENORIO

Eso no, su sangre clara
es tan honrada...

REY

Tenorio...

TENORIO

Señor...

2653. Aquí hay una incongruencia en el texto de la *princeps*. Octavio conoce de sobra al padre de Don Juan, porque fueron presentados al comienzo del
segundo acto, y el Rey le encargó al Tenorio viejo que le diera hospedaje. Estas incongruencias no están en el pasaje homólogo del *Tan largo*, que además
mantiene las octavas reales, ya que en ese pasaje el interlocutor del Rey es Don
Pedro Tenorio. Esto hace que no se pueda sustituir un pasaje por otro, ya que
en la nueva versión Fabio ha sustituido a Don Pedro como acompañante de
Isabela. Éste es un ejemplo claro de que la recuperación del texto por varios
miembros de la compañía que lo había representado ha dejado lagunas impo-
sibles de resolver y que afectan a la coherencia global de la obra. También demuestra que la última remodelación del texto es ajena a su autor original y tiene que ver con la infraestructura de la compañía teatral.

OCTAVIO

¿Quién eres, que hablas
en la presencia del rey,
de esa suerte?

TENORIO

Soy quien calla   2655
porque me lo manda el Rey,
que si no, con esta espada
te respondiera.

OCTAVIO

Eres viejo.

TENORIO

Ya he sido mozo en Italia
a vuestro pesar un tiempo;   2660
ya conocieron mi espada
en Nápoles y en Milán.

OCTAVIO

Tienes ya la sangre helada,
no vale fui, sino soy.

TENORIO

Pues fui y soy.

(Empuña.)

REY

Tened, basta,   2665
bueno está. Callad, Don Diego,

que a mi persona se guarda
poco respeto, y vos, Duque,
después que las bodas se hagan,
más de espacio me hablaréis.   2670
Gentilhombre de mi Cámara
es Don Juan, y hechura mía,
y de aqueste tronco rama.
mirad por él.

OCTAVIO

Yo lo haré,
gran señor, como lo mandas.   2675

REY

Venid conmigo, Don Diego.

TENORIO

¡Ay, hijo, qué mal me pagas
el amor que te he tenido!

REY

Duque...

OCTAVIO

Gran señor...

REY

Mañana
[estas] bodas se han de hacer.   2680

2680. En *BS*, *vuestras bodas*, incongruente con la situación. No son precisamente las bodas de Octavio las que se hacen. Él es el único que queda despa-
rejado, tras la decisión del Rey de perdonar al Marqués.

OCTAVIO

Háganse, pues tú lo mandas.

(Vanse, y salen el MARQUÉS *y* TENORIO *el Viejo.)*

TENORIO

Muy bien le podéis quitar
las prisiones al Marqués.

MOTA

Si para mi muerte es,
albricias os quiero dar.   2685

TENORIO

El rey os manda soltar
de la prisión.

MOTA

      ¿Si ha sabido
mi inocencia, y el que ha sido
es esta maldad agresor?
Que callo, por vuestro honor,   2690
aunque estoy tan ofendido...

TENORIO

      ¿Por mi honor? Si a vuestro tío
matáis, ¿soy culpado yo?

2682- 2721. Esta escena se ha perdido en *El Burlador* y se rescata del *Tan lar-go*. La razón de la pérdida en la *princeps* es obvia: los actores que hacen esos dos papeles no han pasado a la compañía de Figueroa, y la escena no se pue-de reconstruir. En el texto del *Tan largo* se evidencian cortes, típicos, como ya se ha dicho, de los dos últimos folios de la *suelta*. Señalo entre paréntesis cua-drados los versos que faltan para completar las décimas truncadas, aunque es posible que puedan faltar algunos más.

Porque Don Juan le mató   2695
[..........................-ío
...........................-ío
...........................-áis
...........................-áis
....
...............................]   2700
y a mí la culpa me echáis.
A don Juan mi capa di.
 ¡Ah, engañoso caballero!
Sin culpa padezco y muero.

TENORIO

¿Qué decís?

MOTA

    Que esto es así: 2705
Un recado recibí
para que a mi prima goce,
de quien su error se conoce,
pues engañoso y cruel,
fue a las once para él   2710
y para mí fue a las doce.
 [..............................
....
....
....   2715
....
...........................-ase.]
Y aunque siento que matase
a mi tío, más sentido
estoy, y más ofendido   2720
de que a mi prima gozase.

(Vanse, y salen GASENO, ARMINTA *y* OCTAVIO.*)*

GASENO

Este señor nos dirá
dónde está Don Juan Tenorio;
señor, ¿si está por acá
un don Juan, a quien notorio   2725
ya su apellido será?

OCTAVIO

Don Juan Tenorio diréis.

ARMINTA

Sí señor, ése Don Juan.

OCTAVIO

Aquí está, ¿qué le queréis?

ARMINTA

Es mi esposo ese galán.   2730

OCTAVIO

¿Cómo?

ARMINTA

Pues, ¿no lo sabéis,
siendo del Alcázar vos?

OCTAVIO

No me ha dicho Don Juan nada.

GASENO

¿Es posible?

OCTAVIO

Sí, por Dios.

GASENO

Doña Arminta es muy honrada   2735
cuando se casen los dos,
    que cristiana vieja es
hasta los huesos, y tiene
de la hacienda el interés
[...........................-ene]   2740
más bien que un Conde, un Marqués.
    Casóse Don Juan con ella
y quitósela a Batricio.

ARMINTA

Decid cómo [fui] doncella
[a] su poder.

GASENO

              No es juicio   2745
esto, ni aquesta querella.

OCTAVIO

(Aparte.)

2740. Falta aquí un verso, que no se puede rescatar acudiendo a *TL*, ya que en *TL* el pasaje ha sido suprimido. Hartzenbusch propuso para completar: «que en Dos Hermanas mantiene»; X. A. Fernández enmienda en «y aun a su virtud le aviene», que parece bastante afín a la situación.

2744-5. En *BS*, *dezid como fue donzella, su poder*. A. Castro corrige en *a su poder*, pero mantiene *fue* indicando que Aminta habla en tercera persona. Fernández apunta que *fue* es forma arcaica por *fui*, pero sin dar ejemplos de este supuesto uso. Parece más lógico pensar que *fue* es una lectura errónea del manuscrito, hecho bastante habitual en la *princeps*.

(Ésta es burla de Don Juan,
y para venganza mía
éstos diciéndola están.)
¿Qué pedías al fin?

GASENO

        Querría,   2750
porque los días se van,
   que se hiciese el casamiento
o querellarme ante el Rey.

OCTAVIO

Digo que es justo ese intento.

GASENO

Y razón, y justa ley.   2755

OCTAVIO

Medida a mi pensamiento
   ha venido la ocasión.
En el Alcázar [tenemos]
bodas.

ARMINTA

   ¿Si las mías son?

OCTAVIO

Quiero, para que acertemos,   2760
valerme de una invención.

2758. En *BS, en el Alcaçar teneys,* con error de rima. La enmienda, muy sencilla, es de X. A. Fernández.

Venid donde os vestiréis,
señora, a lo cortesano,
y a un cuarto del Rey saldréis
conmigo.

ARMINTA

  ¿Vos de la mano   2765
a Don Juan me llevaréis?

OCTAVIO

Que de esta suerte es cautela.

GASENO

El arbitrio me consuela.

OCTAVIO

Éstos venganza me dan
de aqueste traidor Don Juan   2770
y el agravio de Isabela.

(Vanse y salen DON JUAN *y* CATALINÓN.)

CATALINÓN

¿Cómo el Rey te recibió?

DON JUAN

Con más amor que mi padre.

CATALINÓN

¿Viste a Isabela?

DON JUAN

También.

CATALINÓN

¿Cómo viene?

DON JUAN

Como un ángel.   2775

CATALINÓN

¿Recibióte bien?

DON JUAN

El rostro
bañado de leche y sangre,
como la rosa, que al alba
[revienta la verde cárcel.]

CATALINÓN

¿Al fin esta noche son   2780
las bodas?

2779. En *BS*, *despierta la débil caña.* Error de transmisión que ni siquiera se
ajusta a la rima asonante. Fernández propone «despierta en la caña frágil». Castro acepta la variante que da *TL*, como hacemos nosotros. No se entiende
quién o qué tiene que despertar, pero se entiende muy fácilmente «revienta la
verde cárcel» como imagen del botón de rosa que florece al alba. Compárese
con *Entre bobos anda el juego*, I, 489-90: «perfume el clavel del prado, en verde
cárcel cubierto».

2781. En *B*, «*fiambres / vuieran sido, no vuieras / señor, engañado a tantas*». Texto incongruente que no respeta sintaxis ni rima. X. A. Fernández apunta la
anomalía y sugiere: «si fueran fiambres / no tantas hubieran sido / las mujeres
que engañaste». La mención a los *fiambres* parece extraña, pero anteriormente
Catalinón habló de cecina, lo que avala este difícil pasaje. Corrijo la puntuación para darle sentido. En mi anterior edición propuse la alternativa «Si antes
/ hubieran sido, no hubieras / engañado a tantas antes», enmienda que ha sido
seguida por editores posteriores, incluido Arellano, que señala la deturpación evidente de la *princeps*. No obstante, creo que con el cambio de puntuación
se puede entender ese *fiambres*. En todo caso hay que enmendar en el verso
subsiguiente, ya que *tantas* no cumple la asonancia. Es obligado añadir *an-*

DON JUAN

Sin falta.

CATALINÓN

   Fiambres
hubieran sido; no hubieras
engañado a tantas antes.
Pero tú tomas esposa,
señor, con cargas muy grandes.   2785

DON JUAN

Di, ¿comienzas a ser necio?

CATALINÓN

Y podrás muy bien casarte
mañana, que hoy es mal día.

DON JUAN

Pues, ¿qué día es hoy?

CATALINÓN

    Es martes.

DON JUAN

Mil embusteros y locos   2790
dan en esos disparates.
Sólo aquel llamo mal día,
acïago y detestable,

---

tes, para mantener la asonancia. La sospecha es que el original perdido podía
decir *engañado a tantas antes,* y en la transmisión se perdió la última palabra. El
verso fue completado en Figueroa con un añadido inicial *señor,* que salva la
medida pero no la rima.

en que no tengo dineros,
que lo demás es donaire.   2795

CATALINÓN

Vamos, si te has de vestir,
que te aguardarán, y es tarde.

DON JUAN

Otro negocio tenemos
que hacer, aunque nos aguarden.

CATALINÓN

¿Cuál es?

DON JUAN

    Cenar con el muerto.   2800

CATALINÓN

Necedad de necedades.

DON JUAN

¿No ves que di mi palabra?

CATALINÓN

Y cuando se la quebrantes,
¿qué importa? ¿Habrá de pedirte
una figura de jaspe   2805
la palabra?

DON JUAN

    Podrá el muerto
llamarme a voces infame.

CATALINÓN

Ya está cerrada la iglesia.

DON JUAN

Llama.

CATALINÓN

¿Qué importa que llame?
¿Quién tiene de abrir, si están   2810
durmiendo los sacristanes?

DON JUAN

Llama a ese postigo.

CATALINÓN

Abierto

está.

DON JUAN

Pues entra.

CATALINÓN

Entre un fraile
con hisopo y con estola.

DON JUAN

Sígueme y calla.

CATALINÓN

¿Que calle?   2815

Sí.

CATALINÓN

[Ya callo]. Dios en paz
de estos convites me saque.
¡Qué oscura que está la iglesia,
señor, para ser tan grande!

(Entran por una puerta y salen por otra.)

¡Ay de mí, tenme, señor,   2820
porque de la capa me asen!

(Sale DON GONZALO, *como de antes, y encuéntrase con
ellos.)*

DON JUAN

¿Quién va?

DON GONZALO

Yo [soy.]

CATALINÓN

Muerto estoy.

DON GONZALO

El muerto soy, no te espantes;
no entendí que me cumplieras
la palabra, según haces   2825
de todos burla.

2816. En *BS,* un nuevo error de medida: *sí. Dios en paz.* Fernández propone «Dios en paz y con bien». Prefiero la enmienda de Hartzenbusch.

DON JUAN

¿Me tienes
en opinión de cobarde?

DON GONZALO

Sí, que aquella noche huiste
de mí cuando me mataste.

DON JUAN

Huí de ser conocido,   2830
mas ya me tienes delante.
Di presto lo que me quieres.

GONZALO

Quiero a cenar convidarte.

CATALINÓN

Aquí excusamos la cena,
que toda ha de ser fiambre,   2835
pues no parece cocina,
[..................................-a-e]

DON JUAN

Cenemos.

2837. Falta un verso en *B*, necesario para la asonancia. Fernández propone
«señor, por ninguna parte», que seguí en mi primera edición. Arellano se limita a marcar la omisión, sin detallar falta de asonancia. Tal vez sea lo mejor,
puesto que no hay garantía de que falte *sólo un verso*. Puede haber una omisión
de varios.

DON GONZALO

Para cenar
es menester que levantes
esa tumba.

DON JUAN

Y si te importa,   2840
levantaré esos pilares.

DON GONZALO

Valiente estás.

DON JUAN

Tengo brío
y corazón en las carnes.

CATALINÓN

Mesa de Guinea es ésta,
pues ¿no hay por allá quien lave?   2845

DON GONZALO

Siéntate.

DON JUAN

¿Adónde?

CATALINÓN

Con sillas
vienen ya dos negros pajes.

(Entran dos enlutados con sillas.)

¿También acá se usan lutos
y bayeticas de Flandes?

DON GONZALO

Siéntate [tú.]

CATALINÓN

        Yo, señor,   2850
he merendado esta tarde.
Cena con tu convidado.

DON GONZALO

Ea pues, ¿he de enojarme?
No repliques.

CATALINÓN

        No replico.
Dios en paz de esto me saque.   2855
¿Qué plato es éste, señor?

DON GONZALO

Este plato es de alacranes
y víboras.

CATALINÓN

        Gentil plato
para el que trae buena hambre.
¿Es bueno el vino, señor?   2860

_____

2850. En *BS* vuelve a faltar una sílaba. *TL* da el verso correcto, que había
encontrado Hartzenbusch por (fácil) deducción.

DON GONZALO

Pruébale.

CATALINÓN

Hiel y vinagre
es este vino.

DON GONZALO

Este vino
exprimen nuestros lagares.
¿No comes tú?

DON JUAN

Comeré,
si me dieses, áspid a áspid,   2865
cuantos el infierno tiene.

DON GONZALO

También quiero que te canten.

(Cantan.)

Adviertan los que de Dios
juzgan los castigos tarde,
que no hay plazo que no llegue   2870
ni deuda que no se pague.

CATALINÓN

Malo es esto, vive Cristo,
que he entendido este romance
y que con nosotros habla.

DON JUAN

Un yelo el pecho me parte.   2875

(Cantan.)

> *Mientras en el mundo viva*
> *no es justo que diga nadie*
> *«¡qué largo me lo fiáis!»,*
> *siendo tan breve el cobrarse.*

CATALINÓN

¿De qué es este guisadillo?   2880

DON GONZALO

De uñas.

CATALINÓN

    De uñas de sastre
será, si es guisado de uñas.

DON JUAN

Ya he cenado, haz que levanten
la mesa.

DON GONZALO

    Dame esa mano,
no temas, la mano dame.   2885

DON JUAN

¿Eso dices? ¿Yo, temor?
¡Que me abraso! No me abrases
con tu fuego.

DON GONZALO

    Aqueste es poco
para el fuego que buscaste.

Las maravillas de Dios   2890
son, Don Juan, investigables,
y así quiere que tus culpas
a manos de un muerto pagues;
y así pagas de esta suerte
las doncellas que burlaste.   2895
Esta es justicia de Dios,
quien tal hace, que tal pague.

DON JUAN

Que me abraso, no me aprietes.
Con la daga he de matarte,
mas, ¡ay!, que me canso en vano   2900
de tirar golpes al aire.
A tu hija no ofendí,
que vio mis engaños antes.

DON GONZALO

No importa, que ya pusiste
tu intento.

DON JUAN

    Deja que llame   2905
quien me confiese y absuelva.

DON GONZALO

No hay lugar. Ya acuerdas tarde.

DON JUAN

Que me quemo, que me abraso.
Muerto soy.

2891. *Investigables* no es ningún error, como creía Castro. En la época, y por tradición clásica, equivale a *inescrutables*.

(Cae muerto.)

CATALINÓN

No hay quien se escape,
que aquí tengo de morir   2910
también, por acompañarte.

DON GONZALO

Ésta es justicia de Dios,
quien tal hace, que tal pague.

(Húndese el sepulcro, con DON JUAN *y* DON GONZALO,
con mucho ruido, y sale CATALINÓN, *arrastrando.)*

CATALINÓN

¡Válgame Dios! ¿qué es aquesto?
Toda la capilla se arde,   2915
[yo] con el muerto he quedado
para que le vele y guarde.
Arrastrando como pueda
iré a avisar a su padre.
¡San Jorge, San Agnus Dei,   2920
sacadme en paz a la calle!

(Vase, y sale el REY, TENORIO *el Viejo, y acompañamiento.)*

TENORIO

Ya el Marqués, señor, espera
besar vuestros pies reales.

REY

Entre luego, y avisad
al Conde, porque no aguarde.   2925

2925. Este Conde es lógicamente Don Juan Tenorio, nuevo Conde de Lebrija.

(Salen Batricio *y* Gaseno.)

BATRICIO

¿Dónde, señor, se permiten
desenvolturas tan grandes?
Que tus criados afrenten
a los hombres... ¡Miserables!

REY

¿Qué dices?

BATRICIO

  Don Juan Tenorio,   2930
alevoso y detestable,
la noche del casamiento,
antes que lo consumase
a mi mujer me quitó.
Testigos tengo delante.   2935

(Sale Tisbea, *e* Isabela *y acompañamiento.)*

TISBEA

Si Vuestra Alteza, señor,
de Don Juan Tenorio no hace
justicia, a Dios y a los hombres,
mientras viva, he de quejarme.
Derrotado le echó el mar,   2940
dile vida y hospedaje,
y pagóme esta amistad
con mentirme y engañarme
con nombre de mi marido.

REY

¿Qué dices?

ISABELA

Dice verdades.   2945

(Sale ARMINTA *y el* DUQUE OCTAVIO.)

ARMINTA

¿Adónde mi esposo está?

REY

¿Quién es?

ARMINTA

            ¿Pues aún no lo sabe?
El Señor Don Juan Tenorio,
con quien vengo a desposarme,
porque me debe el honor,   2950
y es noble, y no ha de negarme.
Manda que nos desposemos
[...................................-a-e].

(Sale el MARQUÉS DE LA MOTA.)

MOTA

Pues es tiempo, gran señor,
que a luz verdades se saquen,   2955

2953. Falta al menos un verso en este pasaje, como faltará más adelante.
Xavier A. Fernández ha propuesto una reordenación de todo el pasaje entero,
haciendo entrar antes o después a unos personajes que a otros. Nuestro punto de vista es que en las escenas anteriores ha quedado claro que la omisión de
un verso, o varios, en esta comedia (texto *BS*) es bastante frecuente. Se puede
suplir, si es un solo verso, con la enmienda *y que las bodas no aguarden*. Mantenemos el orden de entradas de los personajes según la obra. Para más detalles
véase nuestra introducción a la edición *Tan largo me lo fiáis* (Kassel, Reichenberger, 1990).

sabrás que Don Juan Tenorio
la culpa que me imputaste
cometió, que con mi capa
pudo el cruel engañarme:
de que tengo dos testigos.   2960

REY

¿Hay desvergüenza tan grande?
Prendedle y matadle luego.
[...........................a-e]

TENORIO

En premio de mis servicios
haz que le prendan, y pague   2965
sus culpas, porque del Cielo
rayos contra mí no bajen,
siendo mi hijo tan malo.

REY

¿Esto mis privados hacen?

(Sale CATALINÓN.*)*

CATALINÓN

Escuchad, oíd, señores,   2970
el suceso más notable

2970. En *BS* el primer verso de Catalinón, *señores, escuchad, oyd,* es erróneo,
ya que el agudo hace añadir una sílaba; más adelante hay errores de medida y
de sentido, pleonasmos, etc. Hemos decidido admitir los cuatro versos iniciales y los cuatro últimos del parlamento de Catalinón, y sustituir los trece in-
termedios por una secuencia que incluye cinco de esos trece y completa el resto según *TL*, de manera que Catalinón se ajusta a los hechos y a su cronología. La alternativa hubiera sido editar todo el pasaje según *TL*, mucho más
claro y fiable; sucede que en el último folio de la *suelta* puede haber omisiones.

que en el mundo ha sucedido,
y en oyéndolo, matadme.
Llegando Don Juan, mi amo
a Sevilla, antiyer tarde,   2975
y entrándose a retraer
en la iglesia, donde yace
Don Gonzalo, en el sepulcro
que el rey mandó se labrase,
después de haberle quitado   2980
las dos prendas que más valen,
tirando al bulto de piedra
la barba, por ultrajarle,
a cenar le convidó;
y apenas pudo sentarse   2985
a cenar, cuando a la puerta
llegó, y para que no os canse,
después de cenar le dijo
que a su iglesia se llegase
luego la noche siguiente,   2990
que él quería convidarle;
fue Don Juan, que nunca fuera,
pues sin poder escaparse,
asiéndole de la mano
comenzó el muerto a apretarle   2995
diciendo: «Dios te castiga»,
y le aprieta hasta quitarle
la vida, diciendo «Dios
me manda que así te mate
castigando tus delitos: 3000
"Quien tal hace, que tal pague."

REY

¿Qué dices?

2975. En *BS*, *haciendo burla una tarde;* sin embargo, la cronología confirma
la precisión de *TL*, *antiyer tarde:* dos días antes Don Juan invita a cenar a la estatua y esa misma noche se presenta y procede a invitar «al día siguiente a las
diez».

CATALINÓN

Lo que es verdad;
diciendo, antes que acabase,
que a Doña Ana no debía
honor, que lo oyeron antes   3005
del engaño.

MOTA

Por las nuevas
mil albricias quiero darte.

REY

Justo castigo del Cielo,
y agora es bien que se casen
todos, pues [Don Juan] es muerto,   3010
[causa] de tantos desastres.

OCTAVIO

Pues ha enviudado Isabela
quiero con ella casarme.

MOTA

Yo con mi prima.

BATRICIO

Y nosotros
con las nuestras, porque acabe   3015
El convidado de piedra.

3010-1. En *BS, pues la causa es muerta, / vida de tantos desastres.* El hecho de
que este fragmento corresponda al Rey, que es un personaje secundario, y los
avatares de la transmisión, hacen que prefiramos el texto alternativo de *TL,*
con más garantías de ser obra del autor, y no de un refundidor tardío.
3016. Éste es el título que la obra tenía en 1625 y 1626 en las dos representaciones de Nápoles a cargo de Pedro Ossorio y de Francisco Hernández Ga-

REY

Y el sepulcro se traslade
a San Francisco en Madrid,
para memoria más grande.

FIN

---

lindo. Parece claro que a partir del original se desarrollaba la idea de *¿Tan largo me lo fiáis?*, y que el público terminó por polarizar la obra en torno a la Estatua de Piedra, del mismo modo que hoy en día atraen las historias de muertos redivivos y de seres de ultratumba. El título *El burlador de Sevilla* es argucia del editor sevillano; la mano anónima que corrige a pluma añadiendo *y combidado de piedra* certifica cuál era el título popular, como se registra también en textos de la época hasta llegar a Córdova y Maldonado.

3018. En *BS, en San Francisco en Madrid.* Sin embargo, San Juan de Toro era la iglesia donde los Ulloa tenían su panteón. La alteración por San Francisco se debe sin duda a que la remodelación hecha hacia 1617-22 puso de moda a esta iglesia madrileña. Dado que Roque de Figueroa representó en Madrid la obra, podemos pensar que tal vez fue él mismo el que alteró ese dato documental que el texto de *TL* asegura.

Louis Jouvet como Don Juan, de Molière

Interlocutores

BEZÓN
MUJER 1.ª
MUJER 2.ª
MUJER 3.ª
HOMBRE 1.°
HOMBRE 2.°

HOMBRE 3.°
LUISA
BERNARDA
JULIANA
ANA MARÍA
MÚSICOS

ENTREMÉS CANTADO «EL DOCTOR»

Luis Quiñones de Benavente
(Representóle Avendaño)

(Sale Bezón, *de doctor, y canta.)*

Bezón

Un mal letrado, señores,
no tendrá en su vida un pan,
porque carece de ley,
como la necesidad;
mas un doctor, aunque tenga   5
las letras de ayer acá,
con dos guantes y una barba
empieza luego a ganar.
Yo no sé más que mi mula.
mas si veo un orinal,   10
diré lo que tiene dentro
a veinte pasos y más:
si muere, llegó su hora;
si vive, me hago inmortal.
¡Bien haya la ciencia, amén,   15
donde no se puede errar!

Quiñones desarrolla aquí la burla sobre el personaje de Doctor, homólogo de *Il Dottore* de la Comedia del Arte italiana. Otra vez es Juan Bezón el protagonista, y es de suponer que Bernarda es Bernarda Ramírez, en este caso en la Compañía de Cristóbal de Avendaño.

MUJER 1.ª

(Dentro.)

¡Ay!

BEZÓN

Este «¡Ay!», es mi comida.

MUJER 2.ª

¡Ay!

BEZÓN

Y aqueste, mi caudal.

MUJER 3.ª

¡Ay!

BEZÓN

        Haya, que para mí,
en faltando el ¡ay!, no hay.   20
Los doctores como yo
son como diablos, y más,
que andan siempre tras los malos,
tentándolos sin cesar.

(Descúbrense los enfermos, y cantan.)

TODOS

        Señor doctor, éste es   25
del amor el hospital,
adonde todos tenemos,
por querer, la enfermedad.

Con linda gente he topado,
aquí aprenderé a curar,   30
que mueren y resucitan,
y en lo que erré, me dirán.

TODOS

¡Remedio!

BEZÓN

Ya se le traigo.

TODOS

¡Medicinas!

BEZÓN

Aquí están.

TODOS

Llegue, lléguese.

BEZÓN

A placer;   35
que para todos habrá.
¿Qué tiene, buena mujer?

MUJER 1.ª

Señor, una sed mortal
de dineros y de galas,
que no la puedo aplacar.   40
Siempre estoy pensando en fuentes.

Si son de plata, hace mal;
que no corren, como es tiempo
de tan grande sequedad.
Tráigase en la boca un «daca»   45
como cuenta de cristal,
que ya que la sed no quita,
entretiene la que hay.

MUJER 1.ª

Ya no tengo mal,

(Levántase y baila.)

que a la sed de dineros y galas   50
un «daca» perpetuo es remedio eficaz.

BEZÓN

Vos, ¿qué tenéis?

HOMBRE 1.º

                    Sarna hembruna,
que me come mi caudal.

BEZÓN

Pues no os rasquéis, que si os come,
otro día os cenará.   55

HOMBRE 1.º

¿Qué haré?

---

56. *Ojitierno*. Formación léxica por composición de nombre más adjetivo.

De un mozo ojitierno
os dejad acompañar;
que vos quedaréis sin sarna,
y a él se le pegará.

HOMBRE 1.º

Ya no tengo mal,   60

(Levántase y baila.)

que la sarna de amor se les pega
a los que al enfermo visitan más.

BEZÓN

¿Qué tiene ella?

MUJER 2.ª

Garrotillo
de un flemón, broma o galán,
que su asistencia me ahoga   65
sin dejarme resollar.

BEZÓN

Enjuáguese con vecinas;
haga gárgaras allá,

---

63. *Garrotillo.* «Cierta enfermedad de sangre, que acude a la garganta y ata-
pa la respiración, como si diessen al tal paciente garrote.»

64. *Broma* es término doble, como apunta Cobarruvias: «Llamamos comúnmente a la cosa que es pesada y de poco precio, y con propiedad el ma-
çacote que se echa en los cimientos y enmedio de las paredes, para travar las
piedras grandes del edificio; del verbo *bremo,* aedifico. Algunos le dan origen
de *broma, -atos, broma, cibus,* por lo que apesga el vientre la mucha y grossera
comida.» Esta segunda acepción deja clara la dilogía del texto.

y sángrese de él saliendo
en achaque de comprar. 70

Mujer 2.ª

Ya no tengo mal,

(Levántase y baila.)

que en saliendo y habiendo vecinas,
ni importa el cuidado, ni estorba el mirar.

Bezón

¿Qué tiene?

Hombre 2.º

Héme resfriado
en querer cierta beldad. 75

Bezón

Beba unos celos calientes
a la noche, y sudará.

Hombre 2.º

Ya no tengo mal,

(Levántase y baila.)

porque son manzanilla los celos,
que al pecho más frío le hace sudar. 80

Mujer 3.ª

Casada soy.

BEZÓN

Ya lo sé.

MUJER 3.ª

Y estoy que quiero expirar.

BEZÓN

(No seré yo tan dichoso.)

MUJER 3.ª

Porque reviento.

BEZÓN

(¡Ojalá!)

MUJER 3.ª

En riñéndome mi esposo   85
grandes desmayos me dan.

BEZÓN

Dalla garrotes aprisa,
y al momento volverá.

MUJER 3.ª

Ya no tengo mal,

(Levántase y baila.)

porque son milagrosos los palos,   90
si a tiempo un marido los sabe pegar.

90-1. Estos versos no están hechos para halagar a las feministas del siglo xx.

Hombre 3.º

De sólo mirar la nieve
de una femenina faz,
tal flujo me dio de bolsa
que hice mil cursos de a real.   95

Bezón

Beba vusted damas tintas,
y si persevera el mal,
comer hígado es tenerle
para estreñirse en el dar.

Hombre 3.º

Ya no tengo mal,   100

(Levántase y baila.)

que el mayor desconcierto de bolsa,
quien tiene [una] dieta, le sabe curar.

Juliana

Doctorcito de mala ventura,
¿a quién hierra más, a la mula o la cura?

Bezón

Bachillera en Madrid gradüada,   105
si yerro las curas, acierto las pagas.

Juliana

¡Muchachitas, a bureo,
que un bolsillo le brujuleo!

---

107. *bureo.* «Entraron en bureo si sería bueno sacarme las noches del agua», *Lazarillo* de Juan de Luna, cap. 4. Según Cobarruvias «la junta de los mayordomos de la Casa Real, para gobierno della». Así pues, se trata de un término burlesco, por comparación maliciosa.

(Saca una bolsa y súbese en un banco.)

En alto me veo,
bolsillo de oro tengo,   110
hembras veo venir,
no puedo huir.

MUJER 2.ª

Pobres somos verdaderas.
¿Si piadoso nos escucha?

BEZÓN

Mienten, que hay distancia mucha   115
de pobres a pordioseras.

LUISA

Dé limosna a dos mauleras

BERNARDA

que están sin desayunar.

BEZÓN

No traigo qué dar.

MUJER 3.ª

Déme a mí por parroquiana.   120

---

108. *brujuleo*. Término de hampa y juego de naipes. «Los jugadores de naypes, que muy de espacio van descubriendo las cartas y por sola la raya antes que pinte el naype discurren la que puede ser, dizen que miran por brújula, y que bruxulean.»

BEZÓN

Perdone, hermana.

JULIANA

Favorezcan esta fea.

BEZÓN

Dios la provea.

ANA

¿Qué hombre se vio cercar
que a partido no se dio?   125

BEZÓN

Por los lomos lo esté yo
si me pudieren entrar.

BERNARDA

Ahora bien, yo he de trocar
por un bolsillo un buen talle.
¿Quieres, niño?

BEZÓN

No.

BERNARDA

                              Pues calle,   130
que a fe que le ha de pesar.

No se me entre de manga,
que es dura la ganga,
y pueblos en Francia querella pelar.

ANA

¿Por qué tiene retraída   135
la moneda, doctor fiel?

BEZÓN

Porque cada escudo cruel
a cargo tiene una vida.

JULIANA

Vaya el bolso a mi lugar,
que allí podrá aseguralle.   140
¿Quiere, niño?

BEZÓN

No.

JULIANA

                    Pues calle,
que a fe que le ha de pesar.

BEZÓN

Empiece vusté a gastar
conmigo algún dinerillo,
porque pueda mi bolsillo   145
tener algún ejemplar.
Quizá dará, viendo dar,

y quizá podrá quizalle.
¿Quieres, niña?

BERNARDA

No.

BEZÓN

Pues calle,
que a fe que le ha de pesar.   150

JULIANA

No se me entre de gorra,
que es el diablo la zorra,
y pueblos en Francia querella engañar.

FIN

---

148. Otra formación léxica inventada por Quiñones. Muy brillante, en tanto que deriva un verbo *quizar* a partir de un adverbio, cosa nada frecuente.

Colección Letras Hispánicas

DE PRÓXIMA APARICIÓN